© 2016 Andrew Wyeth / Artists Rights Society (ARS), Nueva York

Un rincón del mundo

Un rincón del mundo

CHRISTINA BAKER KLINE

Traducción de María José Losada Rey

Título original: *A Piece of the World*
Traducción: María José Losada Rey
1.ª edición: febrero de 2018

© 2017, Sipan Barcelona Network S.L.
Travessera de Gràcia, 47-49. 08021 Barcelona
Sipan Barcelona Network S.L. es una empresa
del grupo Penguin Random House Grupo Editorial, S. A. U.
© 2018, de la presente edición en castellano:
Penguin Random House Grupo Editorial USA, LLC.
8950 SW 74th Court, Suite 2010
Miami, FL 33156

Printed in USA
ISBN: 978-1-947783-19-5

Diseño: Estudio Ediciones B / Leo Flores
Imagen de cubierta: iStockphotos

A mi padre, que me enseñó el mundo

Había una conexión muy curiosa entre nosotros. Una de esas extrañas coincidencias que suceden a veces. Éramos un poco iguales; yo había sido un niño enfermizo que se quedaba en casa. Así que entre nosotros flotaba algo que nunca habíamos mencionado en voz alta, algo que resultaba maravilloso y nos hacía sentir cómodos. Permanecíamos sentados durante horas sin decir palabra, y de repente ella comentaba algo y yo le respondía. Un periodista le preguntó una vez de qué hablábamos. Ella dijo: «De nada, tonto.»

ANDREW WYETH

Prólogo

Después me dijo que le había dado miedo mostrarme el cuadro. Que había pensado que no me gustaría la forma en que me retrataba: arrastrándome por el campo, con los dedos aferrados a la tierra y las piernas retorcidas detrás. Que odiaría el árido paisaje lunar de los campos de trigo y heno. La casa destartalada en la distancia, surgiendo como un secreto a punto de descubrirse. Las ventanas lejanas, opacas e inescrutables. Los surcos en la hierba que no llevaban a ninguna parte y parecían trazados por un vehículo invisible. El cielo sucio como el agua de fregar.

La gente piensa que ese cuadro es un retrato, pero no lo es. De verdad que no. Él ni siquiera estaba en el campo, sino que lo conjuró en una habitación de la casa, desde un ángulo completamente diferente. Hizo desaparecer las rocas, los árboles y las dependencias. La escala del establo también está mal. Y yo no soy esa muchacha joven y frágil, sino una solterona de mediana edad. No, no es mi cuerpo en realidad, ni siquiera mi cabeza.

Reflejó bien una cosa: a veces santuario, a veces prisión, la casa de la colina ha sido siempre mi hogar. He pasado toda mi vida sintiendo el intenso hechizo de ese edificio, he querido escapar de él pero siempre me detuvo el dominio que ejercía sobre mí (como he aprendido a lo largo de los años, hay muchas maneras de ser inválida, muchas formas de parálisis). Mis antepasados llegaron a Maine procedentes de Salem, pero, como todas las personas que tratan de huir de su pasado, finalmente lo trajeron con ellos. Algo que llevan inexorablemente consigo todas las semillas desde su lugar de origen. Nunca se puede escapar de los lazos de la historia familiar, no importa lo mucho que uno se aleje. Y el esqueleto de una casa puede llevar en sus huesos la médula de todo lo anterior.

«¿Quién eres tú, Christina Olson?», me preguntó él una vez.

Nadie me había preguntado nunca tal cosa y tuve que meditarlo un buen rato.

«Si realmente quieres conocerme —respondí—, vamos a tener que comenzar hablando de las brujas. Y luego de los chicos ahogados. De las conchas de tierras lejanas, hay toda una habitación llena de ellas. Y del marino sueco atrapado en el hielo.» Tendría que hablarle también sobre la sonrisa falsa del hombre de Harvard y las manos frías de los brillantes médicos de Boston, de la barca que hay en el pajar y de la silla de ruedas que reposa en el fondo del mar.

Y al final —aunque ninguno de los dos lo sabía entonces—, terminaremos aquí, en este lugar, dentro y fuera del mundo de la pintura.

Un extraño llama a la puerta

1939

Estoy trabajando en una colcha de *patchwork* en la cocina una luminosa tarde de julio, junto a una mesa donde hay pequeños cuadrados de tela, tijeras y un alfiletero, cuando oigo el motor de un vehículo. Miro por la ventana que da a la cala y veo una camioneta que atraviesa los campos en dirección a la casa. Cuando se detiene, por el lado del copiloto baja Betsy James, que ríe y grita feliz. No la he visto desde el verano pasado. Lleva una camiseta sin mangas y pantalones cortos de *denim* blanco, así como un pañuelo rojo atado al cuello. Mientras la observo caminar hacia la casa, me llama la atención lo diferente que está. Su dulce cara redonda se ha afilado y alargado; la melena castaña cae espesa alrededor de sus hombros, y sus ojos oscuros brillan llenos de alegría. Lleva los labios pintados de rojo. La recuerdo con nueve años, cuando venía a visitarme y me trenzaba el cabello con sus pequeños y ágiles dedos, sentada detrás de mí, en el porche. Y aquí está, con diecisiete años, de repente toda una mujer.

—Hola, Christina —me saluda desde el otro lado de la mosquitera—. ¡Ha pasado mucho tiempo!

—Adelante, pasa —la invito desde mi mecedora—. ¿Te importa si no me levanto?

—Claro que no. —Entra y la habitación se llena con una fragancia de rosas. ¿Cuándo ha empezado Betsy a usar perfume? Se acerca a mi mecedora y me rodea los hombros con los brazos—. Llegamos hace unos días. Me alegro mucho de estar de vuelta.

—Eso parece, sin duda.

Sonríe, con las mejillas sonrojadas.

—¿Qué tal estáis Al y tú?

—Oh, ya sabes. Bien. Igual.

—Eso es bueno, ¿verdad?

Sonrío, por supuesto. Eso es bueno.

—¿Qué estás haciendo?

—Algo pequeño. Un edredón para bebé. Lora está embarazada de nuevo.

—Como buena tía generosa. —Se agacha para recoger uno de los cuadrados de tela, una pieza de percal, con flores rosa y hojas verdes sobre un fondo color caramelo—. Reconozco este tejido.

—Es de un vestido viejo que se me rompió.

—Me acuerdo de él. Con botones blancos y una falda con vuelo, ¿verdad?

Recuerdo el día que mi madre trajo a casa el patrón Butterick para hacerlo, con los botones irisados y el percal. Recuerdo cuando Walton me vio con el vestido por primera vez. «Estoy impresionado.»

—Fue hace mucho tiempo.

—Bueno, es maravilloso que un vestido viejo tenga una nueva vida. —Suavemente, vuelve a dejar la tela sobre la mesa y pasa los dedos por los demás cuadrados: muselina blanca, algodón azul marino, cambray con una débil mancha de tinta.

—Todas estas piezas... En realidad, estás componiendo un recuerdo familiar.

—Qué va... Son solo un montón de sobras.

—Las sobras de un hombre. —Se ríe y mira por la ventana—. ¡Oh, me he olvidado! Necesito un vaso de agua, si no te importa.

—Siéntate y te lo traeré.

—Oh, no es para mí. —Señala la camioneta—. Mi amigo quiere pintar un bosquejo de tu casa, pero necesita agua para hacerlo.

Miro el vehículo con los ojos entornados. Hay un chico sentado en el capó, mirando el cielo. Tiene un enorme bloc de papel blanco en una mano y lo que parece un lápiz en la otra.

—Es el hijo de N. C. Wyeth —susurra Betsy, como si alguien pudiera escucharla.

—¿Quién?

—¿No conoces a N. C. Wyeth, el famoso ilustrador? ¿El de *La isla del tesoro*?

Ah... *La isla del tesoro*.

—Al adora ese libro. Creo que lo tiene todavía en alguna parte.

—Todos los niños de Estados Unidos guardan un ejemplar en casa. Bueno, pues su hijo también es artista. Lo he conocido hoy.

—Lo has conocido hoy ¿y ya te has montado en coche con él?

—Sí. Él es... no sé. Parece digno de confianza.

—¿A tus padres no les importa?

—No lo saben. —Sonríe con timidez—. Se presentó en casa esta mañana en busca de mi padre. Pero mis padres han salido en la embarcación. Le abrí la puerta y aquí estamos.

—A veces ocurre —comento—. ¿De dónde es?

—De Pennsylvania. Su familia tiene una casa de veraneo en la zona, en Port Clyde.

—Parece que sabes mucho sobre él —digo, arqueando una ceja.

Ella imita mi gesto.

—Y tengo intención de saber todavía más.

Y acto seguido llena un vaso de agua y regresa a la camioneta. Por la forma de andar, con los hombros erguidos y la barbilla adelantada, sabe que ese chico la está mirando. Y le gusta que lo haga. Le tiende el vaso y se sube al capó, a su lado.

—¿Quién era? —Mi hermano Al aparece en la puerta de atrás, secándose las manos con un trapo. Nunca sé cuándo va a aparecer; es tan silencioso como un zorro.

—Betsy. Ha venido con un chico. Me ha dicho que él quiere pintar un bosquejo de la casa.

—¿Para qué?

Me encojo de hombros.

—A la gente le divierte pintar.

—Ya... —Al se acomoda en la mecedora y saca la pipa y el tabaco. Aplasta el tabaco y lo enciende mientras los dos observamos a Betsy y al chico por la ventana, tratando de actuar como si no los estuviéramos mirando.

Después de un rato, el chico se baja y apoya el bloc en el capó del coche. Le tiende los brazos a Betsy, que se deja abrazar. Incluso a distancia percibo la calidez que hay entre ellos. Están allí, hablando durante un minuto, y luego Betsy le agarra la mano, tirando de él hacia... ¡Oh, Dios! Lo va a traer a casa. Siento un pánico fugaz: el suelo está lleno de polvo, tengo el vestido sucio, estoy despeinada y el jersey de Al está lleno de salpicaduras de barro. Pero hace mucho tiempo que no me preocupo del aspecto que puedo ofrecer a un extraño. Mientras se acercan, noto que el muchacho solo tiene ojos para Betsy. Desde luego, no tengo de qué preocuparme. Solo la ve a ella.

Ahora están ante la mosquitera, en el umbral. Larguirucho, sonriente, lleno de energía, el joven ocupa toda la puerta.

—Es una casa maravillosa —murmura mientras abre la mosquitera, estirando el cuello para mirar hacia arriba y alrededor—. Aquí dentro hay una luz extraordinaria.

—Christina, Alvaro, os presento a Andrew —dice Betsy.

Él inclina la cabeza.

—Espero que no les importe que me presente aquí sin ser invitado. Betsy asegura que les da igual.

—No somos demasiado ceremoniosos —asegura mi hermano—. Soy Al.

—La gente que más me gusta. Y llámeme Andy, por favor.

—Yo soy Christina —intervengo.

—Yo la llamo Christie —precisa Al—, pero nadie más la llama así.

—Christina, pues —decide Andy, mirándome. No me parece que esté juzgándome, solo muestra una especie de curiosidad antropológica. Sin embargo, su atención hace que me sonroje.

Me vuelvo hacia mi hermano.

—¿Recuerdas ese libro, *La isla del tesoro*? —digo con rapidez—. Pues me ha dicho Betsy que el padre de Andy hizo las ilustraciones.

—¿De verdad? —El rostro de Al se ilumina—. Es imposible olvidar esos dibujos. Es probable que haya leído ese libro más de una docena de veces. Ahora que lo pienso, es posible que sea el único libro que he terminado. Quería ser pirata.

Andy esboza una sonrisa. Sus dientes son grandes y blancos como los de una estrella de cine.

—Yo también. De hecho, sigo queriendo serlo.

Betsy levanta el bloc y me lo muestra, orgullosa como una madre.

—Christina, mira lo que ha hecho Andy en este rato.

El papel todavía está húmedo. Andy ha reducido la casa a una caja blanca con dos fachadas al mar con unos simples trazos. Los campos son amarillos y verdes, con algunas briznas asomando aquí y allá. Cerca, los abetos negros. Una mancha púrpura de montañas y nubes difusas. Aunque la acuarela está hecha con rapidez, hay fluidez en las pinceladas, como si el viento soplara dentro de la pintura. Está claro que el muchacho sabe lo que se hace. Las ventanas son meras sugerencias, pero dan la peculiar sensación de que se puede ver el interior. La casa parece enraizada en la tierra.

—Es solo un boceto —se disculpa Andy, acercándose a mí—. Seguiré trabajándolo.

—Parece un lugar agradable para vivir —comento. La casa se ve cómoda y acogedora, como recién salida de un cuento de hadas, y es donde vivimos yo y Al; el único indicio de su decadencia son unas manchas azules y marrones.

Andy se ríe.

—Usted puede decirlo. —Pasa un dedo por el papel—. Las líneas están marcadas. Hay algo en este lugar... ¿Lleva viviendo aquí mucho tiempo?

Asiento con la cabeza.

—Tengo la sensación de que es un lugar lleno de historias. Estoy seguro de que podría estar pintándolo diez años y nunca me cansaría.

—¡Oh! Desde luego que te cansarías —afirma Al.

Todos reímos.

Andy junta las manos.

—¿Saben una cosa? Hoy es mi cumpleaños.

—¿En serio? —pregunta Betsy—. No me lo has dicho.

—¿No? Tenía la impresión de que ya lo sabes todo de mí.

—Todavía no —replica ella.

—¿Cuántos años tienes? —le pregunto.

—Veintidós.

—¡Veintidós! Betsy solo tiene diecisiete.

—Diecisiete años muy maduros —suelta Betsy, con las mejillas cada vez más rojas.

Andy parece divertido.

—Bueno, nunca me he preocupado demasiado por la edad. Ni por la madurez.

—¿Cómo vas a celebrarlo? —pregunto.

Arquea una ceja mirando a Betsy.

—Yo diría que ya estoy celebrándolo.

No volvemos a ver a Betsy hasta varias semanas después, cuando irrumpe en la cocina y, de hecho, se pone a bailar.

—Christina, estamos comprometidos —jadea sin aliento, apretándome la mano.

—¿¡Comprometidos!?

Asiente con la cabeza.

—¿Puedes creerlo?

«Eres tan joven... Vas demasiado rápido. Casi no os conocéis», estoy a punto de decir. Entonces pienso en mi propia vida. En todos los años de espera que no condujeron a nada. Me fijé en ellos cuando estaban juntos, la chispa que crepitaba a su alrededor... «Tenía la impresión de que ya lo sabías todo de mí.»

—Por supuesto que puedo —respondo.

Diez meses después, me llega una postal. Betsy y Andy se han casado. Cuando regresan a Maine para pasar el verano, le hago a Betsy un regalo de bodas: dos fundas de almohada en las que he bordado unas flores. Me llevó cuatro días hacer los nudos franceses de las margaritas y las puntadas para definir los pequeños agujeros de las hojas; mis manos, rígidas y nudosas, ya no funcionan tan bien como antes.

Betsy mira de cerca el bordado y aprieta las fundas contra el pecho.

—Las guardaré como un tesoro. Son perfectas.

Le dedico una sonrisa. No son perfectas. Las líneas son desiguales, los pétalos de las flores me han salido demasiado puntiagudos y grandes; el algodón tiene débiles marcas por las puntadas de guía... pero Betsy siempre ha sido amable.

Me enseña fotografías de la boda en Nueva York. Andy aparece de esmoquin y Betsy con un vestido blanco y gardenias en el pelo, radiante de alegría. Me cuenta que después de cinco días de luna de miel, había supuesto que irían en coche a Canadá para asistir a la boda de un amigo, pero Andy había tenido que regresar al trabajo.

—Ya me explicó antes de casarnos cómo sería nuestra vida —me confía—. Pero no lo había creído hasta ese momento.

—Entonces, ¿fuiste tú sola?

Niega con la cabeza.

—Me quedé con él. Es para lo que me he comprometido. El trabajo lo es todo.

Por la ventana de la cocina veo a Andy atravesar el campo hacia la casa, andando de una forma un tanto irregular, medio arrastrando una pierna. Es extraño que no me haya dado cuenta antes. Llega a la puerta con las botas salpicadas de pintura, una camisa arremangada hasta el codo y un bloc de dibujo bajo el brazo. Llama con dos golpes firmes y abre la puerta mosquitera.

—Betsy tiene que hacer algunos recados, ¿te importa si me quedo por aquí?

Trato de actuar con indiferencia, pero se me acelera el corazón. No recuerdo cuándo fue la última vez que estuve con un hombre que no fuera Al.

—Como gustes.

Es más alto y más guapo de lo que recordaba, con el pelo castaño claro y unos penetrantes ojos azules. Hay un aire peculiar en la forma en que sacude la cabeza y mueve los pies. Un repiqueo vibrante.

En la sala de las conchas, pasa la mano por la repisa de la chimenea, retirando el polvo. Recoge la tetera blanca y agrietada de mamá y le da la vuelta. Examina el nautilus de mi abuela y hojea las finas páginas de una antigua Biblia negra. Nadie ha abierto el cofre de mi pobre tío Alvaro desde que se ahogó hace décadas y chirría cuando levanta la tapa. Retira del interior un retrato enmarcado con conchas de Abraham Lincoln y lo estudia con atención antes de volver a guardarlo.

—Se puede sentir el pasado de esta casa —comenta—. Las generaciones que han pasado por ella. Me recuerda *La casa de los siete tejados*. «Han pasado por ella tantas experiencias humanas y tan variadas, se ha sufrido tanto y también disfrutado entre sus paredes, que las mismas maderas de la casa rezuman algo así como la humedad de un corazón.»

La prosa me resulta familiar. Recuerdo haber leído esa novela en la escuela hace mucho tiempo.

—Tenemos cierta relación con Nathaniel Hawthorne —digo.

—Interesante... ¡Ah, sí, Hathorn! —Se acerca a la ventana y señala el campo—. He visto las lápidas del cementerio que hay ahí abajo. Hawthorne vivió en Maine durante un tiempo, ¿verdad?

—No tengo ni idea —admito—. Nuestros antepasados vinieron de Massachusetts. Hace casi doscientos años.

—¿De qué parte de Massachusetts?

—De Salem.

—¿Por qué vinieron aquí?

—Mi abuela me contó que trataban de escapar de la mancha que suponía el parentesco con John Hathorne. Fue el juez en los juicios de las brujas. Cuando llegaron a Maine, quitaron la «e» final del apellido.

—¿Para ocultar el parentesco?

—Supongo. —Me encojo de hombros.

—Estoy acordándome ahora —comenta— que Nathaniel Hawthorne también abandonó Salem, y también cambió la ortografía de su apellido. Muchas de sus historias son reinterpretaciones de la historia de su propia familia. Su historia familiar, supongo. Alegorías morales sobre personas decididas a acabar con la maldad de otros, al tiempo que reniegan de la que tienen dentro.

—Según una leyenda, una de las condenadas como brujas se situó en el cadalso y, mientras esperaba que le pusieran la soga, soltó una maldición: «Que Dios se vengue de la familia de John Hathorne.»

—Entonces, ¡tu familia está maldita! —exclama con diversión.

—Quizá. ¿Quién sabe? Mi abuela solía decir que esos hombres Hathorn trajeron con ellos a las brujas de Salem. Ella mantenía la puerta abierta entre la cocina y el cobertizo para que las brujas entraran y salieran a su antojo.

—¿Y tú qué opinas? —pregunta, mirando alrededor la habitación de las conchas—. ¿Es verdad?

—Nunca he visto ninguna —aseguro—. Pero también dejo la puerta abierta.

A lo largo de los años, algunas historias de las familias se afianzan. Se transmiten de generación en generación, ganando sustancia y significado a lo largo del camino. Tienes que aprender a tamizarlas, a separar los hechos de las conjeturas, lo que es probable de lo inverosímil.

Esto es lo que sé: a veces, las menos creíbles son las historias verdaderas.

1896-1900

Mi madre me cubre la frente con un trapo mojado.

El agua fría se me escurre por la sien hasta la almohada; vuelvo la cabeza para secarla. Miro sus ojos grises, entornados por la preocupación y la línea vertical que aparece entre sus cejas. Tiene pequeñas arrugas alrededor de los labios, que frunce con fuerza. Miro a mi hermano Alvaro, de dos años, que permanece de pie junto a ella con los ojos muy abiertos y solemnes.

Mamá llena un vaso de agua.

—Bebe, Christina.

—Sonríe, Katie —dice mi abuela Tryphena—. El miedo es contagioso. —Y se lleva a Alvaro de la habitación mientras mi madre me aprieta la mano, sonriendo solo con los labios.

Tengo tres años.

Me duelen los huesos. Cuando cierro los ojos, siento como si estuviera cayéndome. No es una sensación desagradable, es parecido a hundirse en el agua. Al mantenerlos cerrados, veo colores púrpura y óxido. Tengo la cara tan caliente, que la mano de mi madre en mi mejilla parece helada. Respiro hondo, inhalando el olor a humo de madera y pan recién horneado, y me dejo ir a la deriva. Los crujidos de la casa, los ronquidos en otra habitación... El dolor en los huesos me devuelve al presente. Cuando levanto los párpados no veo nada, pero sé que mi madre se ha ido.

Tengo tanto frío que parece que nunca he estado caliente, oigo el castañeteo de mis dientes en el silencio. Me escucho gemir, y es como si el sonido viniera de otra persona. No sé cuánto tiempo llevo emitiendo ese ruido, pero me alivia, me distrae del dolor.

Me suben las mantas.

—Sssh, Christina, silencio —dice mi abuela—. Estoy aquí. —Se sienta en la cama junto a mí, con su camisón de franela gruesa, y me abraza. Me acomodo sobre la curva de sus piernas, con su pecho detrás de mi cabeza, su suave y blando brazo debajo de mi cuello. Me frota los brazos fríos y me quedo dormida envuelta en su familiar olor a polvo de talco, aceite de linaza y bicarbonato.

Desde que tengo memoria he llamado Mamey a mi abuela. Es el nombre de un árbol que crece en las Indias Occidentales, donde se fue con mi abuelo, el capitán Sam Hathorn, en uno de sus muchos viajes. El árbol de mamey tiene un tronco corto y grueso, pocas ramas con grandes y puntiagudas hojas verdes rematadas con flores blancas en los extremos, como si fueran manos. Florece todo el año y su fruto madura en diferentes momentos. Cuando mis abuelos pasaron varios meses en la isla de St. Lucia, mi abuela hizo mermelada con la fruta, que sabe a frambuesa madura.

—Al madurar se vuelve más dulce. Igual que yo —decía—. No me llames abuela. Mamey me va mejor.

A veces me la encuentro sentada a solas, mirando por la ventana de la habitación de las conchas —el salón de la casa—, donde exponemos los tesoros que han ido trayendo a lo largo de los años seis generaciones de marinos de sus viajes alrededor del mundo. Sé que está suspirando por mi abuelo, que murió en esta casa un año antes de mi nacimiento.

—Es terrible encontrar el amor de tu vida, Christina —me dice—. Sabes muy bien lo que estás perdiendo cuando se va.

—Nos tienes a nosotros —le digo.

—Amaba a tu abuelo más que todas las conchas de esta habitación —replica—. Más que todas las briznas del campo.

Mi abuelo, al igual que su padre y su abuelo, comenzó su vida en el mar como grumete y acabó convertido en capitán. Después de casarse con mi abuela, la llevó consigo en sus viajes, transportando hielo de Maine a Filipinas, Australia, Panamá, las Islas Vírgenes, y regresando con el barco cargado con brandy, azúcar, especias y ron. Las historias de sus exóticos viajes se convirtieron en leyendas familiares. Mi abuela viajó con él durante décadas, a veces incluso acompañada de sus hijos —tres varones y una chica—, hasta que, en la época de la guerra de Secesión, él insistió en que se quedaran en casa. Los piratas —confederados que recorrían la costa Este de arriba abajo— acechaban, y ningún barco estaba a salvo.

Pero la precaución de mi abuelo no logró mantener a su familia segura; tres de sus hijos murieron demasiado pronto. Uno sucumbió a la escarlatina; su homónimo de cuatro años, Sammy, se ahogó un octubre, cuando el capitán Sam estaba en alta mar. Mi abuela no se atrevió a darle la noticia hasta marzo. «Nuestro amado hijo menor ya no está con nosotros —escribió—. Mientras te lo cuento, estoy casi cegada por las lágrimas. Nadie lo vio caer salvo el niño que corrió a decírselo a su madre. La chispa vital ha desaparecido. Querido esposo, te puedes imaginar el dolor que siento mejor de lo que yo lo puedo describir...» Catorce años después, Alvaro, ya adolescente, estaba trabajando como marinero en una goleta, en la costa de Cape Cod, y fue arrastrado por un golpe de mar durante una tormenta. La noticia de su muerte llegó por telegrama, contundente e impersonal. Su cuerpo nunca fue encontrado. El cofre con las pertenencias de Alvaro llegó unas semanas después a Hathorn Point, tenía la tapa tallada a mano. Mi abuela, desconsolada, se pasó horas siguiendo los contornos con los dedos, damiselas con crinolinas y escotes reveladores.

Mi dormitorio está silencioso e iluminado. La luz se filtra a través de las cortinas de encaje de Mamey y arroja sombras de formas intrincadas en el suelo. Las motas de polvo flotan en el aire a cámara lenta. Me estiro en la cama, subiendo los brazos por debajo de la sábana. Sin dolor. Me da miedo mover las piernas. Me da miedo no estar mejor.

Mi hermano Alvaro se balancea por la habitación, colgándose del pomo de la puerta. Me observa fijamente y luego grita a nadie en particular:

—¡Christie está despierta!

Como siempre, me dirige una larga mirada antes de cerrar la puerta. Lo escucho bajar las escaleras y luego la voz de mi madre y de mi abuela, así como el choque de las ollas a lo lejos, en la cocina, y me dejo llevar por el sueño. Lo siguiente que sé es que Al me sacude el hombro con su mano de mono.

—Despierta, perezosa —dice mientras mamá entra con su enorme barriga de embarazada para dejar una bandeja en la mesilla redonda de roble que hay junto a la cama. Papilla de avena, pan tostado y leche. Mi padre aparece tras ella como una sombra. Por primera vez en mucho tiempo siento una punzada que debe de ser hambre.

Mi madre esboza una sonrisa de verdad mientras coloca dos almohadas a mi espalda y me ayuda a incorporarme. Me da cucharadas de papilla de avena y espera a que me la trague.

—¿Por qué le das de comer? —protesta Al—. No es un bebé.

Mamá le manda callar, pero se ríe y llora a la vez. Las lágrimas resbalan por sus mejillas y tiene que detenerse un momento para limpiarse la cara con el delantal.

—¿Por qué lloras, mamá? —pregunta Al.

—Porque tu hermana se va a poner bien.

La recuerdo diciendo eso, pero pasarán años antes de que entienda lo que significa: mi madre temía que no me recuperara. Todos lo temían salvo Alvaro, yo y el bebé que todavía no había nacido, todos estábamos demasiado ocupados creciendo para darnos cuenta de lo que podía haber pasado. Pero ellos lo sabían. A mi abuela se le habían muerto tres hijos. Mi madre fue la única que sobrevivió y recordaba su infancia con melancolía. Después, puso a su primer hijo varón el nombre de su hermano.

Pasa un día y luego otro... Una semana. Voy a vivir, pero algo no está bien. Acostada en la cama, me siento como un trapo escurrido y puesto a secar. No puedo sentarme, apenas girar la cabeza. No soy capaz de mover las piernas. Mi abuela se acomoda en una silla junto a mí, con la labor de ganchillo, y me mira de vez en cuando por encima de sus gafas sin montura.

—Tranquila, hija. Descansar es bueno. Poco a poco.

—Christie no es un bebé —le recuerda Al. Está tumbado en el suelo, empujando una locomotora verde—. Es mayor que yo.

Estoy de acuerdo. Descansar es una estupidez. Estoy cansada de esta estrecha cama y de la ventana. Quiero estar fuera, corriendo entre la hierba, subiendo y bajando escaleras. Cuando me duermo, me deslizo colina abajo, con los brazos abiertos mientras muevo las piernas con vigor, notando cómo la hierba me azota las pantorrillas. Me dejo llevar en dirección al mar cerrando los ojos, con la cara vuelta hacia el sol, moviéndome con facilidad, sin dolor, sin caerme. Me despierto en la cama, con las sábanas húmedas de sudor.

—¿Qué me pasa? —le pregunto a mi madre mientras me cubre con una sábana limpia.

—Eres como Dios te hizo.

—¿Por qué me hizo así?

Parpadea, pero es un abrir y cerrar de ojos sorprendido, algo que he llegado a reconocer con los ojos cerrados. Es el gesto que hace cuando no sabe qué decir.

—Tenemos que confiar en Él.

Mi abuela hace ganchillo en la silla, sin decir nada. Pero cuando mamá va abajo con las sábanas sucias, se inclina hacia mí.

—La vida es una prueba tras otra. Tú estás aprendiéndolas antes que la mayoría.

—Pero ¿por qué solo yo?

Ríe.

—Oh, hija, no eres la única. —Entonces me habla de un marinero de la tripulación con una pierna de madera que repicaba en la cubierta, y de otro con joroba, que le hacía caminar como un cangrejo, y seis dedos en una mano. (No veas la rapidez con que hacía los nudos.) Me cuenta que había uno con un pie como un repollo, otro con la piel escamada como un reptil. También recuerda unos gemelos siameses que vio una vez en la calle—. La gente padece todo tipo de enfermedades —continúa—, no vale la pena perder el tiempo quejándose. Todos tenemos una carga que sobrellevar —asegura—. Ahora sabes cuál es la tuya. Eso es bueno. Nunca te verás sorprendida por ella.

Luego me cuenta una historia sobre una vez que naufragó con el capitán Sam en una tormenta y acabaron a la deriva en una precaria balsa en medio del océano, temblando de frío y con escasas provisiones. Estuvieron así un par de días y el agua y los alimentos fueron disminuyendo. Desesperados, pensaron que jamás los rescatarían. Ella se arrancó parte de la ropa a tiras, la ató en el extremo de un remo a modo de bandera y se las arregló para apuntalar aquel improvisado mástil en posición vertical. Los días pasaban y no veían a nadie. Se lamían los labios agrietados por el salitre y cerraban los párpados quemados por el sol, resignados a lo peor, una bendita inconsciencia y, finalmente, la muerte. Y entonces, una tarde cuando estaba a punto de ponerse el sol, un punto en el horizonte se materializó en un barco que venía directamente hacia ellos, atraído por las telas que se agitaban.

—Las cualidades más importantes de un ser humano son una voluntad de hierro y un espíritu perseverante —dice Mamey. Añade que he heredado esas cualidades de ella, y que de la misma manera que sobrevivió al naufragio, cuando ya había perdido toda esperanza, y a la muerte de sus tres hijos, cuando pensó que su corazón podría pulverizarse como una concha en la arena, yo encontraré la manera de seguir adelante, pase lo que pase—. La mayoría de las personas no son tan afortunadas como tú —asegura—, sino que suelen sucumbir al infortunio de repente.

—Estaba bien hasta que tuvo la fiebre —dice mi madre al doctor Heald mientras me siento en la camilla de su consulta—. Ahora apenas puede caminar.

Él me examina, me extrae sangre y me toma la temperatura.

—Veamos... —Me agarra las piernas. Presiona la piel con los dedos, buscando el recorrido de mis huesos hasta los pies—. Ya... —murmura—. Irregularidades... Interesante... —Me sujeta los tobillos mientras mira a mi madre—. Es difícil de explicar —le comenta—. Tiene los pies deformados, intuyo que por algún virus. Recomiendo unas agarraderas. No es seguro que vayan a funcionar, pero vale la pena intentarlo.

Mi madre aprieta los labios.

—¿Qué alternativa hay?

El doctor Heald hace una mueca exagerada, como si la respuesta fuera tan difícil de decir como de escuchar.

—Bien, esa es la cosa. Que no hay alternativa.

Las agarraderas que me pone el doctor Heald me abrazan las piernas como un instrumento de tortura medieval, marcando mi piel, y me hacen aullar de dolor. Después de una semana con ellas, mi madre me lleva de vuelta a la consulta y el doctor me las retira. Contienen la respiración cuando me ven la piel, cubierta con purulentas heridas enrojecidas. Aún hoy conservo las cicatrices.

Después de eso y durante el resto de mi vida, he desconfiado mucho de los médicos. Cuando el doctor Heald venía a casa para examinar a Mamey, el embarazo de mamá o la tos de papá, yo desaparecía, me escondía en la buhardilla, en el establo o en el cuarto del cobertizo.

Me dispongo a caminar en línea recta sobre los tablones de pino de la cocina.

—Un pie delante del otro, como una equilibrista —me instruye mi madre—, a lo largo de la unión.

Es difícil mantener el equilibrio; solo puedo andar con la parte exterior de los pies. Si esto fuera realmente la cuerda floja de un circo, señala Al, me habría caído y muerto una docena de veces.

—Despacio —me tranquiliza mi madre—. No es una carrera.

—Es una carrera —asegura Al. Siguiendo una de las rendijas paralelas, realiza una precisa coreografía con sus pequeños pies enfundados en calcetines, llegando al final rápidamente. Se lanza a los brazos de mamá—. ¡Yo gano!

Pierdo el equilibrio y en mi caída le doy una patada en las piernas, haciéndolo aterrizar sobre el coxis.

—Mantente fuera de su camino, Alvaro —le riñe mamá.

Él rueda por el suelo y me mira ceñudo. Yo lo miro igual. Al es delgado y fuerte, como una banda de acero o el tronco de un árbol joven. Es más travieso que yo, roba los huevos a las gallinas y se encarama a las vacas. Siento algo duro y punzante en el estómago. Celos. Resentimiento. Y algo más, el inesperado placer de la venganza.

Me caigo con tanta frecuencia que mi madre me hace almohadillas de algodón para los codos y rodillas. No importa lo mucho que practique, soy incapaz de mover las piernas de la forma en que debería. Sin embargo, con el tiempo se vuelven lo suficientemente fuertes como para que pueda jugar al escondite, busque las gallinas por el granero o las persiga por el patio. A Al no le importa mi cojera. Me llama para que vaya con él, para que trepe a los árboles, para que monte a *Dandy*, la vieja mula castaña, para que recoja leña para la chimenea. Mamá siempre le regaña y le dice que se vaya, que me deje en paz, pero Mamey permanece en silencio. Ella piensa que es bueno para mí.

Me despierto en la oscuridad con la lluvia repiqueteando en el tejado y una conmoción en el dormitorio de mis padres. Mi madre gime y Mamey murmura. La voz de mi padre se mezcla con otras dos que no reconozco en el vestíbulo de la planta baja. Salgo de la cama, me pongo la falda de lana y los calcetines y bajo las escaleras aferrada a la barandilla y medio deslizándome. Abajo está mi padre con una pelirroja que lleva el pelo rizado cubierto con un pañuelo.

—Vuelve a la cama, Christina —ordena papá—. Es de noche.

—A los bebés les da igual la hora que sea —canturrea la mujer. Se quita el abrigo y lo deja en manos de mi padre.

Me aferro a la barandilla mientras ella sube la estrecha escalera como un pesado tejón. La sigo y abro la puerta de la habitación de mi madre. Mamey está allí, inclinada sobre la cama. No puedo ver lo que ocurre sobre la alta cama de postes de caoba, pero he oído quejarse a mamá.

Mamey se da la vuelta y me ve.

—¡Oh, cariño! —dice con desaliento—. Este no es lugar para ti.

—No pasa nada. Tarde o temprano, todas las chicas han de aprender cómo vienen los bebés al mundo —dice el tejón. Me señala con la cabeza—. ¿Por qué no haces algo útil? Dile a tu padre que ponga agua a calentar.

Miro a mi madre, que se retuerce en la cama.

—¿No le pasará nada?

El tejón frunce el ceño.

—Tu madre es una mujer fuerte. ¿No has oído lo que te he dicho? Agua hirviendo. El bebé está a punto de llegar.

Voy a la cocina y se lo digo a papá, que pone una olla de hierro negro al fuego. Mientras esperamos en la cocina, me enseña a jugar al Blackjack y al Crazy Eights para pasar el tiempo. El sonido de la lluvia contra la casa resuena como frijoles secos en un palo hueco. Antes de que amanezca, oímos el agudo llanto de un bebé.

—Se llamará Samuel —me dice mi madre cuando me subo a la cama, a su lado—. ¿No te parece perfecto?

—Mmm... —respondo evasivamente, pues el bebé me parece un cangrejo de cara roja enfrentándose al tejón.

—Quizá sea explorador como su abuelo Samuel —sugiere Mamey—. Como todos los Samuels marineros que llevaron ese nombre en la familia.

—¡Dios no lo quiera! —exclama mamá.

—¿Quiénes son los Samuels marineros? —le pregunto más tarde a Mamey, cuando mi madre y el bebé duermen la siesta y estamos solas en la habitación de las conchas.

—Son tus antepasados. La razón de que estés aquí —me explica.

Me cuenta la historia de cómo, en 1743, tres hombres de Massachusetts —dos hermanos, Samuel y William Hathorn, y el hijo de William, Alexander— guardaron sus pertenencias en tres baúles para el largo viaje hasta Maine en pleno invierno. Llegaron a una remota península que hace dos mil años era un punto de encuentro de tribus indias, y confeccionaron una tienda con pieles de animales lo suficientemente resistente para soportar los siguientes meses de hielo, nieve y fango congelado. En un año talaron una franja del bosque y construyeron tres cabañas de madera. A esa lengua de tierra de Maine le dieron el nombre de Hathorn Point.

Cincuenta años después, Samuel, el hijo de Alexander, que era capitán de barco, construyó una casa de madera de dos plantas sobre el lugar que ocupaba la cabaña de la familia. Samuel se casó dos veces, crio seis hijos en la casa y murió a los setenta años. Su hijo Aaron, que también era capitán, se casó dos veces y tuvo ocho hijos que crecieron aquí. Cuando Aaron murió y su viuda decidió vender la casa (optando por una vida más sencilla en la ciudad, cerca de la panadería y el colmado), los Hathorn que se habían entregado al mar tuvieron miedo. Sin embargo, cinco años después, Samuel IV, el hijo de Aaron, compró la casa de nuevo, devolviendo la propiedad de las tierras a la familia.

Samuel IV era mi abuelo.

Todos ellos eran capitanes de mar, iban y venían durante meses. Sus muchos hijos y esposas subieron y bajaron esas estrechas escaleras. Mamey dice que, hoy en día, esta antigua casa de Hathorn Point está poseída por sus fantasmas.

Cuando tu mundo es pequeño, conoces cada centímetro de él. Se puede recorrer en la oscuridad, navegarlo en tus sueños. Los ásperos campos de hierba caen hacia la costa rocosa y el mar, llenos de recovecos para esconderse y jugar. Los fogones con restos de hollín, siempre cálidos, en la cocina. Geranios rojos en el alféizar de la ventana, que llaman la atención como el pañuelo de un mago. Los gatos del granero. El aire que huele a pino y algas, a pollo asado y suelo recién arado.

Una tarde de verano, mamá está mirando la tabla de mareas en la cocina.

—Ponte los zapatos, Christina —me dice—, quiero enseñarte algo.

Me ato los cordones de los botines y la sigo a través del campo, más allá de los zumbidos de las cigarras y los graznidos de los cuervos, hasta el cementerio de la familia. Mis piernas se han fortalecido lo suficiente y casi puedo mantener el ritmo. Recorro con los dedos el musgo que motea las lápidas; algunas están caídas y son difíciles de leer. La más antigua pertenece a Joanne Smalley Hathorn. Murió en 1834, con treinta y tres años, después de haber tenido siete hijos. Cuando se estaba muriendo, me susurra mi madre, le rogó a su marido que la enterrara en la propiedad y no en el cementerio de la ciudad, que estaba a demasiados kilómetros para que sus hijos pudieran visitar la tumba.

Sus hijos también están enterrados aquí. Lo están todos los Hathorn a partir de entonces.

Seguimos la orilla por el lado sur de Hathorn Point, sobre Kissing Cove y Maple Juice Cove, donde el estuario del río St. George desemboca en la bahía de Muscongus, en el océano Atlántico. Aquí hay un montón de conchas que, según dice mi madre, dejaron los indios de Abenaki, que pasaban el verano en la zona hace mucho tiempo. Trato de imaginar cómo era todo antes de que se construyera la casa, antes de que levantaran las tres cabañas de madera, antes de que se establecieran los colonos. Imagino a una chica abenaki, como yo, recorriendo la rocosa costa llena de conchas. Desde el punto donde se puede ver la salida al mar, ¿observaría el horizonte? ¿Lo vigilaría por si aparecían extraños? ¿Imaginaría lo mucho que podía cambiar su vida cuando llegaran?

La marea está baja. Me tropiezo con las rocas, pero mamá no dice nada, solo se detiene y me espera. Señala un punto. Es una pequeña isla desierta, moteada de abedules y hierba seca.

—Vamos allí. Pero no podemos quedarnos mucho tiempo o la marea nos atrapará.

Nuestro camino es una carrera de obstáculos formado por piedras pulidas por el agua. Recorro los metros lentamente, pero aun así resbalo y me caigo, arañándome la mano con un manojo de percebes. Tengo los pies mojados dentro de los zapatos. Mi madre me mira.

—Levántate. Ya casi estamos.

Cuando llegamos a la isla, extiende una manta de lana sobre la zona seca de la playa. Saca de la mochila un sándwich de huevo, un pepino y dos trozos de tarta de manzana. Me entrega la mitad del sándwich.

—Cierra los ojos y siente el sol —me indica, y lo hago, apoyándome en los codos, con la barbilla hacia el cielo. Con los ojos cerrados percibo un cálido tono amarillo a través de los párpados. Oigo el susurro de los árboles a nuestra espalda, como faldas recién almidonadas. Huelo el aire salobre—. ¿Quién querría estar en otro lugar?

Después de comer, recogemos conchas: pálidas bocanadas de anémonas verdes y mejillones iridiscentes en tonos púrpuras.

—Mira —dice mamá, señalando un cangrejo que emerge de un charco dejado por la marea para seguir un camino entre las rocas—. Toda la vida está aquí, en este lugar. —A su manera, siempre está tratando de enseñarme algo.

Vivir en una granja es librar una guerra continua contra los elementos, dice mamá. Tenemos que luchar contra el viento para mantener a raya el caos. Los agricultores trabajan fuera con mulas, vacas y cerdos, pero la casa debe ser un santuario. Si no es así, no somos mejores que los animales.

Mi madre está siempre en movimiento: barre, friega, desengrasa, hornea, limpia, lava y tiende sábanas. Hace pan por la mañana, utilizando la levadura de la vid que hay detrás del cobertizo. Siempre tiene puesta una olla de avena en la parte posterior de la cocina cuando yo bajo, con una costra transparente en la superficie que recojo para alimentar al gato cuando ella no mira. A veces hay también tortas de avena y huevos duros. El bebé duerme en una cuna, en un rincón. Cuando se lavan los platos del desayuno, comienza la preparación de la comida fuerte de mediodía: pastel de pollo, carne guisada o pescado asado; puré o patatas cocidas; guisantes o zanahorias, ya sea frescos o en conserva, depende de la temporada. Lo que sobra se toma por la noche, transformado en un guiso.

Mi madre canta mientras trabaja. Su canción favorita es *Red Wing*. Trata de una joven india que suspira por un valiente guerrero que se ha marchado a la guerra y cuyo abatimiento crece según pasa el tiempo. El trágico final es que su amado ha muerto.

Now, the moon shines tonight on pretty Red Wing
The breeze is sighing, the night bird's crying,
For afar 'neath his star her brave is sleeping,
While Red Wing's weeping her heart away.*

Me resulta difícil entender por qué a mi madre le gusta una canción tan triste. La señora Crowley, mi maestra en la Wing School Number 4 de Cushing, dice que los griegos creían que presenciar el dolor en una obra de arte te hace aceptar mejor tu vida. Pero cuando se lo menciono a mi madre, se encoge de hombros.

—A mí me gusta la música. Consigue que haga más rápido las tareas de casa.

En cuanto soy lo suficientemente alta para llegar a la mesa del comedor, me encargo de poner la mesa. Mi madre me enseña a colocar la pesada cubertería de plata.

—El tenedor a la izquierda —dice mientras me lo enseña, poniendo el tenedor en el lugar apropiado junto al plato—. El cuchillo y la cuchara a la derecha. Acuérdate, los dos llevan «ch».

—El cuchillo y la cuchara —repito.

—Sí.

—Como chica, ¿verdad?

—¡Qué lista es mi niña! —me alaba Mamey entrando en la cocina.

Después de cumplir siete años, puedo pelar la fina piel de la patata con un cuchillo, fregar los suelos de pino con lejía arrodillada sobre manos y rodillas y obtener levadura de la vid. Mi madre me enseña también a coser y remendar. Aun-

---

* La luna brilla esta noche sobre la hermosa Red Wing/La brisa gime mientras el pájaro de la noche está llorando/A lo lejos, bajo las estrellas, reposa su valiente guerrero/mientras Red Wing suspira por su corazón lejano. (*N. de la T.*)

que mis torpes dedos hacen que me resulte difícil enhebrar una aguja, estoy decidida a conseguirlo. Lo intento de nuevo, pero me pincho el índice sin llegar a acertar con el hilo.

—Jamás había visto tanta determinación —comenta Mamey, pero mi madre no dice una palabra hasta que lo consigo.

—Christina, nunca conseguirás nada sin tenacidad —dice luego.

Mamey no comparte el miedo que tiene mi madre a la suciedad. ¿Qué es lo peor que puede ocurrir si se acumula el polvo en las esquinas o dejamos los platos sin lavar en el fregadero? Sus cosas favoritas han sido desgastadas por el tiempo: la vieja cocina Glenwood, la mecedora con el asiento deshilachado que hay junto a la ventana, la sierra de mano con el mango roto. Dice que cada una tiene su propia historia que contar.

Mamey pasa los dedos por las conchas de la repisa de la chimenea en la habitación de las conchas como si fuera un arqueólogo que acaba de descubrir una ruina capaz de dar vida a todos sus conocimientos. Las conchas estaban en el cofre de su hijo Alvaro y ocupan aquí un lugar de honor junto a la maltratada Biblia de viaje de tapas negras. Las conchas, de tonos pastel, y de todas formas y tamaños, se alinean por los bordes de las ventanas y el suelo. Hay conchas incrustadas en jarrones, estatuas, ferrotipos, tarjetas de San Valentín, cubiertas de libros; vistas en miniatura de la casa familiar pintadas a lo largo de los años con conchas de vieira; incluso hay un grabado del presidente Lincoln enmarcado con conchas.

Me entrega su preciado caparazón, el que ella misma encontró cerca de un arrecife de coral en una playa de Madagascar. Es sorprendentemente pesado; mide cerca de veinticinco centímetros y es suave como la seda, con una raya anaranjada en la parte superior que termina confundiéndose con su tono blanco cremoso.

—Es un nautilus —me explica—. Nautilus en griego significa «marinero».

Me habla de un poema en el que un hombre encuentra una cáscara rota como esta en la orilla. Al darse cuenta de que las cámaras internas de la espiral aumentan de tamaño, se imagina que el molusco que la habitaba era cada vez más grande, por lo que supera un espacio y pasa al siguiente.

—«Construye mansiones señoriales, alma mía. / Mientras pasan rápidas las estaciones. / Hasta que seas libre de esa línea vital. / Dejando tu concha de la vida al incansable mar» —recita Mamey, moviendo las manos en el aire—. Trata de la naturaleza humana, como ves. Se puede vivir durante mucho tiempo dentro de la cáscara en que naces. Pero un día será demasiado pequeña.

—Entonces, ¿qué? —pregunto.

—Bueno, entonces tendrás que buscar una concha más grande para vivir.

Lo considero durante un rato.

—¿Y si es demasiado pequeña, pero aun así quiero vivir allí?

Suspira.

—Niña, qué pregunta... Supongo que tienes que elegir entre ser valiente y encontrar un nuevo hogar, o vivir dentro de una cáscara rota.

Mamey me enseña cómo decorar portadas de libros y jarrones con pequeñas conchas, las superpone para que se unan en cascada hasta formar una línea precisa. Mientras va pegando las conchas me recuerda la valentía y audacia de mi abuelo, cómo fue más listo que los piratas y cómo sobrevivió a maremotos y naufragios. Me vuelve a contar la historia de la bandera de tiras de tela cuando habían perdido toda esperanza y la milagrosa aparición del carguero que los rescató.

—No llenes la cabeza de la niña con esos cuentos chinos —la regaña mi madre, que nos está oyendo desde la despensa.

—No son cuentos chinos, son la vida real. Lo sabes, estabas allí.

Mamá asoma la cabeza por la puerta.

—Haces que todo suene bien, pero tú sabes que la mayor parte del tiempo fue lamentable.

—Fue grandioso. Esta niña nunca podrá ir a ninguna parte. Al menos debería saber que lleva la aventura en la sangre.

Cuando mi madre se aleja, cerrando la puerta a su espalda, Mamey suspira. Dice que no puede creer haber tenido una hija que viajó por todo el mundo sin que este le haya dejado huella. Añade que mi madre hubiera sido una solterona si mi padre no hubiera subido la colina, ofreciéndole una alternativa.

Conozco parte de la historia. Mi madre, como única hija superviviente, se aferró a la casa. Después de que mi abuelo dejara de salir a la mar, Mamey y él decidieron convertir la casa en un hostal de veraneo como distracción del dolor. Se añadió un tercer piso con ventanas abuhardilladas, creando cuatro dormitorios más en la casa, que ahora contaba con dieciséis habitaciones, y pusieron anuncios en todos los periódicos de la costa Este. El encanto y las vistas que ofrecía el hotel se transmitió de boca en boca, y los visitantes empezaron a llegar. En la década de 1880 una familia podía pasar una semana en la Casa Hathorn por doce dólares, incluyendo las comidas.

El hostal daba mucho trabajo, más del previsto, y necesitaban que mi madre les echara una mano. Con el paso de los años, los pocos solteros elegibles de Cushing se casaron o alejaron. Cuando cumplió treinta y cinco años, mi madre dio por hecho que se le había pasado el arroz y abandonó toda esperanza de conocer a un hombre y enamorarse. Viviría en la casa y cuidaría de sus padres hasta que los enterraran en el terreno de la familia, entre la casa y el mar.

—Hay una vieja expresión —dice Mamey—. La pérdida del apellido. ¿Sabes lo que significa?

Niego con la cabeza.

—Significa que al no haber herederos varones que sobrevivan, el apellido desaparecerá. Tu madre es la última de los Hathorn marineros. Cuando ella fallezca, el apellido morirá también.

—Todavía quedará Hathorn Point.

—Sí, eso es verdad. Pero, de hecho, esto ya no es la Casa Hathorn, ¿verdad? Ahora es la Casa Olson. Lleva el nombre de un marinero sueco seis años más joven que tu madre.

Mi mente sufrió una sacudida.

—Espera... ¿papá es más joven que mamá?

—¿No lo sabías? —Mamey se ríe al verme sacudir la cabeza de nuevo—. Hija, hay muchas cosas que no sabes. Johan Olauson se llamaba entonces...

—*Yo-han O-law-son* —pronuncié las extrañas palabras.

—Apenas hablaba una palabra de inglés. Era marinero en un carguero capitaneado por John Maloney, el que vive en esa pequeña casita ahí abajo, con su esposa —explica, señalando la ventana con un gesto—. ¿Sabes de quién te hablo?

Asiento con la cabeza. El capitán es un hombre agradable, con espeso bigote gris y dientes amarillentos, y su esposa es una pelirroja de frente amplia y una delantera que parece añadida. He visto su barco en la cala: *Estela Plateada*.

—Bueno, era febrero de 1890. Fue un mal invierno. Interminable. Iban camino de Thomaston, Nueva York, en un carguero que llevaba cal para hacer mortero y ladrillos. Pero al llegar a la bahía de Muscongus echaron el ancla por culpa de una tormenta. Hacía tanto frío que se formó hielo alrededor del barco durante la noche. No pudieron hacer nada; estaban atrapados. Al cabo de unos días, cuando el hielo era lo suficientemente grueso, bajaron y caminaron hasta la orilla. Esta orilla. Tu padre no tenía dónde ir, así que se quedó con Maloney y su esposa hasta el deshielo.

—¿Durante cuánto tiempo?

—Oh, meses...

—¿Y el barco estuvo atrapado en el hielo todo ese tiempo?

—Todo el invierno —dijo ella—. Se veía desde la ventana. —Levantó la barbilla hacia la despensa. Se oía el débil ruido de los platos al otro lado de la puerta—. Bueno, allí estaba él, en esa pequeña casa durante todo el invierno, abajo, cerca de la cala, con una clara visión de esta casa en la colina. Debía de estar aburridísimo. Pero había aprendido a tejer en Suecia e hizo la manta de lana azul mientras se hospedaba con ellos. ¿Lo sabías?

—No.

—La hizo, sentado ante la chimenea de los Maloney todas las noches. De todas formas, ya sabes cómo es la gente: habla, cuenta historias... ¡Y cómo son esos Maloney para los chismes! Sin duda, ellos le hablaron de nuestra familia y de que estábamos a punto de perder el apellido, y que si Katie se casaba, su marido lo heredaría todo. No lo sé a ciencia cierta, solo puedo imaginar lo que se dijo. Pero él llevaba solo aquí una semana cuando decidió aprender inglés. Fue al pueblo y le preguntó a la señora Crowley, la de la Wing School, si podía enseñarle.

—¿Mi maestra? ¿La señora Crowley?

—Sí, era la maestra ya entonces. Tu padre fue a la escuela todos los días que duraron las lecciones, y antes de que el hielo se descongelara había cambiado su nombre a John Olson. Entonces, un día, atravesó el campo hasta la casa y llamó a la puerta. Tu madre fue quien abrió. Y eso fue todo. En menos de un año, el capitán Sam murió y tus padres se casaron. La Casa Hathorn se convirtió en la Casa Olson. Y todo esto... —Levantó los brazos como un director de orquesta— es ahora suyo.

Me imaginé a mi padre sentado con los Maloney en su acogedora casita, tejiendo la manta mientras le contaban historias sobre la casa blanca de la colina. Que los tres Hathorn habían dado su nombre a esa pequeña península y construido esta casa... La hija solterona que vivía con sus padres, los tres hermanos muertos y ningún heredero que transmitiera el apellido...

—¿Crees que papá... se enamoró de mamá? —pregunto.

Mamey me acaricia la mano.

—No lo sé. Pero lo cierto, Christina, es que hay muchas maneras de amar y ser amado. Lo que fuera, trajo aquí a tu padre, y esta es su vida ahora.

Lo que más quiero en el mundo es que papá esté orgulloso de mí, pero tiene pocas razones. Por un lado, soy una chica. Peor todavía —y sé que es así aunque nadie me lo haya dicho—, no soy guapa. Cuando no hay nadie alrededor, a veces estudio mis rasgos en el pequeño fragmento nublado de espejo que está apoyado en el alféizar de la despensa. Pequeños ojos grises, uno más grande que el otro; nariz puntiaguda y larga; labios finos.

—Lo que más me atrajo de tu madre fue su belleza —dice siempre papá, y aunque ahora sé que solo es una parte de la historia, no cabe duda de que mi madre es hermosa. Pómulos altos, cuello elegante, manos largas y dedos finos. En su presencia me siento torpe, como un pato delante de un cisne.

Además, está mi enfermedad. Cuando nos reunimos con otras personas, papá se muestra tenso e irritable, como si temiera que yo fuera a tropezar, a golpear a alguien y avergonzarlo. Le molesta mi falta de gracia. Siempre está murmurando sobre encontrar un remedio. Piensa que no debería haber dejado de usar las abrazaderas; el dolor, dice, habría valido la pena. Pero él no sabe lo que era. Prefiero sufrir el resto de mi vida por tener las piernas retorcidas que soportar de nuevo semejante agonía.

Su vergüenza me vuelve desafiante. No me importa si lo hago sentir incómodo. Mi madre dice que sería mejor que no fuera tan determinada y orgullosa. Pero el orgullo es todo lo que tengo.

Una tarde, cuando estoy en la cocina, desgranando guisantes, escucho a mis padres hablando en el vestíbulo.

—¿Tiene que quedarse allí sola? —dice mi madre con la voz ronca por la preocupación—. John, solo tiene siete años.

—No lo sé.

—¿Qué le van a hacer?

—No lo sabremos hasta que la examinen —replica papá.

Me baja por la espalda un escalofrío de miedo.

—¿Cómo vamos a pagarlo?

—Si es preciso, venderé una vaca.

Cojeo hacia ellos desde la despensa.

—No quiero ir.

—Ni siquiera sabes adónde... —empieza a protestar papá.

—El doctor Heald ya lo intentó. No se puede hacer nada.

—Sé que tienes miedo, Christina —suspira él—, pero debes ser valiente.

—No voy a ir.

—Basta. No es decisión tuya —interviene mi madre—. Harás lo que te digamos.

A la mañana siguiente, cuando el alba comienza a filtrarse a través de las ventanas, siento que me sacuden el hombro con suavidad. Tardo un momento en centrarme y luego veo los ojos de papá.

—Vístete —dice—. Es la hora.

Siento el suave peso —ya sin calor— de la bolsa de agua que me calienta los pies por la noche, blanda como el vientre de un cachorro.

—No quiero, papá.

—Está todo arreglado. Lo sabes. Vas a venir conmigo —replica en voz baja y firme.

Hace frío y todavía hay una gran oscuridad cuando papá me sube al calesín. Me rodea con la manta de lana azul que tejió y luego me envuelve en otras dos además de ajustar el cojín detrás de mi cabeza. La silla de paseo huele a cuero viejo, y el caballo a humedad. El semental favorito de mi padre, *Blackie*, golpea el suelo con los cascos y relincha, moviendo sus largas crines mientras mi padre ajusta el arnés.

Él se sienta en el asiento del cochero, enciende la pipa y agita las riendas, poniendo en marcha el vehículo en el camino de tierra. Las ruedas chirrían a medida que avanzamos. Los bruscos movimientos hacen que me duelan las articulaciones, pero no lo suficiente para no acostumbrarme al ritmo y adormilarme con el arrullador sonido: *clomp, clomp, clomp*... Cuando abro los ojos poco después, hay una luz fría y amarilla típica de una mañana de primavera. El camino está lleno de fango; la nieve derretida ha formado arroyuelos y afluentes. Multitud de brotes de azafrán púrpuras, rosados y blancos surgen aquí y allá, salpicando los campos. Durante tres horas, apenas nos cruzamos con nadie. Un perro emerge entre los árboles y trota a nuestro lado un rato, luego se aleja de nuevo. De vez en cuando, papá se vuelve para ver cómo estoy. Lo miro desde mi nido de mantas.

—Este médico es un experto —me dice por encima del hombro poco después—. Me ha dado su nombre el doctor Heald. Solo te harán unas pruebas.

—¿Cuánto tiempo estaremos allí?

—No lo sé.

—¿Más de un día?

—No lo sé.

—¿Me van a operar?

Me mira.

—No lo sé. No tiene sentido que te preocupes por eso.

Siento las mantas ásperas contra mi piel. Me da un vuelco el corazón.

—¿Te quedarás conmigo?

Papá se saca la pipa de la boca y la golpea con un dedo. La vuelve a llevar a los labios y da una calada. *Blackie* trota a través del barro, impulsándonos con brío.

—¿Te quedarás? —insisto.

No responde ni se vuelve para mirarme.

Tardamos seis horas en llegar a Rockland. Nos detenemos para comer huevos duros con pan y grosellas, dejar descansar al caballo y hacer nuestras necesidades en el bosque. Cuanto más nos acercamos, más miedo siento. Cuando llegamos, *Blackie* tiene el lomo cubierto de sudor. A pesar de que hace frío, yo también estoy sudando. Mi padre me saca de la silla y me deja en el suelo. Luego ata el caballo y coge la bolsa de comida. Me lleva por la calle de la mano, mientras con la otra sujeta la dirección del médico.

Me siento mareada, tiemblo de miedo.

—Por favor, papá, no me lleves ahí.

—Este médico podrá ayudarte.

—Estoy bien así. No me importa.

—¿No quieres correr y jugar como los otros niños?

—Ya corro y juego.

—Cada vez peor.

—No me importa.

—Basta, Christina. Tu madre y yo sabemos lo que es mejor para ti.

—¡No! ¡No!

—¿Cómo te atreves a hablarme con esa falta de respeto? —sisea. Luego echa un rápido vistazo alrededor para ver si alguien se ha dado cuenta. Sé lo mucho que teme hacer una escena.

Empiezo a llorar; no puedo evitarlo.

—Lo siento, papá. No me lleves ahí. Por favor.

—¿Es que no te das cuenta de que tratamos de hacer lo mejor? —espeta en un vehemente susurro—. ¿Por qué estás tan asustada?

Igual que un leve cambio en la marea puede anunciar la aparición de una ola enorme, mis protestas y rebeliones infantiles solo han sido un indicio de los sentimientos que oculto en mi interior. ¿Por qué tengo tanto miedo? Porque van a tratarme como un espécimen, porque me van a pinchar y cortar de nuevo, sin descanso. El médico me torturará con agarraderas, aparatos ortopédicos y férulas. Sus experimentos harán que me ponga peor, no mejor. Papá se irá y me dejará sola, y el médico me retendrá aquí para siempre, sin dejar que vuelva nunca a casa.

Y si no funciona, papá todavía se sentirá más decepcionado.

—¡No voy a ir! ¡No puedes obligarme! —aúllo, soltándome de su mano y echando a correr por la calle.

—¡Eres una niña testaruda y cabezota! —grita amargamente.

Me oculto en un callejón, detrás de un barril que huele a pescado, en cuclillas sobre el barro. Poco después, tengo las manos enrojecidas y entumecidas, y me pican las mejillas. De vez en cuando, veo a papá, buscándome. Una vez se detiene en la acera y estira el cuello, oteando la penumbra, pero luego gruñe y sigue adelante. Después de una hora, no soy capaz de resistir el frío. Arrastrando los pies, regreso al calesín. Papá está sentado en el asiento del cochero, fumando la pipa con una manta sobre los hombros.

Me mira con expresión sombría.

—¿Estás preparada para ir al médico?

Le sostengo la mirada.

—No.

Mi padre es severo, pero tiene poca tolerancia con las exhibiciones públicas. Conozco esta debilidad suya; todos aprendemos a identificar las partes más débiles de las personas con quienes convivimos. Mueve la cabeza sin dejar de chupar la pipa. Después de unos minutos, se da la vuelta bruscamente y, sin una palabra, baja del pescante del calesín. Me sube a la parte posterior, aprieta el arnés de *Blackie*, y ocupa de nuevo el asiento del cochero. Permanece callado las seis horas que dura el viaje de vuelta a casa. Miro la marcada línea del horizonte, tan intensa como si hubieran pintado una línea de carbón sobre un papel blanco. El cielo es color acero, sombreado por los cuervos que surcan el aire. Los árboles desnudos comienzan a estar llenos de brotes. Es una imagen fantasmal, carente del color que inundan mis manos, veteadas como las de una estatua.

Al llegar a casa, por la noche, mi madre se reúne con nosotros en el vestíbulo, con el bebé apoyado en la cadera.

—¿Qué te han dicho? —pregunta con ansiedad—. ¿Puede ayudarla?

Papá se quita el sombrero y la bufanda. Mamá lo mira fijamente, y luego a mí. Bajo los ojos al suelo.

—La niña se ha negado a ir.

—¿Cómo?

—Se ha negado a ir. No he podido hacer nada.

Mi madre se envara.

—No lo entiendo. ¿No la has llevado al médico?

—Se ha escapado. No ha querido ir.

—¿No ha querido ir? —repite, elevando la voz—. ¡¿No ha querido ir?! ¡Es una niña!

Papá se aleja, quitándose el abrigo mientras camina. Sam comienza a llorar.

—Es su vida, Katie.

—Su vida —espeta mi madre—. ¡Eres su padre!

—Me ha hecho una escena terrible. No he podido obligarla.

De repente, ella se vuelve hacia mí.

—¿Eres tonta o qué? Has hecho perder el tiempo a tu padre y has arriesgado todo tu futuro. Vas a ser una inválida el resto de tu vida. ¿Eso te alegra?

Sam llora con desconsuelo. Niego con la cabeza sintiéndome fatal.

Mi madre entrega el bebé a papá, que lo mece torpemente entre sus brazos. Ella se pone en cuclillas frente a mí y mueve el dedo delante de mi cara.

—Eres tu peor enemigo, señorita. Y eres una cobarde. No confundas tu miedo con valor. —Siento su cálido aliento en la cara—. Lo lamento por ti. Pero eso es todo. Hemos intentado ayudarte. Como bien ha dicho tu pobre padre, es tu vida.

Después, cuando me despierto por la mañana, abro los dedos, consciente de la rigidez que sufren durante la noche. Hago lo mismo con los dedos de los pies, notando la rigidez en tobillos y pantorrillas, el sordo dolor en las corvas. El dolor en las articulaciones es como una mascota necesitada que no me deja en paz. Pero no puedo quejarme. He perdido ese derecho.

MI CARTA AL MUNDO

1940

No pasa demasiado tiempo antes de que Andy aparezca de nuevo ante la puerta. Esta vez, cargando con torpeza un caballete, un cuaderno de dibujo bajo el brazo y el pincel entre los dientes.

—¿Te importa si pongo el caballete fuera del camino? —me pregunta, dejando el material junto a la puerta.

—¿Te refieres a dentro de la casa?

Asiente, dirigiendo la barbilla hacia las escaleras.

—Estaba pensando en el piso de arriba. Si no te importa, claro.

Me siento sorprendida y un poco nerviosa. ¿Quién aparece sin avisar en casa de una virtual desconocida y le pide permiso para entrar?

—Bueno... eh...

—Prometo portarme bien. Ni te enterarás de que estoy aquí.

Hace años que no entra nadie. Hay varias habitaciones vacías. Pero lo cierto es que no me importa tener compañía.

Asiento con la cabeza.

—Bueno, bueno... —dice con una sonrisa, recogiendo el material—. Trataré de mantenerme alejado del camino de las brujas.

Sus pasos resuenan en las escaleras hasta el segundo piso. Instala su caballete en el dormitorio sureste, que una vez fue mío. Desde la ventana se ven los vapores alejándose de Port Clyde, en dirección a Monhegan y mar abierto.

A través de las tablas del suelo, lo oigo murmurar, dar golpecitos con el pie, canturrear.

Horas después baja con los dedos manchados de pintura y un pincel entre los labios.

—Las brujas y yo nos llevamos bien —asegura.

Betsy viene y se va. Igual que nosotros, sabe que no debe interrumpir a Andy mientras trabaja. Sin embargo, a diferencia de nosotros, tiene dificultad para permanecer sentada. Agarra un trapo y un cubo de agua y se pone a limpiar las ventanas polvorientas; intenta ayudarme con la ropa mojada, escurriéndola y tendiéndola en la cuerda. Protegida con uno de mis viejos delantales, se agacha y planta una hilera de semillas de lechuga en el huerto.

Las noches cálidas, cuando Andy ha terminado, Betsy se presenta con una cesta para hacer un picnic en la arboleda, donde mi padre construyó un pozo de fuego hace mucho tiempo, rodeado de troncos como asientos. Al y yo vemos que Betsy y Andy recogen trozos de madera y ramas para hacer fuego en el círculo de piedras. Más allá de la hoguera, los campos que nos separan de la casa distante parecen de arena.

Una mañana lluviosa, Betsy aparece en la puerta con las llaves del coche en la mano.

—Bien, Christina, es tu día. ¿Adónde quieres ir?

No estoy segura de si quiero que sea mi día, sobre todo porque tengo un aspecto horrible. Bajo la vista a mi vieja bata, a los calcetines arrugados en los tobillos.

—¿No te apetece una taza de té? —pregunto.

—Claro, Christina, pero cuando regresemos. Quiero llevarte a vivir una aventura. —Avanza hacia la cocina y agarra la tetera azul para inspeccionar la parte inferior—. Ajá... ¡justo lo que pensaba! Este viejo artefacto está a punto de oxidarse. Vamos a comprar una tetera nueva.

—No tiene pérdidas, Betsy. Funciona muy bien.

Ella ríe.

—La casa entera podría caer a tu alrededor y te parecería que todo sigue bien. —Señala mis zapatos—. Basta ver cómo están de gastados. Y ¿has visto los agujeros que tiene la gorra de Al? Venga, vamos. Te llevaré a los grandes almacenes que hay en Rockland. El Senter Crane. Tienen de todo. Y no te preocupes, yo pagaré.

Supongo que, de una forma inconsciente, me había dado cuenta del óxido de la tetera. Y del talón gastado del zapato, y de los agujeros en la gorra de Al. Estas cosas no me molestan. Me hacen sentir cómoda, como un pájaro en un nido de plumas y desechos. Pero sé que Betsy tiene buenas intenciones. Además, parece necesitar un objetivo.

—¿Ves? ¿No es divertido?

—Te encanta, ¿verdad, Betsy?

—Me gusta estar ocupada —responde ella—. Es un deseo humano básico, ¿no crees?

Tengo que reflexionar sobre ello un momento. ¿Lo es?

—Bueno, antes lo pensaba. Ahora no estoy tan segura.

—Las manos ociosas... —bromea ella.

—... las busca el diablo. ¿Es lo que piensas?

Ríe.

—Mis antepasados puritanos, sin duda, lo pensaban.

—Los míos también. Pero tal vez estaban equivocados.

—Miro a través del parabrisas las gruesas gotas de lluvia que se posan en el vidrio antes de ser arrastradas por los limpiaparabrisas.

Betsy me mira de reojo y frunce los labios, como si quisiera decir algo. Sin embargo, con una leve inclinación de la barbilla vuelve la vista a la carretera.

Durante el almuerzo —sopa de guisantes con jamón sobre una manta en el césped—, Betsy nos cuenta a Al y a mí que el padre de Andy no la aprueba. Se opuso al compromiso, advirtiendo a Andy que el matrimonio supondría una distracción y que tener hijos sería todavía peor. Pero, según dice Betsy, a ella no le importa. Encuentra que N.C. es un tipo arrogante, intimidante y presuntuoso. Piensa que usa colores demasiado llamativos y solo dibuja personajes caricaturescos, pensados para el mercado.

—Anuncios de crema de trigo y Coca-Cola —explica con desdén.

Mientras ella habla, miro la cara de Andy. La está observando con expresión de desconcierto. No asiente, pero tampoco protesta.

Betsy nos dice que Andy tiene que alejarse de su padre. Tomarse más en serio a sí mismo. Presionarse más. Correr riesgos. Piensa que debería limitar su paleta a colores más crudos, simplificar la composición de sus imágenes, afinar el tono.

—Eres capaz de hacerlo —le dice, poniéndole la mano en el hombro—. Ni siquiera eres consciente de tu propia valía.

—Oh, por favor, Betsy. Estoy divirtiéndome, nada más. Pienso ser médico —replica Andy, convencido.

Ella me mira antes de clavar en él los ojos.

—Hizo una pequeña exposición individual en Boston y ganó un premio. No sé por qué piensa que va a ser otra cosa que pintor.

—Me gusta la medicina.

—Pero no es tu pasión, Andy.

—Mi pasión eres tú. —Le rodea la cintura con los brazos y ella ríe, escapando de él.

—Anda, ve a remover la pintura —le indica.

Casi todas las mañanas, Andy llega en un bote desde Port Clyde, a media milla de distancia. Sube el camino a la casa, balanceando una nasa de pesca llena de pinturas y pinceles, se mete en el patio de las gallinas y sale con media docena de huevos, que sostiene en una mano como si fueran pelotas de malabares. Llega a la puerta lateral y charla un rato con Al y conmigo antes de subir.

Se fija en cada grieta, desconchado, mancha descolorida, receptáculo y herramienta, también en los objetos que una vez fueron utilizados a diario y ahora solo son reliquias que muestran una forma de vida ya pasada. Siguiendo su mirada, percibo de nuevo cosas familiares. La pantalla de lámpara rosa pálido con florecillas; los geranios rojos junto a la ventana en macetas azules; la barandilla caoba; el barómetro del capitán de un barco en el vestíbulo; una vasija de barro en el estante de la despensa; los arañazos que hizo un perro en la puerta de la despensa, desgastando el azul, hace mucho tiempo.

Algunos días, Andy agarra el bloc y la caja de material y se dirige al granero y a los campos. Lo miro por la ventana recorrer la propiedad, atravesar la hierba cojeando para mirar las palabras escritas en las lápidas del cementerio y luego sentarse en la orilla llena de guijarros y contemplar las olas. Cuando regresa a la casa, le ofrezco pan recién horneado, lonchas de jamón, sopa de abadejo, pastel de manzana... Se instala en la entrada con la puerta abierta sosteniendo un cuenco en una mano y yo me siento en mi pequeña mecedora, y entonces hablamos de nuestras vidas.

Me cuenta que es el más joven de cinco hermanos, de los cuales tres son mujeres. Cuando era niño le costaba mucho caminar porque tenía la pierna derecha torcida y la cadera defectuosa, por lo que tampoco podía practicar deportes, y añade que seguramente he percibido su cojera. Al parecer sufría asiduas infecciones de pecho, por lo que su padre fue su único maestro. No lo inscribió en la escuela y lo puso de aprendiz en su estudio. Allí le enseñó todo sobre historia del arte, la forma de mezclar las pinturas o estirar los lienzos.

—Nunca fui como los demás niños. No encajaba. Era un bicho raro. Un inadaptado.

—No es de extrañar, entonces, que nos llevemos bien.

—Betsy me ha hablado mucho de Al y de ti —continúa—. Que Al llevaba leña a todos los que viven en el camino. Que tú haces vestidos para las mujeres del pueblo e incluso edredones. —Señala las pequeñas flores que tengo en la manga—. ¿Las has bordado tú?

—Sí. Nomeolvides.

—Interesante. ¿No te maravilla de lo que es capaz la mente? —reflexiona, extendiendo la mano y flexionando los dedos—. ¿Cómo puede adaptarse el cuerpo si la mente se niega a doblegarse? Los intrincados puntos en las fundas que nos has regalado, o esos, los de la blusa... Es difícil creer que los dedos puedan hacer el trabajo solo porque tú quieres que lo hagan. —Toma un plato vacío de la mesa y se sirve una porción de pastel de manzana de la sartén—. Eres como yo. Insistente. Y te admiro por ello.

Todos los bocetos de Andy se centran en la casa. Recortada contra el cielo, con una mancha de humo saliendo por la chimenea. Vista desde el suelo, desde la cala, desde el ojo de una gaviota sobrevolándola. Sola en la colina o rodeada de árboles. Tan grande como un castillo o tan pequeña como una casa de muñecas. Las habitaciones aparecen y desaparecen a su antojo. Pero hay algunas constantes: el campo, la casa en sí, el horizonte, el cielo.

—¿Por qué dibujas tanto la casa? —pregunto un día mientras estamos sentados en la cocina.

—Oh, no lo sé —responde desde el umbral. Hace una pausa, tamborileando la mesa con los dedos—. Estoy tratando de capturar... algo. El ambiente de este lugar... No es el lugar en sí exactamente. D. H. Lawrence, que no solo era escritor sino también pintor, escribió una vez: «Acercándonos a la esencia de las cosas, no podemos escuchar el revuelo que nos provocan y nos destruye.» Eso es lo que quiero lograr, acercarme a la esencia. Tanto como pueda. Eso significa reflejar lo mismo una y otra vez, cada vez con más profundidad. —Se ríe al tiempo que se pasa una mano por el pelo—. Es una locura, ¿verdad?

—Creo que yo me aburriría.

—Ya; entiendo que lo pienses. —Mueve la cabeza—. La gente dice que soy realista, y lo cierto es que mis pinturas son bastante... realistas. Sin embargo, quito lo que no me gusta y me pongo en su lugar.

—¿Te refieres a ti mismo?

—Ese es mi pequeño secreto, Christina —confiesa—. Siempre me pinto a mí mismo.

Hay una cama individual con los goznes oxidados —que fue mía hace mucho tiempo— en la habitación de arriba, donde Andy ha instalado el caballete. Cuando Al termina las tareas por la tarde, sube allí a menudo y contempla pintar a Andy durante un rato, antes de adormilarse y echar una pequeña siesta.

Un día, sin darle importancia, mientras charla con Al y conmigo antes de marcharse, Andy comenta que no le gusta que le observen. Que le gusta trabajar en privado.

—Entonces, dejaré de subir —dice Al.

—¡Oh, no! No me refería a eso —rechaza Andy—. Me gusta tenerte allí.

—Pero te observa —le recuerdo—. Los dos te observamos.

Andy ríe y mueve la cabeza.

—Con vosotros es diferente.

—Él también os observa a vosotros —explica Betsy cuando le cuento la conversación—. Y Al y tú no necesitáis nada de él. Le permitís hacer lo que quiere.

—Es nuestro entretenimiento —admito—. Aquí no pasan muchas cosas, ya sabes.

Y es verdad. Durante mucho tiempo la casa estuvo llena hasta la bandera. Me despertaba cada mañana con una cacofonía de sonidos atravesando las paredes y las tablas del suelo: la resonante voz de mi padre, mis hermanos subiendo y bajando las escaleras, Mamey riñéndoles para que fueran más despacio, el perro ladrando y el gallo cantando. Luego se quedó demasiado tranquila. Pero ahora despierto cada mañana y pienso: «Andy va a venir hoy.» El día se transforma y él ni siquiera ha llegado todavía.

1900-1912

Las tardes de invierno, cuando el sol se oculta a las tres y media y el viento aúlla a través de los resquicios, nos apiñamos alrededor de la estufa de leña envueltos en mantas, bebiendo leche caliente y té bajo la tenue luz de una lámpara de aceite de ballena. Papá nos enseña a Al, a Sam y a mí cómo hacer nudos marineros: nudo simple, ballestrinque, de vuelta de escota, de cabeza de alondra, de mariposa. Nos entrega agujas de madera para enseñarnos a tejer (aunque mis hermanos se burlan, negándose a aprender). Nos enseña a silbar y hacer pequeños barcos de madera, que alineamos en la repisa de la chimenea. Cuando el clima es más cálido, los llevamos a la bahía para ver cómo navegan. Observo a mi padre. Tiene largas extremidades y la cabeza rubia inclinada sobre el barco en miniatura mientras murmura algo en sueco para sí mismo, como si estuviera persuadiendo a la embarcación de que le guste el agua. Mamey me contó que varios meses antes de nacer yo, tío Berndt, el hermano de papá, vino de Gotemburgo a pasar aquí el invierno, y entre los dos confeccionaron una cuna para mí y la pintaron de blanco. Berndt es el único Olauson que nos ha visitado.

En un estante bajo, en la habitación de las conchas, detrás de un caparazón gigante, descubro una caja de madera con una variada colección de objetos: un peine de barba de ballena, un cepillo de dientes de crin, un soldado de plomo antiguo, algunas rocas y minerales.

—¿De quién es esto? —le pregunto a Mamey.

—De tu padre.

—¿Y qué son todas estas cosas?

—Tendrás que preguntárselo a él.

Así que esa misma tarde, cuando él llega de ordeñar, me acerco con la caja.

—Mamey me ha dicho que es tuya.

Papá se encoge de hombros.

—No es nada. No sé por qué la he guardado. Solo son cosas que traje conmigo de Suecia.

—¿Por qué has conservado esto? —pregunto, agarrando un trozo de carbón negro.

Él se acerca y frota los dedos con suavidad por las aristas color ébano, que tienen un tacto casi metálico.

—Es antracita —explica—. Carbón casi puro. Está formado por la descomposición de restos vegetales y animales de hace millones de años. Una vez tuve un profesor que me enseñó muchas cosas sobre rocas y minerales.

—¿En tu pueblo de Suecia?

Asiente con la cabeza.

—Sí. En Gällinge.

—Gällinge —repito. Es una palabra extraña, suena algo así como «ya-lin-ye»—. Entonces, ¿lo has guardado para acordarte de tu casa?

Suspira.

—Quizá.

—¿La echas de menos?

—No. Supongo que solo echo de menos algunas cosas.

—¿Como por ejemplo...?

—Oh, no sé. Un pan que llaman *svartbröd*. Se toma con salmón y crema agria. Y un pastel de patata frita que solía hacer mi hermana, *raggmunk*. Quizá también los arándanos rojos.

—¿Y a tu hermana? ¿A tu madre?

Fue entonces cuando me habló de la cabaña de una sola estancia y techo bajo que su familia de diez miembros compartía con una vaca, su salvoconducto contra el hambre, en el pueblo de Gällinge. Su padre solía emborracharse y alternaba dos estados de ánimo muy diferentes: melancolía y una furia que lo atemorizaba a él y a sus siete hermanos menores. Su padre trabajaba ocasionalmente en una granja de turba como jornalero, cuando estaba muy desesperado, cuando el hambre podía con él. Más de una vez, aseguró, había evitado la cárcel eludiendo a la policía tras una persecución por las calles adoquinadas tras robar una loncha de carne de cerdo o una jarra de jarabe de arce.

Desde muy pronto, supo que en Gällinge no le esperaba un gran futuro: no había trabajo. Y tampoco ningún puesto de trabajo para el que estuviera cualificado en Gotemburgo, a más de cien kilómetros. Aunque era un estudiante espabilado, no había prestado demasiada atención en la escuela y solo conocía los rudimentos de la lectura. No había aprendido oficio alguno, aunque sabía tejer para ayudar a su madre, que obtenía algunas monedas haciendo bufandas, guantes y sombreros. Añadió que ese no era trabajo para un hombre.

Así que cuando se enteró de que en el puerto de Gotemburgo había un mercante con destino a Nueva York, se levantó al alba para ser el primero en llegar al muelle.

«¿Tienes quince años? —se burló el capitán—. Demasiado joven para dejar a tu madre.»

Sin embargo, mi padre estaba determinado, quería subir a ese barco.

«No me va a perder —adujo—. Una boca menos que alimentar y más monedas para el resto. Los bebés están enfermos.» El más pequeño, su hermano Sven, había muerto de hambre un mes antes, sin llegar a cumplir un año.

Así que se hizo a la mar con aquel capitán y su pequeña tripulación, con los que recorrió el mundo. Mientras los meses se convertían en años, su pasado se hizo más difuso. Enviaba dinero a su madre y hablaba, como todos sus compañeros, de regresar a casa, pero cuanto más tiempo pasaba lejos de Gällinge, menos lo echaba de menos. No añoraba andarse tropezando con sus hermanos o con la vaca. No echaba de menos aquel sucio cuchitril con un balde en una esquina y el olor fétido de los cuerpos sin lavar. Los húmedos confines de la barriga de un barco podían no suponer una gran mejora, pero al menos podía salir de las profundidades a la amplia cubierta y mirar el vasto cielo salpicado de estrellas y la luna.

Es sorprendente que papá sepa tanto de agricultura, dado que creció en un cuchitril y pasó los años siguientes en el mar. Mi madre dice que se vuelca en todo lo que le interesa, por eso transformó el hostal en una granja familiar y se puso a criar vacas, ovejas y gallinas, para disponer de leche, carne, lana y huevos. Plantó maíz, guisantes y patatas en aquella tierra rocosa, consiguiendo cosechas anuales, y estableció una tienda en la propiedad para venderlo todo. Sus clientes llegan en barco por el río St. George desde Port Clyde y Pleasant Point, cargan sus barcos con los productos y regresan a sus puntos de origen.

Tras descubrir que poner algas en los campos mantiene la tierra húmeda y aleja las malas hierbas en el verano, papá nos envía a Al, Sam y a mí a recogerlas y distribuirlas. Dos de nosotros, con las manos protegidas con gruesos guantes de algodón, llevamos una pesada carretilla hasta la orilla durante la marea baja. Arrancamos las largas y esponjosas hebras verdes de las rocas, arrastrando con ellas percebes, cangrejos y caracolas, y las cargamos en la carretilla. Los guantes son rígidos y difíciles de manejar, por lo que es más fácil agarrar las algas sin ellos, así que nos los quitamos y nos enjuagamos las manos en el mar una y otra vez. Luego, empujamos la carretilla hasta el campo recién plantado, donde cogemos grandes puñados de algas frías, las estrujamos entre los dedos y las distribuimos entre las filas.

—No las aplastéis —indica papá desde donde está cavando—. No ahoguéis a las plantas.

Siempre está ideando proyectos para hacer más dinero. Su rebaño de ovejas es cada vez más grande, y aunque vende lana a los lugareños, un año decide enviar la mayor parte de la lana para que la carden, la hilen y la tiñan para venderla fuera del estado a mejor precio. Al verano siguiente construye una presa para pescar con un vecino, en la cala que hay entre Bird Point y Hathorn Point. Ahora que es invierno, ha decidido que cosechará hielo de agua dulce, que luego se cargará en barcos para transportarlo por mar hasta Boston y más allá. Piensa almacenarlo en un depósito de hielo que construyó el capitán Sam y que lleva décadas vacío.

Al igual que cualquier cultivo, el hielo es delicado y voluble; el sol o una tormenta repentina puede arruinarlo. Papá no tendrá ninguna garantía de cobrar hasta que el hielo se entregue en Boston. Espera hasta febrero, cuando el hielo en Vinal's Pond tiene un grosor de medio metro, y ofrece dinero a otros granjeros para ayudar a despejar la nieve con los caballos y arados. Hasta antes del amanecer en las madrugadas más frías, utiliza un caballo para hacerlo aflorar, arrastrando placas unidas entre sí, de unos veinticinco centímetros de ancho, que eliminan la nieve más espesa hasta llegar al hielo más sólido y pesado. Varios hombres cortan el hielo con sierras, enfundados en abrigos, bufandas y gorros. Es un trabajo duro, pero tanto los hombres como los caballos están acostumbrados.

Cuando se corta un trozo de hielo y flota más de treinta centímetros por encima del agua, los hombres usan palos largos con ganchos en los extremos para manipularlo. Después llega el tedioso trabajo de cortar y cargar esos trozos flotantes en balsas que arrastrarán los caballos hasta la fábrica de hielo que hay detrás del granero. Allí se apilarán y almacenarán entre serrín, apartando algunos para vender a la gente de la zona. El resto quedará a la espera de que un barco con destino a Massachusetts llegue a la cala.

La madrugada de la cosecha, después de que papá sale de casa, me visto en la oscuridad. Jerséis y pantalones encima de la ropa interior larga y dos pares de calcetines. Me encuentro con Al en el pasillo de la planta baja. Cuando salimos, la niebla nos envuelve. Nos soplamos el aliento el uno al otro mientras vamos a Vinal's Pond para ver cómo los caballos despejan las gruesas capas de hielo y cómo se profundizan las ranuras. La nieve cae con suavidad a nuestro alrededor, como harina a través de un tamiz, y se acumula lentamente en montones.

Vemos a papá a cierta distancia, dirigiendo a *Blackie* con un arado. Él también nos ve.

—¡Manteneos alejados del hielo! —grita.

Cuando Al y yo llegamos a la orilla, nos ponemos a mirar en silencio cómo los hombres hacen su trabajo. *Blackie* patea el suelo y sacude la cabeza. Es un caballo nervioso; he pasado horas con él ensayando diferentes rutinas para tranquilizarlo. Mi padre le ha puesto alrededor de su cuello la cuerda que probé hace varios días para controlarlo cuando se asusta.

A uno de los hombres se le rompe el gancho en un bloque de hielo y todo el mundo se distrae, ofreciendo sugerencias. Entonces noto que *Blackie* se desliza a cámara lenta hacia el borde de hielo mientras suelta un agudo relincho. Sus ojos se tiñen de terror cuando se sumerge en el agua gélida, comenzando a agitarse y mover las patas. El arado se tambalea en el borde. Sin pensar, corro hacia mi padre por la superficie helada.

—¡Maldición, atrás! —grita él.

—¡Tira de la cuerda! —chillo, haciendo un gesto para señalar mi propio cuello.

Papá hace un gesto a algunos hombres, que empiezan a colaborar codo a codo con él en el medio, sosteniéndole por el cinturón. Él se inclina sobre la cabeza del caballo y agarra la cuerda, empezando a tirar con fuerza. Después de un momento, *Blackie* se tranquiliza. Mi padre tira del animal hacia arriba, sobre la balsa que cuelga de su arnés. Primero las patas delanteras, luego el vientre y por fin las patas traseras. Durante un momento, el caballo parece congelado, como si fuera una estatua. Luego inclina la cabeza y sacude las crines, pulverizando agua alrededor.

Esa noche, a la hora de la cena, mi padre le dice a Mamey y a mi madre que soy la niña más obstinada que ha conocido, y que la única razón por la que no me retorció el cuello por correr sobre el hielo es que mi rapidez fue lo que salvó, probablemente, a *Blackie*. Y todos sabemos que la pérdida de un caballo habría sido una gran pérdida.

—Me pregunto de dónde ha sacado ese carácter —dice mamá.

Por la noche, un par de veces al mes, los agricultores de la zona vienen por casa a beber *whisky* y jugar a las cartas en la mesa del comedor. Mi padre es diferente de los demás, con esos gestos tranquilos y el acento sueco, pero la cuestión es que todos son granjeros y pescadores. Después de que mi madre y Mamey se vayan a la cama, Al y yo nos sentamos en las escaleras, donde no nos ven, y escuchamos sus historias.

Richard Wooten es el que más bebe mientras se pasea de un lado a otro.

—Hay un tesoro en ese túnel misterioso, ¡por Dios! ¡Está ahí! Y os juro que uno de estos días lo encontraré.

Al y yo nos sentimos fascinados por la leyenda del túnel misterioso. De acuerdo con la tradición local, hay un túnel de ochenta metros tallado en la roca, cerca de Bird Point, por los primeros colonos, que buscaban un lugar donde esconderse de los piratas y de los indios abenaki.

—Estoy cerca... muy cerca... —asegura Richard. Baja tanto la voz que tengo que inclinarme sobre la barandilla para escucharlo—. Está oscuro, no hay ni una estrella en el cielo. Me cuelo allí abajo con una linterna. No sé cuánto tiempo estoy cavando... Deben de ser horas.

—¿Cuántas veces nos has contado esa historia? ¿Cien? —se burla alguien.

Richard no le hace caso.

—Y entonces lo veo: es el destello del tesoro.

—No lo ves.

—¡Lo vi con mis propios ojos! Y entonces...

Los hombres se burlan y ríen.

—¡Anda ya!

—¡Se lo está inventando!

—Sigue, Richard —dice mi padre.

—... entonces desaparece. Así, sin más... —Oigo chasquear unos dedos.

—Vaya, justo cuando estabas llegando. Estaba allí y de pronto no estaba.

—¡Mala suerte! —exclama uno—. ¡A por el tesoro!

—¡A por el tesoro!

La noche siguiente Al y yo salimos de casa con un trozo de vela para dirigirnos a Bird Point. La entrada del túnel es oscura y misteriosa; la vela parpadea temblorosa. El silencio crece mientras nos adentramos. A unos veinte metros, un montón de rocas caídas bloquean el paso. Siento un extraño alivio, pues probablemente nos habríamos atrevido a continuar. ¿Habríamos encontrado el tesoro enterrado o habríamos desaparecido en las profundidades del túnel para siempre?

Al y yo vivimos tantas aventuras como podemos. Varias semanas después, me despierta en plena noche y me aprieta un dedo contra los labios.

—Sígueme —susurra.

Me pongo una bata sobre el camisón y los viejos zapatos sobre los calcetines, abandonando el cálido capullo que es mi cama. Tan pronto como estamos fuera, veo una enorme bola naranja brillante a varios cientos de metros del puerto, su reflejo ilumina el agua. Entonces me doy cuenta de lo que es: un barco en llamas.

—Lleva horas ardiendo —me dice Al—. Estaba lleno de cal. Seguramente se dirigía a Thomaston.

—¿Despertamos a papá?

—No.

—Quizá podría ayudar.

—Un bote lleno de hombres llegó a la orilla hace un rato. Ahora nadie puede hacer nada.

Nos quedamos sentados en la hierba durante más de una hora. El carguero arde en la oscuridad. Su destrucción es bella. Miro a Al con la cara iluminada por el resplandor. Pienso en su libro favorito, *La isla del tesoro*, sobre un niño que escapa al mar en busca de un tesoro enterrado. La señora Crowley, después de ver la frecuencia con que Al hojeaba las páginas del ejemplar de la escuela, se lo regaló cuando acabó el curso antes del verano. «Para nuestro marinero Alvaro —escribió en la cubierta interior con su letra redonda—. Para que disfrute de muchas aventuras.»

Meses después, los restos del carguero de cal son visibles cuando la marea está baja. Papá y Al los examinan y retiran los tablones de roble del casco. Luego los apilan y les ponen un peso encima para enderezarlos. Finalmente, los utilizan para reponer el suelo del depósito de hielo.

Todos los días Al y yo vamos caminando a la Wing School Number 4 en Cushing, a casi tres kilómetros. Con mi inestabilidad, tardamos bastante en llegar. Trato de concentrarme en los pasos, pero pierdo el equilibrio tan a menudo que acabo con las rodillas y los codos heridos y raspados, a pesar de las protecciones de algodón. Los lados de mis pies están endurecidos y llenos de callos.

Al se queja durante todo el recorrido.

—¡Por Dios! Incluso una vaca sería más rápida que tú. Podría haber llegado y haber vuelto otra vez.

—Entonces, vete —le digo. Pero nunca lo hace.

Me ayuda pivotar con mi cuerpo hacia delante, utilizando los brazos para mantener el equilibrio, aunque ni siquiera eso funciona siempre. Cuando me caigo, Al suspira.

—Venga —dice—, ahora sí que vamos a llegar tarde. —Me ayuda y sostiene.

A veces vamos acompañados por dos vecinas, Anne y Mary Connors, pero solo cuando su madre insiste. Suelen insultarme y darme patadas cuando me caigo y las retraso.

—¡Oh, Dios! ¿Otra vez? —susurra Mary y las dos intercambian murmullos.

Ya en la escuela, espero hasta que el guardarropa esté vacío antes de quitarme las rodilleras y coderas, que escondo en la fiambrera. Los niños pueden llegar a ser muy crueles. Leslie Brown me pone la zancadilla cuando voy por el pasillo entre los pupitres para recoger un libro, y choco contra el escritorio de Gertrude Gibbons.

—Cuidado. Mira que eres torpe... —me dice Gertrude en voz baja.

Podría replicarle algo. Pocos alumnos de la Wing School Number 4 son perfectos. La madre de Gertrude Gibbons huyó a Portland con un hombre que trabajaba en la fábrica de papel, en Augusta, y no volvió nunca; el padrastro de Leslie le pega con el cinturón; las chicas Connors no tienen padre, y no es que se haya marchado, es que nunca ha estado aquí. Es una localidad pequeña, y los unos de los otros sabemos más de lo que cualquiera puede desear.

Una tarde, Al y yo estamos sentados al aire libre con las fiambreras, a la sombra de un olmo en el patio, y Leslie y otro niño comienzan a burlarse y trazar círculos a nuestro alrededor.

—¿Qué es lo que te pasa? No eres normal, ¿lo sabes?

A Al empiezan a enrojecérsele las orejas, pero yo permanezco tranquila. Él es pequeño y enjuto, y no puede ganar a esos chicos tan rudos. De todas formas, no quiero que me defienda. Soy un año mayor que él.

Una niña de mi edad, Sadie Hamm, se acerca a nosotros. Es una chica delgada pero dura, sólida como un tallo de girasol, de ojos castaños, cara redonda y un pelo rizado que le rodea la cabeza como una aureola. Pone las manos en las caderas y se enfrenta a los chicos con la barbilla en alto.

—Es suficiente.

—Sadie Beicon —se burla Leslie con una mueca, aludiendo a que su apellido real guarda similitud con la palabra «jamón»—. Te llamas así, ¿verdad?

—No creo que te apetezca jugar conmigo a quién pone el peor nombre, Leslie Brown —replica, sugiriendo las connotaciones de «marrón». Se da la vuelta hacia nosotros—. ¿Estáis bien?

Al arruga el ceño, pero yo la invito a sentarse con nosotros.

Sadie comparte conmigo su sándwich de pastel de carne entre finas rodajas de pan con mantequilla. Nos dice que vive con sus hermanas mayores en un apartamento encima de la farmacia, donde una de sus hermanas es la dependienta. No menciona a sus padres y yo no insisto.

—¿Te importa si mañana me siento contigo? —pregunta.

Al me lanza una advertencia con la mirada, pero no le hago caso.

—Claro que no —respondo.

Mi hermano ha sido mi único compañero de juegos durante mucho tiempo. Es tan familiar para mí como las paredes de la cocina o el camino a la granja. Será bueno, creo, tener una amiga.

En tierra, Al es tímido y torpe. No habla mucho. Cuando se encuentra entre la gente, actúa como si quisiera estar en otro lugar, el que sea. No sabe qué hacer con las manos, que cuelgan como si fueran unos enormes guantes de sus muñecas. Pero en el mar, cuando nos detenemos entre las boyas de papá, azules y blancas, se lo ve muy seguro de sí mismo y determinado. Con un rápido tirón de la cuerda, sabe cuántas langostas han caído en la trampa.

Siempre ha querido ser pescador de langostas. En verano cumple ocho y papá decide que ya tiene edad suficiente para aprender. Lo lleva con él en el bote varias tardes a la semana, a veces yo también los acompaño. Cuando lo hago, como esta vez, remamos hasta que la casa se convierte en una mancha en la colina. Me pone nerviosa estar en mar abierto en una pequeña barca, mi equilibrio ya es lo suficientemente precario en tierra. Nos rodea agua profunda y oscura; el fondo de la embarcación es áspero y hay charcos de agua salada en el medio. Me descalzo y subo el dobladillo del vestido. Me encojo y suspiro, impaciente por regresar, pero Al está en su elemento.

Papá nos da un aparejo a cada uno. Son simples palos envueltos en trapos empapados en aceite de linaza. En un extremo tiene un gran gancho y el peso del plomo hace que se hunda. Nos enseña cómo cebar el anzuelo con carnaza que guarda en un cubo viejo. Dejamos que los aparejos bajen lentamente y luego esperamos. Yo no consigo nada, pero lo de Al parece magia. ¿Será por cómo sujeta el cebo? ¿Por cómo lo mueve, que hace que los peces crean que es un ser vivo? ¿O se trata de otra cosa, como la serena confianza de que los peces acudirán? Se producen varios tirones casi imperceptibles en el aparejo que Al sostiene. En respuesta, tira con fuerza para sacar el gancho del agua y, con la otra mano, lanza el abadejo o el bacalao al interior del bote.

Con la habilidad de un cirujano, retira el anzuelo de la boca del animal y desenreda el aparejo. Insiste en remar él mismo todo el camino de vuelta. Cuando llegamos al muelle, muestra lo rojas e hinchadas que tiene las palmas de las manos y sonríe. Está orgulloso de sus ampollas.

En poco tiempo Al ha recuperado la vieja barca de papá y ha aprendido a construir sus propios aparejos y trampas, configurando los arcos y marcos con desechos de madera, tejiendo las redes y usando piedras como pesas para hundirlos. Fabrica mejores trampas que papá, presume, y tiene razón: rebosan de langostas. Construye una caseta detrás del granero donde almacena las trampas y los barriles de cebo, así como el material para calafatear la barca y las boyas, las redes de pesca y los aparejos. En poco tiempo, se hace cargo de las boyas blancas y azules, y vende langostas a clientes que consigue en Cushing e incluso un poco más lejos, en Port Clyde.

No le gusta la escuela. Dice que está esperando el momento, contando los días, para poder pasar todos los días en su preciosa barca.

La señora Crowley me dijo una vez —es lo más bonito que haya dicho nadie de mí— que soy una de las alumnas más brillantes que ha tenido nunca. Acabo las tareas de lectura y aritmética mucho antes que los demás. Siempre me da trabajo extra para hacer y libros para leer. Le agradezco el cumplido, pero quizá si pudiera correr y jugar como los otros niños, sería tan impaciente y distraída como ellos. Lo cierto es que cuando me sumo en un libro soy menos consciente del impredecible dolor de piernas y brazos.

En la escuela estamos estudiando los juicios de Salem. La señora Crowley explica que entre 1692 y 1693 unas doscientas cincuenta mujeres fueron acusadas de brujería. De estas, ciento cincuenta fueron encarceladas y diecinueve colgadas. Podían ser condenadas por «evidencia espectral», la afirmación de un testigo de que habían aparecido en forma fantasmal, y por «marcas de bruja», como lunares o verrugas. Los chismes, rumores y cotilleos eran admitidos como evidencias. El primer magistrado, John Hathorne, había sido sumamente despiadado. Actuaba más como fiscal que como juez imparcial.

—Ya sabes que está relacionado con nosotros —me dice Mamey cuando le cuento la lección después de la escuela. Las dos estamos sentadas junto a la vieja cocina Glenwood, zurciendo calcetines—. ¿Recuerdas los tres Hathorn que salieron de Salem en pleno invierno? Fue cincuenta años después de los juicios. Huyeron de la vergüenza.

Lanzando otro calcetín al montón, Mamey me habla de Bridget Bishop, una posadera acusada de robar huevos transformándose en gato. Bridget era una mujer un poco excéntrica que usaba ropa muy colorida —particularmente un corpiño rojo de encaje—, lo que se consideraba un signo del diablo. Después de que dos brujas confesas declararan que Bridget formaba parte de un aquelarre, la detuvieron, la arrojaron a una húmeda celda y la alimentaron con tubérculos podridos y caldo. Mamey asegura que son necesarios pocos días en esas condiciones para que una mujer respetable parezca un animal acorralado y desesperado.

—¿Cómo sabes que no eres una bruja? —le preguntó John Hathorne en la sala abarrotada de público.

—No sé nada al respecto —respondió ella.

El juez cerró los ojos, levantó el dedo índice y, cuando lo dirigió hacia ella, reculó como si le hubieran golpeado.

—Por tu mirada —dijo él—, sé que estás mintiendo. —Y apretó el puño sobre la mesa, haciendo que la multitud estallara en un frenesí.

Mamey imita ese gesto, apretando su propio puño boca abajo.

—Bridget Bishop supo que todo había terminado —continúa Mamey—. La condenaría a muerte como a las demás, y colgaría de la soga en Gallows Hill hasta que alguien se apiadara y retirara su cadáver, posiblemente durante la noche. Como muchas otras condenadas, era una mujer solitaria de mediana edad, con una casa y una propiedad que ya habían sido requisadas. ¿Quién estaba allí para apoyarla? ¿Quién la habría defendido? Nadie.

Por fin, el gobernador de Massachusetts puso fin a esas terribles actuaciones. Uno a uno, los magistrados de la Corte Suprema se retractaron, expresando su remordimiento y pesar sobre aquel juicio apresurado. Solo John Hathorne permaneció tozudamente en sus trece. Nunca mostró señales de arrepentimiento. Incluso después de su muerte, veinticinco años más tarde, cuando ya se había alcanzado una época de paz y confort, la reputación de su crueldad y sangre fría seguía siendo legendaria.

Mamey me cuenta también la maldición que Bridget Bishop lanzó sobre los descendientes de los Hathorne. Bueno, no una maldición exactamente, pero sí una advertencia, un ajuste de cuentas.

—Admiro a esa mujer —añade—. Usó el único poder que poseía para infundirles el temor de Dios. O el miedo a algo... y yo creo en ello. Creo que tus antepasados trajeron con ellos a las brujas de Salem. Sus espíritus frecuentan este lugar.

—Por el amor de Dios. —Mi madre resopla en la habitación contigua. Piensa que su madre me está llenando la cabeza con ideas extravagantes. Cree que debería prestar menos atención a las historias de Mamey y más a las puntadas en los calcetines.

Cuando le pregunto a papá sobre la maldición, me dice que no sabe nada de eso, pero sí sabe que los Hathorn eran una familia muy rebelde. Un robusto clan escocés que primero emigró a Irlanda y luego, en la década de 1600, a Nueva Inglaterra y que se granjeó una sádica reputación por lo que les hacían a sus supuestos enemigos.

—Golpeaban a los cuáqueros y crucificaban a los indios, los vendían como esclavos... Cosas así —explica.

—¿Cómo sabes todo eso? —pregunto.

—Tomé un par de copas con tu abuelo hace mucho tiempo —me dice.

La primavera de mi décimo cumpleaños, mi madre está embarazada. Mamey y yo somos las que realizamos casi todas las comidas, que al final de un largo invierno están compuestas casi siempre por viejos tubérculos, pescado seco, carne ahumada, guisos y sopas. Hace tanto frío y el mar está tan agitado que papá y Al no pueden salir en la barca. Sam tiene una tos seca y le moquea la nariz. La tierra está empapada. Si voy a la escuela y acabo en el barro, permanezco sucia y mojada todo el día. Ninguno de nosotros tiene muchos motivos para mostrarse optimista.

Una tarde húmeda, en el camino a casa desde la escuela, papá me adelanta en el calesín. En el asiento trasero veo una familiar forma de tejón con un gorro azul: la señora Freeley está yendo a casa para ayudar en el nacimiento del bebé. Cuando llego a casa, mis hermanos y yo nos sentamos en la cocina con papá. La lluvia azota el tejado y las ventanas, pesada y persistente, y todos sentimos la humedad en los huesos. Me quito los calcetines y los pongo sobre la placa de la cocina, pero incluso el calor que desprende la Glenwood es húmedo.

El parto transcurre sin incidentes. Mi madre se recupera, pero después del nacimiento de Fred se la ve diferente. Sube las escaleras con más lentitud, y se acuesta en pleno día. Cuando Fred llora porque tiene hambre, mi madre se vuelve hacia otro lado y Mamey tiene que mezclar leche de vaca con agua y una pizca de azúcar. Mi abuela calienta una piedra en el horno y la envuelve con un paño para ponerla en la cuna, pero, según dice, eso no sustituye a una madre.

Al y yo nos apresuramos en llegar a casa después de la escuela para sacar a Fred de la cuna y mecerlo. Nos gusta bañarlo en una tina de estaño. Antes de lavarlo huele a algo agrio y húmedo, como si lo hubieran sacado de un agujero en el campo, pero después huele a cachorro. Todos pensamos cómo podríamos animar a mamá. Mamey le prepara su bizcocho favorito de cáscara de limón. Papá le construye una cómoda para las sábanas. El azul es el color favorito de mamá, así que decido sorprenderla pintando algunos objetos de la casa en un alegre tono azul.

Al mueve la cabeza cuando le cuento mi plan.

—Pintar una silla no va a resolver nada.

—Lo sé —replico, pero ojalá lo consiga.

Le pido permiso a Mamey, sabiendo que papá podría no aprobarlo.

—Muy bien —me dice, entregándome el dinero para la pintura.

Voy a los almacenes A.S. Fales & Son para comprar una lata del azul más vibrante, dos pinceles de crin, una bandeja de estaño y una lata de trementina, que escondo en el bosque porque estoy demasiado cansada para llevarlos todo el camino a casa. Al día siguiente, cuando regreso al lugar dónde lo dejé, no está allí. Regreso a casa temiendo que alguien lo ha robado, pero veo a Al sentado en el cobertizo removiendo la pintura.

—Todavía pienso que es una tontería —comenta—, pero no puedo dejar que hagas todo el trabajo sola.

La pintura húmeda es más azul que las plumas del pájaro azul, tan brillante como la superficie de un lago. Mi hermano y yo limpiamos las puertas del cobertizo con trapos viejos, las llantas del carro y el chasis, el trineo y las macetas de geranios. Una vez que empezamos pintar, es difícil parar. Volvemos al Fales por más suministros y pintamos también las puertas delantera y trasera, y los asientos del carro.

Cuando logramos convencer a mamá de que baje y vea nuestra obra, nos envuelve a los dos en un abrazo.

Poco a poco, las cosas mejoran. Cuando el tiempo es más cálido, mi madre y yo reanudamos los paseos a Little Island durante la marea baja, pero ahora llevamos también a mis hermanos. Al se adelanta a través de la hierba; Sam encuentra montones de estrellas de mar en una de las lagunas naturales que deja la marea. Vagamos por la playa de guijarros en busca de conchas y nos detenemos a comer bajo un viejo abeto. Mamá saca al bebé de la mochila y lo deja tumbado en el suelo, donde canturrea. Yo me siento en una roca para observarla. Creo que está mejor. Pero de vez en cuando veo que mira perdidamente la distancia con una expresión insondable, y me preocupo.

Cuando la señora Crowley escribe un poema de Emily Dickinson en la pizarra con su pulcra letra inclinada, comienzan los murmullos.

—¿No escribíamos así cuando teníamos seis años?

—¿Qué son esos guiones? ¿Es gramaticalmente correcto?

—Mi abuelo me ha dicho que es solo una vieja rara. Una solterona —explica Gertrude Gibbons, marisabidilla.

—Emily Dickinson tuvo una vida tranquila —explica la señora Crowley, remetiéndose un mechón gris detrás de la oreja—. Un hombre le rompió el corazón y se convirtió en una reclusa. Solo iba vestida de blanco. Nadie sabía que escribía poemas; era admirada por su hermoso jardín. Se sentaba durante horas a su pequeño escritorio, pero nadie sabía qué hacía realmente. Después de su muerte, encontraron una carpeta de poemas en un cajón. Páginas y páginas con caligrafía precisa, con anotaciones extrañas, como podéis ver. Contenían cientos de poemas.

Mientras copio el poema de la pizarra, repito las palabras para mis adentros:

> Soy nadie. ¿Tú quién eres?
> ¿Eres —nadie— también?
> Ya somos dos, entonces.
> No lo digas: lo contarían, ¿sabes?

—Ni siquiera rima —dice Leslie Brown.

—Entonces, ¿qué crees que significa? —pregunta la señora Crowley, moviendo la tiza en el aire.

—No lo sé. Parece como si no le importara la vida.

—Esa es una interpretación. Christina, ¿qué te parece?

—Creo que se siente diferente del resto de la gente —digo—. E incluso aunque los demás la encuentren extraña, sabe que no puede ser la única.

La señora Crowley sonríe. Parece a punto de decir algo, pero cambia de opinión.

—Un alma gemela —comenta finalmente.

Después de clase le pregunto si puedo leer más poemas de esta autora, de la que nunca he oído hablar. Abriendo el pequeño volumen azul sobre su escritorio, me enseña que Emily Dickinson utiliza a menudo el «metro común», alternando versos de ocho y seis sílabas como los himnos. Que escribió la mayoría de sus poemas con rima asonante, en la cual las palabras que riman son similares pero no exactas. Y empleaba una figura literaria llamada sinécdoque, en la que se puede usar el nombre del todo por la parte.

—Por ejemplo, en este poema —dice, tocando una página antes de recitar en voz alta—: «Los ojos de alrededor se habían secado...» ¿A qué piensas que se refiere?

—Mmm... —reviso los primeros versos del poema.

> *Oí zumbar una mosca —al morir—*
> *La quietud del cuarto*
> *Era como la quietud del aire—*
> *Entre los sobresaltos de la tormenta—.*

—¿Es la gente que está rodeando la cama, de luto por el fallecido?

La señora Crowley asiente con la cabeza. Me tiende el libro.

—Ten, puedes leerlo este fin de semana.

Sentada en los escalones de entrada a mi casa al volver de la escuela, paso el pulgar por las páginas, posándolo aquí y allí.

> *Esta es mi carta para el mundo*
> *Que nunca me escribió—*
> *Las simples noticias que la naturaleza—*
> *Con tierna grandeza contó.*

Los poemas son peculiares y las palabras no siguen un orden lógico, por lo que no estoy segura de su significado. Imagino a Emily Dickinson vestida de blanco, sentada a su escritorio, con la cabeza inclinada sobre el papel, tachando algunos fragmentos.

—No pasa nada si no lo entendéis —había dicho la señora Crowley a la clase—. Lo que importa es lo que te hace sentir el poema.

¿Cómo habrá sido capturar esos pensamientos en el papel? Imagino que como atrapar luciérnagas.

Mi madre, al verme leer en el porche, me deja una cesta de hojas secas en el regazo.

—No hay tiempo para eso —dice en voz baja.

Cerca del final del octavo curso, que es el último en la Wing School Number 4, y el último de cualquier clase de educación para la mayoría de nosotros, la señora Crowley me lleva a un aparte durante la hora del almuerzo.

—Christina, no puedo seguir enseñando eternamente —me dice—. ¿Te interesaría quedarte aquí unos años más para obtener el título necesario para hacerte cargo de la escuela? Creo que serías una maestra excelente.

Sus palabras me hacen sentir orgullosa. Pero esa noche, a la hora de la cena, cuando cuento la conversación a mis padres, veo que intercambian una mirada.

—Hablaremos sobre ello —dice papá, y me indica que espere en el porche.

Cuando me llama de nuevo, mamá está mirando el plato.

—Lo siento, Christina —me informa él—, pero ya has estudiado más que ninguno de nosotros. Tu madre tiene mucho trabajo. Necesitamos tu ayuda aquí.

Me da un vuelco el corazón. Trato de controlar el pánico que siento.

—Papá, podría ir a la escuela solo por las mañanas. Y quedarme en casa cuando sea más necesaria mi ayuda.

—Créeme, aprenderás más en la granja que con un libro.

—Pero me gusta ir a la escuela. Me gusta lo que estoy aprendiendo allí.

—Los libros de la escuela no enseñan a hacer las tareas.

Al día siguiente, expongo el caso a Mamey. Más tarde, la oigo hablar con mi padre en el salón.

—Deja que vaya a la escuela unos años más —le pide—. ¿Qué puede pasar? Y la enseñanza es una buena profesión para ella. Seamos sinceros: no podrá hacer muchas más cosas.

—Katie no está bien, lo sabes. Necesitamos a Christina en casa. Tú la necesitas.

—Podemos arreglárnoslas —asegura Mamey—. Si no aprovecha esta oportunidad, podría terminar en esta granja durante el resto de su vida.

—¿Sería tan malo? Es lo que yo elegí.

—No es lo mismo, John. Tú recorriste el mundo y luego elegiste. Ella no ha ido más allá de Rockland.

—¿Y recuerdas lo que ocurrió? Solo quería regresar a casa.

—Era muy pequeña y estaba asustada.

—El resto del mundo no es lugar para ella.

—Por favor, no estamos hablando de todo el mundo. Estamos hablando de una pequeña población a tres kilómetros de aquí.

—Tryphena, ya he tomado una decisión.

Decirle a la señora Crowley al día siguiente en el recreo que no puedo seguir yendo a la escuela es una de las cosas más difíciles que he hecho en mi vida. La maestra permanece en silencio un momento.

—Todo irá bien, Christina —dice finalmente—. Sin duda, habrá otras oportunidades. —Parece afectada, igual que yo. Nunca me había tocado antes, pero ahora pone su delicada mano sobre la mía—. Quiero decir, Christina, que eres... especial. Y de alguna forma... tu mente, tu curiosidad, serán las que te salven.

El último día de clase siento tanta compasión por mí misma que casi no puedo hablar. Camino de la puerta, me detengo delante del globo terráqueo que la señora Crowley pidió a Sears, por el catálogo Roebuck, y lo hago girar con un dedo. El océano es azul como un huevo de petirrojo, con partes verdes y marrones que representan los continentes. Paso los dedos por Taiwán, Tasmania, Texas. Lugares reales pero tan lejanos para mí como el tesoro enterrado en el túnel misterioso.

Lo que significa que para mí es difícil creer que existen realmente.

Después de terminar la escuela, el tiempo se extiende ante mí como un largo camino plano, visible kilómetros y kilómetros. Mi rutina se vuelve tan regular como la marea. Me levanto antes del amanecer para recoger una brazada de leña del cobertizo, que descargo en el cubo que hay junto a la cocina Glenwood, y vuelvo por otra. Abro la puerta del pesado horno negro y utilizo el atizador para remover las cenizas, avivando las débiles brasas. Añado varios troncos y los coloco antes de cerrar la puerta, presionando las manos frías contra el metal para calentarlas. Luego despierto a mis hermanos para que alimenten a las gallinas, los cerdos, los caballos y la mula. Discuten todo el trayecto sobre quién esparcirá la comida, quién recogerá los huevos... Mientras los chicos están en el granero, pongo al fuego una olla de avena con pasas para el desayuno y preparo sándwiches de mantequilla y melaza con pan de masa fermentada, que envuelvo en papel encerado, para las comidas. Luego recojo verduras y manzanas en la bodega, y las meto en una cesta que me cuelgo del brazo mientras subo los escalones desvencijados del porche.

Al se olvida un libro, Sam el cubo y Fred el sombrero. Cuando por fin se marchan, lavo sus platos en el fregadero de hierro fundido que hay en la despensa. Luego comienzo a cocer el pan, pellizcando la masa fermentada que guardo en la despensa, espolvoreando harina sobre la tabla de madera. Hago camas, vacío orinales, remuevo la tierra del huerto para recoger calabazas con que hacer un pastel. Después de la escuela, Sam y Fred ayudan a papá en el granero y los campos, y Al se va en la barca. Por las tardes, cuando los chicos ya han hecho las otras tareas rutinarias, trabajan en la presa que se extiende entre Little Island y Pleasant Point. Antes de la cena, les recuerdo que tienen que lavarse y quitarse las botas antes de sentarse a la mesa.

Tengo mucho en lo que pensar. ¿Leudará el pan correctamente si uso otra clase de harina? ¿Cuántas raciones proporcionará una gallina flacucha? ¿Cuánto dinero ganaremos con la lana de las ovejas? ¿Será suficiente después de ajustar los gastos? Sé cómo conseguir que las gallinas produzcan más huevos: darles sal, mantener limpias las ventanas del gallinero para que entre la luz, machacar las cáscaras de langosta con que las alimentamos... Nuestras gallinas ponen más huevos de los que podemos consumir, por lo que Al y yo empezamos a venderlos. Paso varias horas al mes cosiendo bolsas de gasa para almacenarlos.

A pesar de que tengo los dedos retorcidos, me estoy convirtiendo en una costurera bastante buena. Por las tardes, remiendo los pantalones gastados de mis hermanos, así como camisas y calcetines. Además, pongo nuevos cuellos y puños a los vestidos viejos. Poco tiempo después, coso todos mis vestidos, faldas y blusas con la Singer de pedal que tiene mi madre en el comedor, con su forma redondeada como un brazo doblado por el codo. Con el libro de patrones, aprendo a confeccionar una falda de tres tablas, y luego otra con cinco. Los ojales son más difíciles; tardo bastante en que mis torpes dedos consigan hacerlos.

Mi madre cree que las faldas con bolsillos son poco elegantes, por lo que me enseña a coser una bolsita secreta por dentro del forro.

—Una dama no usa bolsillos a la vista de los demás —explica.

Encuentro un poco tonta tanta formalidad. Aquí no estamos más que nosotros, y los chicos no prestan atención a esas cosas.

Al no disponer de agua corriente, recogemos la lluvia y la nieve derretida en canalones y bajantes que la conducen al gran depósito que hay en la bodega, y luego la llevamos hacia arriba usando la bomba de mano que tenemos en la despensa. Al inventa cómo conectar un embudo desde el tubo de bajada a una manguera para recoger agua, haciendo el proceso más eficiente.

Cuando nos quedamos sin agua en el sótano, recurro a la mula, *Dandy*, a la que cargo con dos barriles vacíos. Indico a uno de los niños que me ayude y la llevamos al arroyo, a un kilómetro de distancia, para llenarlos. La colada, que realizo al menos una vez por semana, me lleva un día completo, a veces dos. Primero hiervo el agua en la cocina y la vierto desde la enorme tina negra a una ancha tina de acero, luego froto la ropa en una tabla de lavar acanalada y la paso por un escurridor antes de colgar las sábanas goteantes, las camisas y la ropa interior a secar. No es fácil, con mi escaso equilibrio, asegurar la ropa en el tendedero exterior, pero pronto descubro que puedo bajar la cuerda por los extremos y colgar la ropa en el suelo. A continuación subo la cuerda y la ropa húmeda se balancea en ella como los adornos de una pulsera. Cuando hay demasiada nieve para salir al exterior, tiendo la ropa en el cobertizo. Permanece húmeda durante días y el olor a moho persiste hasta la primavera.

Cuando lo necesitamos, hago jabón combinando agua con sosa y añadiendo aceite. Vierto la mezcla en moldes y la dejo secar varios días antes de envolverla en papel encerado y dejarla en la despensa a curar durante un mes. Friego el suelo con lejía y agua del pozo hasta que tengo las rodillas y los nudillos rojos y el vestido lleno de salpicaduras blancas. Con mi falta de equilibrio, incluso estas tareas ordinarias son peligrosas. Tengo las piernas y los brazos marcados con cicatrices producidas por el agua hirviendo, el blanqueador o la lejía.

—Tenemos un techo sobre nuestras cabezas —dice Al cuando me quejo sobre esas lastimaduras o de que esperan demasiado de mí—. Algunas personas no lo tienen.

Recordar eso me ayuda, supongo. Pero me resulta difícil no estar triste por haber abandonado la escuela.

Solo me entiende Mamey.

—Has heredado mi curiosidad —me dice—. Qué desperdicio.

A medida que pasa el tiempo, busco maneras de que todo resulte más soportable. Me quedo tres gatitos y elijo un cachorro de la camada de cocker spaniel del vecino, al que llamo *Topsy*. Compro paquetes de semillas y planto un

jardín de flores como el que tenía Emily Dickinson, con ca-
puchinas, pensamientos, narcisos y caléndulas. Ella lo llamaba una «utopía mariposa». Cuando florezcan, tendré
hortensias blancas y colas de caballo.

Busco un poema que copié en mi cuaderno.

> *Dos mariposas salieron al mediodía*
> *Y bailaron el vals sobre una granja*
> *Después atravesaron el firmamento*
> *Y descansaron sobre un rayo...*
> *Y luego juntas zarparon*
> *Sobre un reluciente mar...*

Imagino que estas mariposas viajarán por el mundo,
posándose en mi jardín durante un tiempo antes de partir
de nuevo. Sueño que algún día podrían crecerme alas y se-
guirlas, aleteando detrás de ellas por el campo, al otro lado
del agua.

Trato de no pensar en lo que estaría haciendo si no estuviera atada a la granja. He oído que Anne y Mary Connors
han continuado sus estudios. Anne quiere ser enfermera y
Mary, maestra. Se habla de que tomará el relevo a la señora
Crowley. Cuando hago recados en Cushing y veo a alguna
de ellas a lo lejos, en la ferretería o la oficina de correos, cruzo a la otra acera.

—Eres como yo, Christina —susurraba Mamey—. Algún día podrás explorar tierras lejanas.

Pero ya no lo dice. Ahora solo quiere que salga de la
casa. A diferencia de mis padres, que no hablan de esas cosas, Mamey siempre trata de convencerme de que me
«mezcle», como ella lo llama.

—¡Por el amor de Dios! Tienes que estar con gente de tu
edad —dice—. ¿Es que no hay un lugar donde reunirse o
hacer picnics por aquí?

A Al no le interesan los bailes que se celebran los viernes por la noche en el Grange Hall Acorn, en Cushing, así que tengo que ir con mi amiga Sadie Hamm. Caminamos por el sendero lleno de surcos en la penumbra, del brazo con otras chicas. Sadie siempre rompe la cadena cuando me retraso, algo que suele pasar, al tropezarme con los baches. Finge que quiere cotillear, pero en realidad está ayudándome.

Sadie usa vestidos con mangas de encaje y botones de perlas, heredados de sus hermanas. Sin embargo, yo no tengo nada elegante. Uso faldas azul marino y blusas de muselina blanca, con botones en la parte delantera. La larga falda oscura es una indulgencia, pues mis piernas deformes no destacan tras los pliegues. En el camino al baile, Sadie canturrea cancioncillas mientras se burla de sí misma, girando para ahuecar su vestido. Se suele pintar los labios de rosa y usa los polvos que sus hermanas llevan de la farmacia en pequeñas polveras. Envidio su risa fácil y ligera, la forma en que salta sin miedo a tropezarse. Deseo atreverme a hablar con los chicos en el Grange Hall y salir a la pista de baile en lugar de moverme al compás de la música por los laterales.

Más tarde, cuando estoy en la cama, imagino las conversaciones que podría haber tenido con un chico llamado Robert Allan, de ojos y pelo castaño, que me ha parecido tan atractivo que casi no podía soportar mirarlo fijamente, incluso desde el otro lado de la sala.

Y luego, en mi imaginación, comienza la música.

—¿Podemos bailar esta canción, Christina? —pregunta Robert.

—Por supuesto —respondo.

Me tiende la mano y cuando la acepto, tira de mí para acercarme, haciéndome notar su tórax cálido contra el mío. A través de la blusa, siento su otra mano en la parte baja de la espalda, guiándome con suave firmeza. Cuando avanza su pie izquierdo, doy un paso atrás con el derecho; dos pasos lentos y tres rápidos, adelante, adelante, de lado, de lado...

Me voy quedando dormida, con esa música en la cabeza, moviendo los dedos de los pies al ritmo. «Dos pasos lentos y tres rápidos, adelante...»

A los ochenta años, Mamey parece más cerca que nunca de los mares color aguamarina de su pasado, donde la arena es tan blanca y fina como el azúcar y el aire huele a flores tropicales. Sus párpados se agitan en una duermevela, sumergiéndose progresivamente en sí misma. No consigue entrar en calor, da igual el número de edredones de pluma y mantas que la cubran. Caliento una piedra en el horno y la deslizo entre las sábanas, a los pies de su cama.

Un día, le llevo una concha de la habitación de las conchas que tiene las entrañas rosadas y brillantes como la mucosa labial. Mientras sostiene el caparazón, me cuenta cómo se lo encontró en una playa desierta en una expedición al cabo de Buena Esperanza con el capitán Sam. Siente arena entre los dedos de sus pies y frondosas palmas sobre la cabeza, protegiéndolos del sol. Echa la siesta en un porche, tomando pescado a la plancha y verduras.

—La próxima vez estarás allí conmigo —dice en voz baja.

—Me encantaría —respondo.

El cabello de Mamey es fino y amarillento; su piel, pecosa y traslúcida como un huevo de loica. Su mirada parece perdida, desenfocada. Sus huesos son tan delicados como los de un ave. Mi madre va a su habitación todos los días y revolotea a su alrededor durante una media hora, ventilando las sábanas y recogiendo la ropa sucia.

—Me duele mirarla —me dice, apoyándose en el borde de la cama de Mamey, y empieza a canturrear una de sus canciones favoritas, una vieja melodía que aprendió en la iglesia cuando era niña.

¿Habrá alguna estrella, alguna estrella en mi corona,
cuando se pone el sol por la tarde,
cuando me despierto con los bienaventurados
en las mansiones del descanso,
habrá estrellas en mi corona?

Me pregunto qué se supone que representan esas estrellas. Deben de ser una prueba de que eres especialmente digno, que irradias más brillo que los demás. Pero ¿no es suficiente despertarse con los bienaventurados en el Cielo? ¿No has alcanzado ya la eternidad esperada? Las palabras parecen incongruentes con la personalidad de mi madre, una mujer carente de ambiciones y que no siente interés por nada especial. Tal vez ella piensa que la forma en que vives es lo que da esos privilegios. O tal vez, como me ha dicho con anterioridad, solo le gusta la melodía.

Mi padre sube allí de vez en cuando y se detiene en el umbral. Mis hermanos entran y salen, sin decir nada, como perdidos en presencia de esa profunda disolución. Pero no puedo culparlos. Mamey siempre llamaba a mis hermanos «esos chicos» y mantuvo distancia con ellos, todo lo contrario a la cercanía que me ofrecía a mí.

—Mamey, estoy aquí —murmuro, acariciándole el brazo y la mejilla. Su aliento huele como la escoria de un estanque poco profundo.

Finalmente se apaga del todo, después de días sin comer y casi sin beber, con las mejillas hundidas y una respiración áspera y fatigada. Pienso en aquel poema: «Los ojos de alrededor se habían secado...»

El día que la enterramos es deprimente: un cielo incoloro, árboles grises y sin hojas, nieve vieja y sucia. Parece como si el invierno estuviera cansado de soportarse. El reverendo Cohen, de la iglesia baptista de Cushing, pronuncia unas elogiosas palabras junto a la tumba de Mamey, en el cementerio familiar, y nos consuela diciendo que se unirá con sus seres queridos que se han ido antes. Pero mientras veo descender lentamente el ataúd de pino, trato de imaginar una anciana de ochenta frágiles años con el marido que la precedió tres décadas antes y sus tres hijos, y me quedo con la persistente sensación de que los lugares que busca nuestra mente para encontrar la paz tienen poco que ver con aquel al que van nuestros cuerpos.

Esperando ser encontrada

1942-1943

La guerra se pone al rojo vivo y vemos barcos de transporte de tropas en el mar.

Soldados enviados desde Belfast deambulan por nuestra propiedad en vehículos todoterreno verdes con los que patrullan la costa, oteando el horizonte con prismáticos.

Al los observa con diversión.

—¿Qué piensan que va a ocurrir aquí?

Cuando uno de los soldados llama a la puerta para preguntar si estoy al tanto de alguna «actividad sospechosa», le pregunto a qué se refiere.

—Tenemos informes de que hay naves enemigas en la zona —dice con voz ominosa—. La costa de Cushing se ha declarado zona insegura.

Creo que esto es como lo de los malvados piratas que salen en *La isla del tesoro* con esa bandera negra con el cráneo y las tibias cruzadas. Nuestros enemigos —si hay alguno acechando en las proximidades— no anunciarían su presencia tan alegremente.

—Bueno, últimamente he visto mucha actividad por ahí. Más de la habitual. Pero no sabría decir si son amigos o enemigos.

—Señora, mantenga los ojos bien abiertos.

Muy pronto, Cushing se ve sometida a apagones intermitentes y racionamiento.

—Esto es peor que la Gran Depresión —comenta Lora,

la esposa de Fred—. Apenas hay gasolina suficiente para que haga mis diligencias.

—El requesón es un pobre sustituto de la carne. No puedo darle de comer eso a Sam —explica mi otra cuñada, Mary.

Nada de eso nos afecta a Al y a mí. En la oficina de correos hay un cartel que instruye a los ciudadanos: «Úsalo. Gástalo. ¡Hazlo!» Pero esa es la forma en que hemos vivido siempre. Nunca hemos tenido electricidad, por lo que los apagones no nos pillan por sorpresa, dado que se producen cada noche, cuando apagamos las lámparas de aceite. Y a pesar de que hemos llegado a comprar en los almacenes Fales leche, harina y mantequilla, la mayor parte de lo que comemos proviene de los campos, el huerto y el gallinero. Todavía guardo los tubérculos y las manzanas en el sótano y los artículos perecederos en una fresquera, bajo el suelo de la despensa. Al sigue ocupándose del sacrificio de animales. Hiervo y lavo la ropa como siempre, para más tarde tenderla a secar al aire.

Un frío día de septiembre, mi sobrino John —el hijo mayor de Sam y Mary— acerca una silla en la cocina. Es un joven educado y desgarbado, que siempre luce una sonrisa de medio lado. Es mi sobrino favorito desde que nació en la casa, hace ya veinte años.

—Tengo que decirte algo, tía Christina —comenta, agarrándome la mano—. Ayer me acerqué a Portland y me alisté en la Marina.

—¡Oh! —Siento un dolor en el pecho—. ¿Es necesario? ¿No te necesitan en la granja?

—Sabía que me iban a llamar tarde o temprano. Si hubiera esperado más tiempo, me habrían destinado a la infantería. Prefiero hacerlo en mis propios términos.

—¿Qué dicen tus padres al respecto?

—Sabían que solo era cuestión de tiempo.

Hago una pausa para asimilar la noticia.

—¿Cuándo te marchas?

—Dentro de una semana.

—¡Una semana!

Me aprieta la mano.

—Una vez que pones tu nombre en la línea punteada, tía Christina, estás disponible.

Es la primera vez que siento que la guerra es real. Pongo la otra mano sobre la suya.

—Prométeme que me escribirás.

—Sabes que lo haré.

Fiel a su palabra, cada diez días más o menos llega a la oficina de correos de Cushing una tarjeta postal o una carta en un sobre azul pálido. Después de seis largas semanas de entrenamiento básico en Newport, Rhode Island, lo asignan al *USS Nelson*, un destructor que escolta portaaviones contra las naves enemigas. Después, los sellos postales se van haciendo más grandes y coloridos: Hawái, Casablanca, Trinidad, Dakar, Francia...

¡Como nuestros antepasados marinos! Mamey se sentiría orgullosa.

Sam y Mary erigen un asta de bandera en el patio y cuelgan una bandera de Estados Unidos para que todo el mundo la vea. Están orgullosos de que John sirva a su país. Mary coordina las brigadas que recolectan chatarra de hierro, cobre y latón que luego se reutilizará para realizar proyectiles de artillería, y también organiza tertulias con otras esposas y madres de militares para confeccionar calcetines y bufandas que enviar a las tropas.

—Nuestro hijo regresará hecho un hombre —asegura Sam.

Me uno al grupo de labor de Lora y voy por la casa y el granero recolectando piezas de metal para colaborar en el esfuerzo bélico. Estando John en el extranjero, solo duermo a ratos. Lo único que quiero es que regrese a casa.

Una vez leí que la mera observación de los cambios de la naturaleza te hace más receptivo. Esto es especialmente cierto para Al y para mí. Somos más sensibles a la belleza de esta antigua casa, con sus rincones familiares, cuando Andy está aquí. Apreciamos más la vista de los campos amarillentos que caen hacia el mar, constantes y, sin embargo, siempre cambiantes; los cuervos negros en el tejado del granero; el halcón que vuela en círculos. Un saco de grano, un cubo abollado, una cuerda colgando de una viga son objetos ordinarios que se transforman en algo atemporal y de otro mundo por el pincel de Andy.

Sentada junto a la ventana de la cocina una mañana, a primera hora, noto que los guisantes que planté hace años han prosperado más allá de lo esperado en un lugar soleado junto a la puerta trasera. Así que, armada con un cuchillo y una cesta de paja, camino hacia la vid y corto las flores perfumadas color crema, rosa y salmón y las dejo caer en la cesta. En la despensa, cojo unos frascos de cristal que eran de mi madre de uno de los estantes superiores y los lavo en el fregadero antes de llenarlos con los tallos. Busco lugares para los improvisados floreros en la planta baja; en la encimera de la cocina, en la chimenea de la habitación de las conchas, en el alféizar de la ventana del comedor e incluso en el cuarto del cobertizo. Dejo el último al pie de la escalera para que Andy lo lleve al piso de arriba.

Cuando él aparece, horas más tarde, aguanto la respiración mientras camina por el pasillo.

—¿Qué es esto? —exclama—. ¡Es increíble! Va a ser un buen día, Christina —asegura mientras sube la escalera con dificultad—. Muy bueno.

Una cálida tarde escucho a Andy bajar la escalera y salir por la puerta principal. Desde la ventana de la cocina, lo veo dar vueltas descalzo por la hierba. Contempla el mar con las manos en las caderas, y luego regresa lentamente hacia la casa, entrando por la cocina.

—No puedo verlo —admite, frotándose la nuca.

—¿Qué no puedes ver?

Se sienta en un taburete.

—¿Quieres limonada? —ofrezco.

—Sí, gracias.

Me levanto de la mecedora y me dirijo a la despensa apoyándome en la mesa para mantener el equilibrio. Normalmente siento que me observa, pero hoy Andy está tan perdido en sus pensamientos que ni siquiera se da cuenta.

Betsy —que lleva mal el calor embarazada de siete meses— ha dejado una jarra en la encimera antes de irse a su casa a echar una siesta. Cuando levanto la jarra de vidrio entre las manos, se tambalea y me salpica el brazo. Molesta conmigo misma, me lo seco antes de llevarle un vaso a Andy.

—Gracias. —Distraídamente se lame la mano, donde el vidrio la ha dejado pegajosa—. ¿Sabes? —dice mientras me instalo de nuevo en la mecedora—. Me paso días enteros allí solo... soñando. Me siento como si estuviera perdiendo el tiempo. Pero me parece que no puedo hacerlo de otra manera. —Bebe un largo trago de limonada y deja el vaso vacío en el suelo—. ¡Dios, no lo sé!

No soy artista, pero creo que entiendo lo que quiere decir.

—Algunas cosas llevan más tiempo que otras. No se puede conseguir que las gallinas pongan los huevos antes de estar preparadas. —Él asiente con la cabeza, animándome a seguir—. A veces, quiero que el pan suba más rápido, pero si lo intentara se estropearía.

Esboza una sonrisa.

—Es cierto. —Siento un aleteo en la boca del estómago.

—Christina, tienes alma de artista.

—Bueno, no sé nada de eso.

—Tenemos más en común de lo que crees —asegura.

Más tarde pienso en lo que tenemos en común, y en lo que nos diferencia. Nuestra terquedad y nuestras enfermedades. Nuestra infancia limitada. Su padre le impidió ir a la escuela; en eso estamos a la par. Pero N.C. lo ha entrenado para ser pintor, y mi padre para cuidar la casa. En eso hay un mundo de diferencia.

Algunos bocetos de Andy son siluetas apresuradas, un mapa de la pintura que vendrá; el vislumbre de una figura, el crecimiento de unas hierbas o las líneas geométricas que darán lugar a la casa o el granero. Otras están sombreadas con precisión y detalle, cada mechón de pelo, cada pliegue de tela, las vetas en la puerta de la despensa. Sus acuarelas son manchas verdes y marrones, el cielo es el blanco de la cartulina. Al con la gorra y la pipa sembrando arándanos en el campo, sentado en el umbral de la puerta, recolectando heno; la figura de la yegua castaña, *Tessie*, de perfil. Andy esboza la mesa de madera con todas sus cicatrices, la tetera blanca, cáscaras de huevo, sacos de grano en el granero, semillas de maíz secándose en un dormitorio del tercer piso. En los lienzos, todos esos objetos tienen el mismo aspecto pero son diferentes. Con un brillo pulido.

Según me dice Andy, su padre pinta al óleo. Pero él prefiere la pintura al temple de huevo; al parecer, es la técnica que utilizaron maestros como Giotto y Botticelli en la Edad Media y primeros siglos del Renacimiento. Se seca rápidamente, dejando un efecto suave. Miro cómo casca un huevo y separa la clara de la yema, que sujeta con suavidad entre los dedos para eliminar la albúmina. Rompe la yema con la punta de un cuchillo y vierte el líquido naranja en un vaso de agua destilada, que remueve con el dedo. Luego añade un pigmento de polvillo calcáreo para hacer una pasta.

Después de sumergir un pincel fino en el temple, superpone capas de color lavanda pálido con tinta en un tablero cubierto con *gesso*, una suave mezcla de goma con pelo de conejo y tiza. A pesar de que trabaja con rapidez, las pinceladas son laboriosas y meticulosas, cada una distinta a la anterior. La hierba aparece transversal, una densa y oscura fila de plantas. Cuando están mojados, los colores son intensos, rojizos como la arcilla, azul como la bahía una tarde de verano, verde como una hoja de acebo. Pero ese brillo se desvanece a medida que se seca, dejando un cerco fantasmagórico.

—Intensidad, pintar las emociones que transmiten los objetos —dice Andy—, eso es lo único que importa.

Con el tiempo, sus pinturas empiezan a perder el color, haciéndose más austeras. Sobre todo los tonos blancos, marrones, grises y negros.

—Maldita sea —murmura él, mirando una acuarela recién terminada con la cabeza ladeada. Se trata de un sombrío Al caminando entre los campos con la gorra; la casa blanca y el granero gris delimitan el horizonte—. Esta es la mejor. Betsy tenía razón.

Cuando no está pintando arriba, Andy revolotea a mi alrededor como una abeja en torno a una colmena. Le fascinan nuestros hábitos y rutinas. ¿Cómo sé dónde han puesto los huevos las gallinas? ¿Cómo hago una hogaza de pan perfecta sin medir los ingredientes? ¿Cómo mantengo alejadas las babosas de las dalias? ¿Qué tipo de árboles corta Al para hacer leña? ¿Qué clase de vela usan los pescadores de langostas en sus barcos? ¿Cómo recoge agua el depósito? ¿Por qué hay tantas cosas pintadas del mismo azul? ¿Por qué hay una barca en el cobertizo? ¿Por qué está esa escalera apoyada en la casa?

—No tenemos teléfono —explica Al de forma lacónica—. Y la compañía de bomberos más cercana está a casi quince kilómetros. Si surge fuego en el tejado o en alguna chimenea...

—Ahora lo entiendo —dice Andy.

Estas preguntas son fáciles de responder. Pero con el tiempo, sus investigaciones se vuelven más personales. ¿Por qué vivimos solos Al y yo, en una casa con tantas habitaciones vacías? ¿Era muy diferente cuando había más gente, cuando los campos estaban llenos de flores?

Al principio me pongo en guardia.

—Acabó de esa manera —respondo—. Entonces la vida era mucho más ocupada.

Andy no se conforma con evasivas. ¿Por qué resultó así? ¿Ni Al ni yo queremos vivir en otro lugar?

Es difícil expresar lo que pienso. Hace mucho tiempo que nadie me hace este tipo de preguntas.

—Quiero saberlo —insiste.

Así, poco a poco, me voy abriendo. Le hablo sobre el viaje a Rockland, cuando me negué a ver al médico. Del tesoro oculto en aquel túnel misterioso. De las brujas, los capitanes de la familia, del barco atrapado en el hielo.

—¿Echaste de menos la escuela? ¿Por qué le tenías tanto miedo al médico?

Es suave como un perro, pero curioso como un gato.

—¿Quién eres tú, Christina Olson?

Una tarde, en la habitación de las conchas, Andy encuentra la caja de madera con los recuerdos de papá y la abre. Acaricia las suaves púas del peine de barba de ballena. Toma entre los dedos el pequeño soldado de plomo y le levanta un brazo.

—¿De quién era?

—De mi padre. Esa caja es lo único que conservamos de él después de su muerte.

—Yo solía coleccionar soldaditos de plomo —recuerda—. Cuando era niño, creaba campos de batalla. Todavía tengo una fila de soldaditos alineados en el alféizar de la ventana en el estudio en Pennsylvania. —Deja el juguete en la caja y pasa un dedo por el trozo de antracita—. ¿Por qué crees que conservó esto?

—Le gustaban las rocas y minerales —digo.

—Es antracita, ¿verdad?

Asiento con la cabeza.

—El primo glamuroso del carbón —comenta—. En la guerra de Secesión, la antracita era usada por los confederados que burlaban el bloqueo como combustible para los barcos de vapor a fin de evitar que los descubrieran. Cuando arde es limpio. No suelta humo.

—No lo sabía —digo. «Papá nunca fue de los que se rendían», pienso.

—Los llamaban barcos fantasmas. Es una imagen terrible, ¿verdad? Esas naves horribles materializándose en la nada. —Deja la antracita en la caja y pone la tapa—. ¿Regresó alguna vez a Suecia?

—No. Pero llevo el nombre de su madre. Anna Christina Olauson.

—¿Llegaste a conocerla?

—No. Es extraño, ¿por qué alguien le pone a su hija el nombre de una persona que ha elegido no volver a ver?

—No es tan extraño —dice—. Hay una cita sobre eso en *La casa de los siete tejados*. «El mundo debe todos sus impulsos de progreso a hombres inquietos.» Tu padre debió de sentir que tenía que forjar su propio camino, incluso aunque significara cortar cualquier vínculo con su familia. Fue muy valiente al resistir la atracción de lo familiar para ser egoísta sobre sus propias necesidades. Yo lucho con eso todos los días.

Varios meses después de que Andy y Betsy regresaran a Chadds Ford para pasar el invierno, recibo una carta de ella. En septiembre dio a luz a un niño enfermizo, Nicholas, que necesita mucha atención pero parece estar bien. En noviembre, Andy fue llamado a filas. Cuando informó sobre su estado físico, examinaron su torcida pierna derecha y sus pies planos, y lo rechazaron en el acto.

«Se siente como si le hubieran dado un respiro y está determinado a aprovechar el tiempo», escribe.

Un respiro de una clase concreta, creo. Porque aunque no tengo hijos propios, sé muy bien que las exigencias de la vida familiar pueden entorpecerlo todo. Me pregunto si ahora que es padre, Andy se sentirá todavía más dividido entre la atracción de la vida familiar y los impulsos creativos que lo asaltan.

1913-1914

Una cálida mañana de junio voy al gallinero muy temprano a recoger los huevos cuando oigo voces cada vez más cerca, por el campo. No esperamos visitantes. Me enderezo, pongo la espalda recta y, metiendo los huevos en el bolsillo del delantal, me pongo a escuchar.

Es Ramona Carle; reconocería su risa gutural en cualquier lugar.

Ramona, lo mismo que sus hermanos Alvah y Eloise, son veraneantes venidos de Massachusetts. Su familia compró la granja Seavey hace varios años. Alvah es el mayor, Eloise tiene mi edad, y Ramona es unos años más joven. Se quedan en Cushing desde el Día del Trabajo, pero a diferencia de otras personas que muestran una lánguida indolencia y miradas condescendientes, los Carle intentan encajar con la gente del lugar. Siempre tengo ganas de verlos. Suelen organizar carreras de cuchara-huevo en el picnic anual del Cuatro de Julio en Hathorn Point y son capaces de convencer a todo el mundo para jugar a cosas como Red Rover y al escondite; también llevan bolsas con fuegos artificiales que encienden por la noche.

Ramona es mi favorita. Es una chica amable e impulsiva, delgada y llena de energía, de pelo castaño oscuro y ojos tan grandes y brillantes como los de un cervatillo. Una vez, cuando estaba con ella en la ciudad, una anciana le dijo que era tan bonita como un botón. (A mí nadie me ha dicho nada remotamente parecido.)

Salgo del gallinero con mi cargamento de huevos y una ancha sonrisa de expectación y casi me tropiezo con un hombre que no he visto antes.

—Pero... ¡Hola! —le saludo.

—¡Hola!

Creo que es más o menos de mi edad (acabo de cumplir veinte años) y unos veinte centímetros más alto, con el pelo castaño claro que cae casi delante de unos grandes ojos azules. Lleva pantalones de lino fino y una camisa blanca arremangada por encima de los codos.

De repente, me siento muy consciente de mí misma. Medio me aliso el pelo alborotado y bajo la vista al delantal manchado tras hornear el pan y a los zuecos que uso para caminar por el barro.

—Soy Walton Hall —se presenta, tendiéndome la mano.

—Y yo Christina Olson. —Su mano resulta sorprendentemente suave. Sin duda, nunca ha manejado un arado.

—Walton ha venido desde Malden de visita —interviene Ramona—. Eloise y él hicieron juntos la secundaria. Al final del verano quiere ir a Harvard.

—Admítelo, estás sorprendida —me dice Walton al tiempo que me guiña el ojo—. No soy tan aburrido como parezco.

—Que vayas a Harvard no quiere decir que no seas aburrido —replico.

Cuando sonríe, veo que uno de sus dientes frontales se solapa ligeramente con el otro. Levanta una copa imaginaria en un brindis fingido.

—Bien dicho.

—Vale —se interpone Ramona—. Te recuerdo, Walton, que nos están esperando para desayunar.

—Oh, sí —confirma él—. Hemos venido a comprar huevos.

—Bien —digo—. ¿Cuántos queréis?

—Dos docenas, ¿de acuerdo, Ramona? —Ella asiente con la cabeza.

—Muy bien. Son cincuenta centavos por los huevos y uno por la bolsa.

—Vaya, ¡eres una negocianta dura!

Ramona pone los ojos en blanco.

—Podrías haberle pedido cincuenta centavos por cada huevo, Christina. No tiene ni idea de lo que cuestan.

Uno a uno, deslizo los huevos en una bolsa, hasta veinticuatro.

—¡Ese no! No parece lo suficientemente ovalado. —Se burla—. Y tienen que ser del mismo tamaño.

Está muy cerca de mí y el aliento le huele a caramelo de vainilla. Ramona habla del clima, de lo aburrido que era el invierno y como contaba los días que faltaban para junio. Se maravilla del buen día que hace, pero me pregunta si se mantendrá, porque quiere salir a navegar más tarde. Le intriga qué piensa hacer su madre con todos esos huevos, con qué les sorprenderá en el desayuno. ¿*Soufflé*, quizá? ¿Tortilla? ¿Tarta de limón?

—Acompáñanos —sugiere él.

Ramona y yo levantamos la vista.

—¿Qué? —pregunto confundida.

—Saldremos a navegar por la tarde, Christina —explica—. El viento va a ser perfecto.

—Podrías decirnos cuándo va a cambiar el clima —añade Ramona.

Normalmente no me tomo las tardes libres, en especial para navegar con chicos que acabo de conocer.

—Gracias, pero... no puedo. Tengo que hornear pan. Y mis tareas...

—¡Oh, por Dios! ¡Ven con nosotros! —insiste Ramona—. Tenemos que entretener a Walton de alguna forma. Y dile a tu hermano Sam que venga también. Es muy divertido. Y yo necesito a alguien de mi edad para coquetear.

—Lo siento, pero no creo que...

—Mira que eres difícil de convencer. A ver, te firmaré un pase —asegura Walton.

—¿Un pase?

Al ver mi desconcierto, Ramona ríe.

—En las escuelas unitarias no hay pases, Walton —explica.

—No puedo, lo siento —repito.

Él sacude la cabeza y se encoge de hombros.

—Pues entonces otro día, ¿de acuerdo?

—Quizá.

—Eso es un sí —interviene Ramona con la confianza de una chica acostumbrada a salirse con la suya brindándome una sonrisa—. Lo intentaremos de nuevo. Pronto.

Cuando regreso a casa, dejando atrás el luminoso patio, me apoyo en la pared del oscuro vestíbulo, respirando con dificultad. ¿Qué ha sido eso?

—¿He oído voces? —pregunta mi madre desde la cocina.

Me paso la mano por la cara, me aliso la pechera de la blusa y respiro hondo.

—¿Ha venido alguien? —insiste cuando entro desatándome el delantal.

—Ya —respondo en el tono más neutro que puedo—. Era solo Ramona, que venía por huevos.

—Hubiera jurado que he escuchado una voz masculina.

—Un amigo de los Carle.

—Ah. Bueno, la masa está lista para el amasado.

—Ya voy —respondo.

Durante las siguientes semanas, Ramona y Walton, a veces acompañados por Eloise y Alvah, se pasan por casa cada dos o tres días. En ocasiones vienen por huevos, otras veces por leche o un pollo para asar. Cada visita se quedan más tiempo. Nos traen una cesta de picnic y una vieja manta para sentarse en la hierba a tomar el té al sol. Comienzo a esperar verlos mientras me paseo por el campo al final de la mañana o la tarde. Mis hermanos, más tímidos, se muestran cohibidos con ellos, pero las Carle y Walton los intrigan mucho. A veces, cuando terminan sus tareas, Al y Sam se unen a nosotros sobre la hierba.

—Te vamos a secuestrar, Christina —me dice Ramona una mañana, cuando estamos con Walton—. Hace el día perfecto para ir en el velero.

—Pero...

—Nada de peros. La granja sobrevivirá sin ti. Alvah está esperándonos. Vamos.

Seguimos el camino hacia la cala y, según nos acercamos a la orilla, siento los ojos de Walton clavados en mi espalda. Consciente de mis pasos torpes, me concentro y tengo más cuidado en mis movimientos.

—¡Qué sol más brillante tenemos hoy! —exclama Ramona, que abre la marcha—. Ojalá tengamos sombreros suficientes. Espero que mamá haya dejado un par en el barco... —continúa, sin ser consciente de que ni Walton ni yo le respondemos.

Y luego me ocurre lo que temía: tropiezo con una raíz. Pierdo el equilibrio y caigo hacia delante. Antes de que pueda emitir un sonido, siento un brazo bajo el mío.

—Es un largo camino —me dice Walton en voz baja.

Aunque hace unos momentos me corroía la ansiedad, ahora me siento extrañamente tranquila.

—Gracias —susurro.

Nunca he estado tan cerca de un chico ajeno a mi familia. Mis sentidos se agudizan y lo percibo todo a la límpida luz matinal: los pálidos e inclinados narcisos; los araos aliblancos volando por encima de nuestras cabezas, con su cuerpo negro y patas brillantes, chillando como ratones; los árboles distantes —abetos rojos, enebros, pinos— salpicando los campos. Me gusta notar el salitre en los labios. Pero, sobre todo, soy consciente del cálido olor de este chico que me sujeta con el brazo: un deje a sudor, a almizcle en su pelo, a loción para el afeitado... Y el dulce caramelo en su aliento.

—Espero que no me consideres un impertinente, pero ¿sabes que el azul de las flores de tu vestido es exactamente el mismo que el de tus ojos? —murmura.

—No —consigo responder.

El barco de los Carle es un velero de un solo mástil, pluma en la proa y una gran vela blanca en la parte posterior. Han dejado un bote de madera en la orilla, cerca de Kissing Cove, con los remos dentro y la proa en dirección al velero. Cuando llegamos a la playa, Alvah agita los brazos desde la cubierta del velero, a más de cien metros. Arrastramos el bote al agua. Walton insiste en remar, y se aproxima con rapidez a la embarcación. Tengo que morderme el labio para no reír ante sus movimientos entrecortados e inexpertos, nada que ver con el movimiento acompasado de Al. Cuando llegamos al barco, Ramona ata el bote a la boya y Walton agarra la mano que le ofrece Alvah para saltar el primero y luego ayudarnos.

—Muy galante, imagino, pero innecesario —protesta Ramona, apartando la mano de Walton.

Yo no rechazo su ayuda; necesito toda la que pueda conseguir.

Una vez a bordo, me siento más a gusto. Es una mañana suave y cálida, con un suave viento, y sé navegar, pues he aprendido con Alvaro en su pequeño bote. Alvah iza la vela mayor, que se bate con el viento, como una sábana en un tendal, y tira con firmeza de la driza hasta asegurarla. Vuelve el barco hacia estribor, escapando del viento, lo que reduce la inclinación, para estar en un ángulo más cómodo cuando nos dirijamos a mar abierto. Tengo que advertir a Walton de que se agache para que no se golpee la cabeza con la pluma.

Parece sorprendido y un poco impresionado de mis conocimientos.

—¡Tienes talentos ocultos!

Es un milagro que sea capaz de ayudar a Alvah con lo distraída que estoy observando el cuello de Walton, ligeramente quemado por el sol. Sus orejas también han adquirido un suave tono rosado. Y sus ojos me atrapan con su suave azul grisáceo.

Alvah es un apasionado de la vela, como todos los niños que crecen navegando con sus padres y abuelos, y le gusta hacer la mayor parte del trabajo. Una vez que estamos en alta mar, nos deslizamos con rapidez. Ramona abre una cesta y corta trozos de pan, que distribuye con rebanadas de queso y huevo, acompañados con vasos de agua.

En el curso de la conversación, me entero de parte de la niñez de Walton. Su madre está obsesionada con el decoro social y su padre es un banquero que se queda en Boston, en un pequeño apartamento, varias noches a la semana.

—... cuando tiene que trabajar hasta tarde. O eso es lo que nos dice —explica Walton.

No estoy segura de qué está insinuando y me parece grosero preguntar. No quiero parecer ignorante, pero tampoco ser una marisabidilla. Para mí es tan difícil imaginar dónde creció Walton como la vida en la luna. Imagino salones para tomar el té al más puro estilo Jane Austen, mansiones de ladrillo rojo, paredes con retratos enmarcados de antepasados educados en Harvard.

Me dice que cuando era niño tenía la espina dorsal curvada por la escoliosis, y que tuvo que usar un yeso en el cuerpo durante un largo y cálido verano después de que lo operaran con doce años. Mientras otros niños se subían a los árboles y jugaban a la pelota a su alrededor, él estaba tumbado en la cama leyendo libros de aventuras como *El Robinson suizo* o *Capitanes intrépidos*. Aunque no lo dice, sé que está tratando de explicarme que entiende lo que siento.

A medida que pasan las horas, va haciendo menos calor. Pero hasta que tengo la piel de gallina en los brazos no caigo en que he olvidado traer un suéter. Sin decir palabra, Walton se quita la chaqueta y me la pone sobre los hombros.

—¡Oh! —exclamo sorprendida.

—Espero que no te moleste. Me ha parecido que tenías frío.

—No es eso. Gracias. Es que no lo esperaba. —Lo cierto es que no recuerdo la última vez que alguien reparó en que estaba incómoda por algo y trató de solucionarlo. Cuando se vive en una granja, todo el mundo está incómodo muchas veces. Demasiado frío o calor, suciedad, cansancio, golpes, lastimaduras por culpa de las herramientas... Demasiadas vicisitudes personales para preocuparse por la comodidad de los demás.

—Eres una chica muy independiente, ¿verdad?

—Supongo que sí.

—Walton, nunca he conocido a nadie como Christina —interviene Ramona—. No es como esas chicas tontas de Malden que no saben encender un fuego o limpiar un pescado.

—¿Es una sufragista como la señorita Pankhurst? —pregunta él en tono burlón.

Me siento muy ignorante. No sé lo que es una sufragista y jamás he oído hablar de la señora Pankhurst. Pienso en todos los años que Walton ha pasado estudiando mientras yo estaba lavando, cocinando y limpiando.

—¿Una sufragista?

—Ya sabes, esas mujeres que se mueren por votar —explica Ramona—. Las que piensan que, Dios no lo quiera, pueden hacer cualquier cosa que hagan los hombres.

—¿Es eso lo que tú piensas? —me pregunta Walton.

—Bueno, no lo sé... —digo—. ¿Hacemos una competición y lo averiguamos? Podríamos ponernos a partir troncos para leña o enganchar un desagüe. ¿O mejor matar un pollo?

—Cuidado —replica él, riendo—. La señorita Pankhurst ha sido condenada a tres años de cárcel por sus palabras de traición.

Siento, casi con absoluta certeza, que hay una chispa entre nosotros. Un parpadeo. Lanzo un vistazo a Ramona, que arquea las cejas y sonríe. Sé que ella también lo ha notado.

Un día, Walton aparece solo, en bicicleta. Lleva puesta una chaqueta de rayas y un sombrero de paja. No es el tipo de sombrero que luciría un lugareño (aunque tampoco utilizan chaquetas de rayas). Cuando lo comparo con mis hermanos, me parece un poco ridículo, como un pavo real entre aves más vulgares.

Hace girar el sombrero entre las manos y aprieta el borde con sus largos dedos.

—He venido por huevos. ¿Te puedes creer que me han confiado a mí esa tarea tan importante? —Entonces me guiña el ojo, divertido—. En realidad, no saben que estoy aquí.

—Voy por una chaqueta —digo.

—No creo que la necesites. Realmente no...

Pero ya he cerrado la puerta.

Me detengo en la sala oscura, con el corazón resonando en los oídos. No sé cómo debo actuar. Quizá debería decirle que me necesitan en...

Suena un golpe en la puerta.

—¿Estás ahí? ¿Te importa si entro?

Me acerco al perchero y agarro lo primero que encuentro, que no es otra cosa que una gruesa chaqueta de lana de Sam.

—¿Christina? —La voz de mi madre baja por las escaleras.

—Voy a buscar huevos al gallinero, mamá. —Al abrir la puerta, le dirijo a Walton una sonrisa. Él me la devuelve mientras salgo al porche, poniéndome la chaqueta—. Dos docenas, ¿verdad? Puedes venir conmigo si quieres.

—¿Un caramelo? —Me tiende uno color ámbar.

—Mmm... claro...

Me lo desenvuelve antes de entregármelo.

—Un dulce para la más dulce.

—Gracias —digo, ruborizada.

Hace un gesto para que vaya delante.

—Tienes una casa preciosa —comenta mientras nos acercamos al gallinero—. Ramona nos dijo que en tiempos fue un hostal. ¿Es cierto?

El caramelo se me derrite en la boca y lo hago girar con la lengua.

—Mis abuelos tuvieron huéspedes un verano. El hostal se llamaba Tejado de Paraguas.

Walton mira el tejado con los ojos entornados.

—¿Tejado de Paraguas?

—Tienes razón —aseguro, riendo por lo bajo—. No se parece nada a un paraguas.

—Supongo que protege de la lluvia.

—¿Y no es eso para lo que sirven todos los tejados?

Ahora ríe también él. Tengo calor con la gruesa chaqueta de mi hermano, así que me la quito después de reunir los huevos. Walton me sugiere que nos sentemos en la hierba.

—Dime, ¿cuál es tu color favorito? —me pregunta.

—¿En serio?

—¿Por qué no?

Rompo el caramelo con los dientes.

—De acuerdo... —Nunca me han hecho esa pregunta y tengo que pensarlo. El color de las orejas de los cerditos, el del cielo de verano al atardecer, las queridas rosas de Al...—. Mmm... el rosa.

—¿Tu animal favorito?

—Mi spaniel, *Topsy*.

—¿Tu comida favorita?

—Es famosa mi tarta de manzana.

—¿Me la harás?

Asiento con la cabeza.

—Lo tomaré como una promesa. ¿Poeta favorito?

Esa es fácil.

—Emily Dickinson.

—Ah... «Ignorando cuándo vendrá el amanecer, abro todas las puertas...»

—«¿O acaso tiene alas, como un pájaro...?»

—¡Muy bien! —dice, sorprendido de que lo conozca—. «¿U olas, como una playa?»

—Mi maestra me regaló una colección de poemas cuando dejé la escuela. Este es uno de mis favoritos.

Mueve la cabeza.

—Jamás he entendido la última parte.

—Bueno... —Me siento insegura y no sé si ofrecerle mi interpretación. ¿Y si no está de acuerdo?—. Creo... creo que significa que debes abrirte a las posibilidades, pero sigue tratándose de tu camino.

Él asiente.

—Ya... Tiene sentido. ¿Y tú lo estás?

—¿Si estoy qué?

—¿Abierta a las posibilidades?

—No lo sé. Eso espero. ¿Y tú?

—Me incordian. Es una lucha.

Me cuenta que va a ir a Harvard para complacer a su padre, a pesar de que prefería un campus más pequeño, como Bowdoin.

—Pero no rechazas la Universidad de Harvard, ¿verdad? —dice.

—¿Por qué?

—Eso, ¿por qué? —repite.

—Le gustas —me dice Ramona con ojos brillantes—. Está todo el rato haciéndome preguntas sobre ti. ¿Cuánto tiempo hace que te conozco? ¿Tienes novio? ¿Tu padre es muy estricto? Y quiere saber lo que tú piensas.

—¿Lo que yo pienso?

—Sobre él, tonta. Lo que piensas de él.

Me parece una pregunta con trampa, como si me pidieran que respondiera en un idioma que desconozco.

—Me gusta. Pero también me gusta otra gente —replico con cautela.

Ramona arruga la nariz.

—No es cierto. Casi no te gusta nadie.

—Es que casi no conozco a nadie.

—Eso es cierto —reconoce—. Pero no seas tímida. ¿Se te acelera el corazón cuando piensas en él?

—Ramona, venga...

—No te escandalices tanto. Solo tienes que responder.

—Oh, no lo sé. Quizás un poco.

—Mmm... quizás un poco... Eso es que sí.

A medida que avanza el verano, ella se mueve entre Walton y yo como una paloma, llevándonos noticias, impresiones, chismes... Se adapta perfectamente a la tarea; es una de esas chicas inteligentes e inquietas a las que les falta espacio para desfogarse, como un terrier al que no dejaran salir de casa.

Al principio, mi madre se comporta de manera formal y fría con Walton, pero él se la gana poco a poco. Lo observo cuando trata con ella, siempre deferente, llamándola señora y sin presumir de nada. La invita a las comidas campestres y a las reuniones vespertinas.

—Ese chico tiene unos modales exquisitos —concede después de un largo almuerzo en la orilla—. Debe de haberlos aprendido en una escuela muy cara.

Una mañana, la sorprendo regresando del pueblo con un rollo de percal, un paquete de botones y un nuevo patrón Butterick, que me entrega como si tal cosa.

—Creo que podrías probar con un nuevo estilo.

Miro la ilustración de la portada; se trata de un vestido con una falda con siete tablas y un corpiño ajustado con pequeños botones de nácar. El percal es muy bonito: flores con hojas verdes sobre un fondo color caramelo. Me pongo a coser en cuanto acabo las tareas, cortando cada pieza según el patrón y uniéndolas luego como si fuera un puzle. Marco con tiza y luego recorto la línea continua. Sigo trabajando con la luz de una lámpara de aceite y varias velas cuando el sol se pone.

Me quedo cosiendo hasta altas horas de la noche, inclinada sobre la Singer de mi madre, pasando la tela bajo la aguja mientras bombeo el pedal con el pie. Mi madre se detiene cuando va camino de la cama. Se acerca a mi espalda antes de inclinarse y pasar el dedo por el borde, alisando el punto por el que acaba de pasar la aguja.

Cuando me pongo el vestido a la mañana siguiente, noto el roce de la tela en las caderas. En la despensa, sujeto el pequeño espejo desvaído con la mano, que muevo buscando el efecto completo, pero solo logro ver retazos.

—Date la vuelta. —Es todo lo que me dice mi madre cuando entra en la cocina para ayudarme con la comida del mediodía. Pero noto que está contenta.

Un poco más tarde, Walton llega a la puerta con un ramo de tulipanes y narcisos. Se quita el sombrero de paja y se inclina ante mi madre, que está tamizando harina en la mesa de la cocina.

—Buenos días, señora Olson.

Ella lo saluda con un gesto de la cabeza.

—Buenos días, Walton.

Me entrega el ramo.

—¡Qué vestido tan bonito!

—Mi madre me ha comprado la tela y el patrón. —Aliso la falda y giro sobre los talones para que lo vea desde todos los ángulos.

—Señora Olson, tiene mucho gusto. Es muy bonito. Eh... espera un momento, Christina, ¿lo has hecho tú?

—Sí, esta noche.

Sujeta un pedazo de tela de la falda y la frota entre los dedos antes de tocar uno de los botones de la manga.

—Estoy impresionado.

—Christina puede hacer casi cualquier cosa que se proponga —asegura mi madre a mi espalda.

Ese elogio me sorprende; ella acostumbra a ser mucho más comedida. Pero entonces recuerdo que mamá fue conquistada en la puerta de esta misma casa por un desconocido. Sabe que es posible.

Un día, cuando Walton viene a visitarme, le hablo sobre el túnel misterioso como si fuera un lugar mágico que contuviera secretos que no se pueden revelar.

—Algunos piensan que está lleno de tesoros enterrados —le confío.

—Enséñamelo —pide.

Sé que mis padres no aprobarán que vayamos solos, así que trazamos planes para desaparecer unas horas. Esperaremos a que mi madre esté descansando y mi padre pescando con los chicos, en la presa, así nadie se preguntará por qué no estoy donde suelo estar las mañanas de los miércoles, escurriendo la ropa detrás de casa y colgándola en el tendedero. Walton vendrá a pie, sigilosamente, y si vemos a alguien en las proximidades, no iremos.

En el desayuno, antes de ir a la presa, mis hermanos me ayudan a llenar las tinas de agua. Si alguno se hubiera fijado, habría notado que llevo el vestido almidonado, que me he trenzado el pelo con una cinta y que mis mejillas están llenas de color —y no por el esfuerzo, sino porque me las he pellizcado, como me ha enseñado Ramona.

En el patio detrás de casa después de que todos se hayan ido, Walton agarra en silencio la ropa húmeda y pesada. Comienza a pasarla a través del escurridor, girando la manivela con una mano y sosteniendo la tela con otra. En el tendedero, saca las piezas húmedas de la cesta, las sacude y me las entrega una por una para que las cuelgue en la cuerda. Cuando la cesta está vacía, levanta la cuerda y la fija a los postes.

De repente me doy cuenta de que es muy emocionante, que parece que estamos jugando a las casitas.

Escondidos entre la ropa húmeda que aletea en el aire, Walton me sujeta para abrazarme con suavidad. Busca mis ojos con los suyos mientras lleva mi mano a su boca y la besa. Luego me estrecha con más fuerza, inclina la cabeza y me da un beso en los labios. Los de él están fríos y suaves. Siento su corazón a través de la ropa. Huele a caramelo, a especias. Es una experiencia tan extraña y embriagadora que apenas puedo respirar.

Cuando llevo la cesta a casa, me quito el delantal y me atuso el pelo. Alcanzo a ver una breve imagen de mí misma en el fragmento de espejo de la despensa. Lo que veo allí reflejado es una chica delgada, de nariz afilada y animados ojos grises. Es posible que sus rasgos sean vulgares, pero tiene la piel clara y una mirada brillante. Pienso en el joven que me espera fuera. Me he dado cuenta de que su pelo empieza a clarear, de que tiene el pecho algo cóncavo, como una cucharilla, y que la columna le quedó demasiado tiesa aquel verano que llevó la escayola. Cuando se pone nervioso, cecea un poco. No me resulta inconcebible imaginar que ese hombre imperfecto pueda estar empezando a amarme, ¿o sí lo es?

Caminamos en silencio, en fila, a la sombra de la casa y el granero hasta los árboles más allá del campo. A esta hora del día, con las sombras intermitentes no es posible vernos a menos que estén buscándonos. Walton se acerca y me roza los dedos antes de cogerme la mano. En varias ocasiones, mientras seguimos el camino entre densos grupos de árboles, nos soltamos, pero nuestros dedos se encuentran de nuevo, como una tejedora buscando una puntada perdida. Cuando quedamos ocultos por la vegetación, le doy de nuevo la mano y él hace que me detenga. Se pone detrás de mí y siento su aliento en el cuello cuando me estrecha entre sus brazos.

—Es imposible que haya algo mejor que esto —murmura.

No sé si habla del océano que se extiende ante nosotros, del mar de gramíneas que se ondulan con la brisa, de las rocas que nos dan sombra o de mí. No me importa. Este lugar, este punto concreto del mundo, forma parte de mí como mi pelo, mi nariz o mis ojos.

Cuando estamos cerca de la entrada al túnel, Walton me pone las manos en la cintura y apoya la frente contra la mía.

—Yo ya he descubierto el tesoro —asegura—. Todo este tiempo estuvo aquí, esperando que lo encontrara.

La atención de Walton es como el sol brillando en lo alto, tan cegador que todo lo demás se desvanece en contraste. Las voces de mis padres y mis hermanos, los cacareos de las gallinas y el ladrido del perro, la lluvia en el tejado repica como el arroz en una cazuela... Todos esos ruidos parecen bullir a fuego lento en mi cerebro. Apenas soy consciente de ellos hasta que mi madre o uno de mis hermanos me sacude el brazo.

—¿Has oído lo que te he dicho? —dice bruscamente.

¿Hay otras personas alrededor en este estado? ¿Pasaron por ello mis padres? Es una idea extraña pensar que personas normales y corrientes con vidas mundanas podrían haber experimentado esta aceleración, este vertiginoso despliegue de emociones. Sus ojos no revelan ninguna evidencia de ello.

Mamey solía contarme historias sobre los nativos de las islas que visitaba; en una ocasión, eran gente que nunca había visto la nieve y no tenía una palabra para describirla. Así es como me siento yo. No tengo ningún concepto, ningún ejemplo, para esto.

—Eres una desertora —me dice mi amiga Sadie—. Te mudarás a Boston y no volveré a verte.

—Quizá pueda convencerle de que se instale aquí.

—¿Y qué haría? No parece un hombre capaz de convertirse en granjero.

—Quiere ser periodista. Se puede escribir en cualquier lugar.

—¿Y de qué va a escribir? ¿Del precio de la leche?

¿Qué sabrá Sadie? Walton parece admirar nuestra forma de vida.

—Esto es muy diferente del lugar donde crecí —explica él—. Vuestros conocimientos son reales. Prácticos. Los míos solo están en mi cabeza. No sé cómo para un ternero o cómo quitar la nata a la leche. Soy un desastre en el velero y no tengo ni idea de atar un caballo al calesín. ¿Hay algo que no sepas hacer?

—Tú eres el único que puede hacer, ser y elegir —le recuerdo.

—Lo que quiero es estar contigo —responde apasionadamente.

Me da la impresión de que mi vida avanza a dos velocidades distintas, una al ritmo habitual, con sus cadencias predecibles y familiares, y otra corriendo por delante, una mancha de colores, sonidos y sensaciones. Ahora me resulta claro que he pasado estos veinte años como un animalillo mudo que no se atrevía a esperar un tipo diferente de vida, sin saber siquiera lo suficiente para desear otra.

Estoy decidida a seguir el ritmo de Walton. Les pido a mis hermanos que me traigan periódicos del pueblo cuando van por suministros. Quiero aprender lo suficiente para poder hablar de política y sucesos actuales: inundaciones en Dayton, Ohio, o la autonomía en Irlanda; el impuesto sobre la renta o las sufragistas que se manifiestan en Washington; discursos de Woodrow Wilson sobre la segregación y el asesinato del rey Jorge de Grecia. En la biblioteca de Cushing consigo las novelas de los autores que Walton me ha mencionado: Willa Cather, D. H. Lawrence y Edith Wharton, que leo a través de un filtro, pensando en él.

«Y le daba miedo que ese chico, que a pesar de todo tenía cierto parecido con un héroe de Walter Scott —escribe Lawrence en *Hijos y amantes*—, que sabía pintar y hablar francés, que sabía qué era el álgebra, que a diario iba en tren a Nottingham, pudiera considerarla una simple fregona, incapaz de ver en ella a la auténtica princesa que llevaba dentro.»

Me temo que soy la fregona, pero aun así me trata como una princesa. Mi padre se muestra de acuerdo en dejarme enganchar a *Blackie* al calesín una tarde y hacer un largo recorrido desde Broad Cove, con sus vistas sobre las islas, pasando por las pintorescas tiendas en East Friendship, hasta la preciosa iglesia de Ulmer en el centro de Rockland. Terminamos sobre la hierba en la colina, con vistas a Kissing Cove, comiendo unos sándwiches de ensalada de huevo y pepinillos en conserva, bebiendo limonada casera. A medida que la tarde se desvanece, vemos cómo el sol se funde en un horizonte líquido y la luna va surgiendo lentamente.

—Las estrellas están muy cerca —asegura Walton, señalando la extensión negra—. Igual podría alcanzarlas y coger una. Sostenerla en la mano. —Finge agarrar una y entregármela—. Cuando esté en Cambridge y tú estés aquí, en Cushing, miraré las estrellas y pensaré en ti. Entonces, no parecerá tan lejos.

La última semana de agosto es lluviosa, con nubarrones y un frío desagradable que anuncia el final del verano tan bruscamente como un anfitrión poniéndose en pie tras la cena para anunciar que es hora de marcharse.

Cuando Walton viene a despedirse, tengo un nudo en la garganta que casi me impide hablar. No me había dado cuenta de lo mucho que me he acostumbrado a verlo.

—Prometo escribirte —dice, y yo se lo prometo también, pero todavía no tiene hogar en Harvard, así que tendré que esperar a que sea él quien escriba primero.

Esa espera es una agonía. Me paso por la oficina de correos todos los días al mediodía.

—Iré en el calesín al pueblo a las tres, como siempre —me dice Al—. Puedo recoger el correo.

—Me gusta tomar el aire —replico.

La empleada de correos, la delgada, muy exigente y meticulosa Bertha Dorset, me mira con curiosidad. Pronto me entero de sus rutinas: conserva los sellos en rollos en un ordenado cajón y desempolva las monedas con una pluma de ganso. Dos veces al día, siguiendo una lista de tareas que cuelga de la pared, detrás de su cabeza, barre el suelo. Al atardecer, cada día baja la bandera que ondea fuera de la oficina, la retira y la dobla cuidadosamente para guardarla en una caja.

Cuando llego, me entrega el correo, casi todo facturas y circulares.

—Eso es todo por hoy —suele decirme.

Asiento con la cabeza, forzándome a sonreír.

Siento como si estuviera viviendo en una celda, en la cárcel, a la espera de la liberación, y el simple sonido de unas llaves hace que me tense, nerviosa. Una noche, después de cenar, cuando estoy lavando los platos, mis hermanos debaten si deben ir a examinar la presa, ya que puede sufrir graves desperfectos por las tormentas heladas si esperan demasiado. Si ocurriera eso, se perdería la captura de la sardina y a mí me daría un ataque.

—Por el amor de Dios, sois unos cerdos —los reprendo, sorprendiéndome por mi propia rudeza—, ¿es que no podéis recoger vuestros platos? ¿Acaso os habéis criado en un granero?

Siento una gran satisfacción al ver su expresión de sorpresa.

Y por fin, un día, después de mucho esperar, cuando ya había dejado de creer que llegaría alguna carta, Bertha desliza un montón de sobres por el mostrador y allí está: un sobre blanco con un sello rojo de dos centavos con la cara de George Washington, dirigido a mí, Christina Olson.

—Bueno, mira. Espero que sean buenas noticias —me desea.

Apenas puedo esperar a estar fuera de la oficina de correos para abrirlo. Me siento en un árbol caído junto a la carretera y desdoblo el grueso papel.

«Queridísima Christina...»

Leo con avidez, saltando hacia delante, arrastrando las cuartillas —¡cuatro!— hasta llegar al final: «Tuyo, Walton» (¡Mío!).

Mi mirada se pasea por las frases: «verano que nunca olvidaré», «tu forma de protegerte los ojos del sol con la mano», «el cuello de la blusa azul marino», «la cinta azul de tu pelo» y, finalmente, «para mí, todos los caminos conducen de nuevo a Cushing».

Avanzo y retrocedo por las cuartillas como una abeja tratando de escapar por un agujero. No puede dejar de pensar en el verano en Maine. La semana que estuvo en Malden fue tediosa e hizo demasiado calor; Harvard le parece solitario después de los días de vela, de las tardes en el campo y de un sinfín de aventuras. Lo echa todo de menos: el velero amarrado en Kissing Cove, los sándwiches de huevo con pan recién horneado, los chistes tontos de Ramona, los berberechos de Little Island, las puestas de sol anaranjadas. Y, sobre todo —escribe—, me echa de menos a mí.

La luz es diferente de camino a casa, más suave, me calienta más la cara. Alzo la cabeza hacia el cielo y cierro los ojos mientras pongo un pie detrás de otro maquinalmente. Puedo caminar así, con los ojos cerrados, porque sé el camino de memoria.

Cada semana o cada diez días, llega un sobre blanco con un sello de dos centavos. Walton me escribe desde la biblioteca, desde el comedor, desde el estrecho escritorio de madera de su dormitorio, bajo la luz de una lámpara de gas después de jugar al rugby, cuando su compañero ya se ha ido a dormir. Cada sobre contiene palabras que alimentan mi hambrienta alma, proporcionándome un portal a un mundo donde los estudiantes frecuentan aulas en las que hablan con los profesores, donde se puede pasar todo el día en la biblioteca, donde lo que se escribe y cómo se escribe es lo único de lo que se debe preocupar uno. Me imagino en ese lugar: paseando por el campus, contemplando el atardecer a través de las ventanas, yendo a cenar con los amigos a Harvard Square, donde los camareros llevan trajes de etiqueta y miran por encima del hombro a los descuidados estudiantes, y a ellos no les importa.

A medida que llegan las cartas, las guardo debajo de la

cama, atadas con una cinta rosa pálido. En una de ellas me ha escrito: «Cada noche miro hacia la plaza en el sureste, y veo los nombres de las estrellas en las calles que convergen: Broad Cove, Four Corners, East Friendship, y la iglesia de Ulmer, y deseo recorrer todos esos lugares contigo.» Después de la cena, abro la puerta del cobertizo y salgo para contemplar la vasta extensión de estrellas mientras imagino que Walton hace lo mismo en Cambridge. Aquí estoy, allá está, conectados por el cielo.

La concha tritón

1944-1946

Durante años, nadie se muestra particularmente interesado en el joven artista que ha establecido su estudio en nuestra casa, pero este verano es diferente. Un día que estoy en el pueblo con mi cuñada Mary haciendo recados, se me acerca una mujer en la sección de productos enlatados de Fales.

—Perdón... ¿es usted Christina Olson?

Asiento con la cabeza. ¿De qué me conoce esta extraña?

—¡Ya lo suponía! He alquilado una casita cerca de aquí para pasar la semana con mi familia. He leído sobre usted y su hermano. Al, ¿verdad?

Mary, que se había alejado al siguiente pasillo, dobla la esquina.

—Hola, estoy con la señorita Olson. ¿En qué puedo ayudarla?

—¡Oh, lo siento! No quería molestar. Un pintor famoso está trabajando en su casa, ¿verdad? ¿Andrew Wyeth?

—¿Cómo lo sa...? —se asombra Mary.

—Me preguntaba si podría pedirle que me consiga un autógrafo —la interrumpe la mujer.

—Oh, ¿puedes? —inquiere Mary, mirándome.

Dirijo a la mujer una tensa sonrisa.

—No; lo siento. No es posible.

Más tarde, cuando se lo menciono a Betsy, menea la cabeza como si no la sorprendiera.

—Lo siento, Christina. Andy fue portada de *American Artist* hace algún tiempo, y nos preocupaba que eso pudiera cambiar la situación. Es evidente que así ha ocurrido.

—¿Nos nombró a Al y a mí?

—Solo de pasada. Es posible que mencionara vuestros nombres. Por supuesto, en el artículo reveló que pasamos los veranos en Cushing. Sé que Andy lamenta haberlo dicho. No le gusta que le molesten. Seguro que lo entiendes.

Me encojo de hombros. No estoy segura de lo que siento.

Varias semanas después, sentada en la mecedora junto a la ventana de la cocina, veo un descapotable azul claro que se dirige hacia la casa. El conductor lleva puesto un sombrero de fieltro color crema y la mujer que lo acompaña se cubre el pelo con un pañuelo de lunares.

—¡Holaaaa! —llama, agitando las manos con las uñas pintadas de rosa—. ¡Hola! Estamos buscando a... —se interrumpe y aprieta el brazo del hombre—. ¿Cómo es el nombre, cielo?

—Wyeth.

—¡Eso! Andrew Wyeth. —Me brinda una sonrisa del mismo tono rosa que las uñas a través de la ventanilla.

Andy todavía no ha llegado, pero sé que aparecerá por el campo de Kissing Cove en cualquier momento.

—No sé quién es —afirmo.

—¿No está pintando el interior de esta casa?

—No que yo sepa.

Ella frunce los labios, perpleja.

—Frank, ¿no es aquí?

—No lo sé —suspira el hombre—. Dímelo tú.

—Estoy casi segura. Lo ponía la revista.

—Yo no lo sé, Mabel.

—Hubiera jurado que...

En efecto, mientras estoy charlando con los visitantes, veo que Andy se dirige hacia aquí a través de la hierba con la nasa de pesca llena con su material.

Mabel sigue la dirección de mi mirada y estira el cuello para ver.

—¡Mira, Frank! —exclama—. ¡Seguro que es él!

—¿Ese joven? —intervengo con una sonrisa forzada—. No es más que un pescador de la zona. —Arqueo las cejas para alertar a Andy, que gira hacia el establo al verme—. Le dejamos almacenar aquí los aparejos.

Mabel hace un puchero.

—Ay, caramba... pensaba que lo habíamos encontrado.

—Podría venderles algo de pescado. Si quieren le pregunto.

—No, gracias. —Alza el mentón y se recoloca el pañuelo. Ni siquiera se molesta en decir adiós.

Cuando el coche desaparece por el camino, Andy emerge del granero.

—Gracias. Esta vez han estado cerca. He de aprender a mantener la boca cerrada.

—Ya, buena idea —convengo. Hemos vivido tan aislados aquí, que la civilización parece muy lejana. Pero poco a poco acepto que Andy pertenece al mundo, no solo a nosotros. Es una certeza inquietante.

De hecho, hay muchas cosas inquietantes estos días. En junio de 1944, un torpedo impacta en el barco de John en la costa de Normandía y mata a dos docenas de hombres. Él casi no lo cuenta; se abre camino entre los restos que se hunden y logra salvarse.

—El reloj que compré en Brooklyn por cien dólares quedó hecho añicos —escribe meses después de los hechos—. Un día después fuimos rescatados por una patrulla de vigilancia marítima y nos llevaron a las islas del Canal, donde nos trasladaron a un barco rumbo a Plymouth. Dormí sobre una cuerda enrollada, tiritando de frío, pero no me importa. Me alegro de estar vivo.

¿Regresa a casa después de eso? No. Lo envían a Escocia e Irlanda, antes de un corto permiso en Boston, luego tiene cuarenta y cinco días de entrenamiento en Newport para unirse a la tripulación de un portaaviones. Más tarde lo envían al Pacífico Sur para luchar contra los japoneses.

—Siempre estoy en estado de alerta —me confiesa Sadie, cuyo hijo, Clyde, se alistó también voluntariamente en la Marina—, con los sentidos atentos por si oigo un coche desconocido en el camino.

Sé lo que quiere decir. Me despierto por la noche con una sensación de temor que se disipa un poco por la mañana, pero nunca está totalmente ausente. En momentos aleatorios del día y la noche pienso que este podría ser el momento en que Sam y Mary se presentan en casa con un telegrama. Pero quizá no ocurra si sigo amasando hasta suavizar la masa, si sigo desplumando un pollo, si barro el suelo y me deshago de las telarañas del alero.

A principios de invierno de 1946, Betsy nos comunica una terrible noticia: el padre de Andy y su sobrino, Newell, han muerto en octubre arrollados por un tren en Pennsylvania. El señor Wyeth iba conduciendo el coche, que se atascó en las vías. Andy está devastado, escribe, pero no ha derramado una lágrima.

Cuando regresan a Maine para pasar el verano, noto cuánto le ha afectado la muerte de su padre. Se muestra más silencioso, más serio.

—¿Sabes? Creo que mi padre pudo haber estado enamorado de ella —me cuenta cuando nos quedamos solos en la cocina. Está sentado en la mecedora de Al y se balancea abstraído, moviendo una pierna, haciéndola crujir.

Me siento confundida.

—Andy, no entiendo. ¿Enamorado de quién?

Deja de balancearse.

—De Caroline, la esposa de mi hermano Nat. La madre de Newell, mi sobrino. El que iba... en el coche con él.

—Ah... ¡Dios mío! —Tardo un momento en asimilar lo que está diciendo—. ¿Tu padre y... y su nuera? —No conozco a ninguna de esas personas por su nombre. Andy nunca me ha hablado de ellos.

—Sí. —Se frota la cara con la mano como si tratara de borrar sus rasgos—. Quizá. Quién sabe. Por lo menos estaba encaprichado con ella. Mi padre era así, ya sabes: un hombre de grandes y variadas pasiones —dice, como citando un obituario—. Nunca lo ocultó. Pero creo que, al final, fue lamentable.

—¿Pasó algo justo antes del accidente? ¿Alguien...?

—No pasó nada. Por lo menos que yo sepa. Pero sí sé que la muerte rondaba su mente. Me refiero a que era una de sus obsesiones; se ve en su obra. También está en mi trabajo, pero de otra manera... —Su voz se apaga. Es como si estuviera hablando consigo mismo, analizando lo que siente y tratando de darle una interpretación—. Fue muy extraño —murmura—. Después del accidente encontramos sus útiles cuidadosamente colocados en su estudio. Todo ordenado. Y normalmente era como yo, con las cosas por todas partes.

Pienso en las salpicaduras de temple y las cáscaras de huevo, en los pinceles petrificados que encuentro por toda la casa.

—Y quizá fue una coincidencia, pero la Biblia que había en su estudio estaba abierta por un pasaje sobre el adulterio. O... quizá no sea una coincidencia. Es decir, tampoco es tan descabellado imaginar que estaba contemplando las consecuencias de una aventura. Pero eso no quiere decir que fuera a propósito...

—Parece fuera de lugar —comento—. Por lo que me has dicho, siempre lo has descrito como muy... presente.

Andy me dirige una sonrisa sardónica.

—Es imposible saber lo que motiva a nadie. Los seres humanos son criaturas misteriosas. —Se encoge de hombros—. Quizá le dio un ataque al corazón. O un descuido. U otra cosa. Nunca lo sabremos.

—Lo echas mucho de menos, ¿verdad? Se te nota.

—¿Sí?

Pienso en mis padres, en cómo los echo de menos a veces, aunque no siempre.

—Creo que sí.

Sigue meciéndose lentamente adelante y atrás.

—Antes de que mi padre muriera —dice—, yo solo quería pintar. Ahora es diferente. Más profundo. Siento que todo... no sé cómo explicarlo... que todo gravita hacia ello. Hacia algo más allá de mí. Y quiero reprimirlo.

Me mira y asiento. Lo entiendo, de verdad. Sé lo que es tener sentimientos encontrados en lo más profundo. Seguir encadenado al pasado a pesar de que esté poblado de fantasmas.

Cuando murió su padre, Andy estaba trabajando en un temple de gran tamaño de Al. Mi hermano aparece apoyado contra una puerta cerrada con un pestillo de hierro, junto a la vieja lámpara de aceite. Lo había empezado a pintar el verano anterior, después del dibujo con carboncillo, para añadir la textura del níquel rayado de la lámpara y el sólido peso de la cerradura. Luego sacó sus pinturas y le preguntó a Al si quería posar junto a la puerta, en el pasillo de la cocina. Durante horas, días, semanas, Al se apoyó contra esa puerta mientras Andy intentaba —sin éxito— traducir la imagen de su cabeza sobre el lienzo.

—Es como tratar de atrapar una mariposa —decía con exasperación—. Si no tengo cuidado, las alas se convertirán en polvo en mi mano.

Cuando Andy abandonó Port Clyde, al final del verano, la pintura seguía sin terminar, por lo que se la llevó de vuelta a su estudio de invierno en Chadds Ford. Después del accidente, había vuelto a trabajar en ella de nuevo. Al regresar a Maine, la trajo con él y la apoyó contra la chimenea en la habitación de las conchas.

Una mañana estoy de pie cerca de la chimenea, mirando la pintura, cuando Andy llega. Al darse cuenta de que estoy allí, se acerca a mí.

—Al odiaba estar sentado ahí, ¿verdad? —comenta Andy.

Me río.

—Estaba aburrido y nervioso.

—Jamás volverá a posar para mí otra vez.

—Seguramente —convengo.

La mitad de la imagen está iluminada y la otra mitad en la oscuridad. La lámpara de aceite provoca sombras en el rostro de Al, en la vieja puerta de madera, debajo del pestillo de hierro. El periódico que hay detrás de la lámpara está manchado y arrugado. Al mira la nada, como sumido en sus pensamientos. Sus ojos parecen empañados por lágrimas.

—¿Ha quedado como querías? —le pregunto a Andy.

Con una mano traza el contorno de la lámpara de aceite en el aire.

—He conseguido darle la textura correcta al níquel. Eso me satisface.

—¿Y la figura de Al?

—Seguiría trabajando en ella —admite—. No fui capaz de captar su expresión. Todavía no sé por qué.

—¿Está... está llorando?

—¿Crees que está llorando?

Asiento con la cabeza.

—No era mi intención, pero... —dice con una sonrisa triste—. Prácticamente se puede escuchar el lamento, ¿verdad?

—Parece que Al lo está escuchando, sí.

Se acerca y estudia el lienzo.

—Entonces, quizá me haya salido bien.

Andy nunca me ha pedido que pose para él, pero varias semanas después de esa conversación, me dice que le gustaría hacerme un retrato. ¿Cómo puedo negarme? Me sienta ante la puerta de la despensa, me coloca las manos en el regazo y los pliegues de la falda. Después se pone a bosquejar sin parar, pasando el lápiz por la cartulina blanca. Más lejos. Más cerca. Mi cabello, con cada mechón peinado hacia atrás. Con un collar y sin él. Mis manos, en todas las posiciones. La puerta vacía, sin mí.

La mayoría de las veces los únicos sonidos son el rasgueo de la pluma y el crujido de la cartulina. Entornando los ojos, atrapa el lápiz entre los labios y tiende el pulgar.

—Eso es. No. La sombra... —musita para sí—. Y esas cicatrices, ¿cómo te las hiciste?

Me he acostumbrado tanto a asimilar las reacciones de la gente ante mis marcas —de aversión e incluso repulsión— que suelo callarme cuando alguien las menciona. Pero Andy me mira con franqueza. Echo un vistazo a las cicatrices que se entrecruzan en mis antebrazos, algunas más rojas que el resto.

—En el horno. A veces los hierros se deslizan un poco. Por lo general llevo manga larga.

Él hace una mueca.

—Tienen pinta de haber sido dolorosas.

—Te acostumbras —digo, encogiéndome de hombros.

—Quizá necesitas algo de ayuda en la cocina. Betsy conoce a una chica...

—Me las arreglo bien sola.

Él sacude la cabeza.

—Lo haces, ¿verdad? Bien por ti.

Un día, coge todos los bocetos y sube las escaleras. Durante las siguientes semanas apenas lo veo. Cada mañana, llega a la casa a través de los campos, con su delgado cuerpo balanceándose con su característico bamboleo de caderas, agitando los codos y rodillas, con ropa de trabajo salpicada de pintura y unas botas viejas que no se molesta en atarse. Pasa dos veces ante la puerta mosquitera antes de entrar con una cantimplora de agua y un puñado de huevos que ha birlado a las gallinas. Intercambia saludos con nosotros en la cocina y luego sube la escalera, murmurando por lo bajo.

No le pido que me deje ver el retrato, pero tengo curiosidad.

Un día cálido y soleado de julio, Andy baja y me dice que está cansado y distraído, y que tal vez debe tomarse la tarde libre para salir a navegar. Después de su marcha, me doy cuenta de que es un buen momento para ver su obra. No hay nadie en la casa. Puedo subir cada escalón tan lentamente como deseo, descansando en cada peldaño.

Incluso antes de abrir la puerta donde trabaja en el segundo piso, huelo los huevos. Empujo la puerta y veo las cáscaras, los trapos sucios y las tazas donde mezcla los colores esparcidas por el suelo. Hace mucho tiempo que no vengo aquí. Noto que el empapelado de la pared del fondo se está despegando. A pesar de la brisa que entra por la ventana abierta, la habitación huele a cerrado. Echo un fugaz vistazo al retrato, que está apoyado en una liviana base, y luego miro hacia otro lado.

Me dirijo trabajosamente a la cama que usé de niña y me tiendo de espaldas, mirando las fisuras y las telarañas del techo. Con el rabillo del ojo vislumbro el rectángulo de lienzo, pero no me decido a mirarlo de forma directa. Andy me dijo una vez que sus cuadros, que parecen realistas, ocultan secretos, misterios, alegorías.

Que quiere llegar a la esencia de las cosas, no le importa lo feas que sean.

Me da miedo saber lo que ha visto en mí.

Por fin, no puedo posponerlo más. Me vuelvo y me veo en la pintura.

No es horrible del todo, pero me supone un *shock* verme a través de sus ojos. En el lienzo estoy de perfil, mirando con seriedad hacia la cala, las manos retorcidas en el regazo, la nariz larga y puntiaguda, la boca curvada hacia abajo. Mi cabello es castaño oscuro y mi cuerpo, delgado y algo encogido. La puerta de la despensa está rodeada de oscuridad, la mitad en sombra; se ve agrietada y degradada. La hierba crece algo más allá. Mi vestido es negro, con un profundo escote en V que hace contraste con mi pálido cuello.

El vestido negro no es el que llevaba y parezco sombría. Seria y solitaria. Sola en la puerta frente al mar.

Mi piel parece espectral, envuelta por la oscuridad.

Bridget Bishop esperando su condena.

Su muerte.

Ruedo de nuevo sobre la espalda. Las sombras de las cortinas de encaje, que se mueven con el viento, convierten el techo en un mar turbio.

Cuando Andy llega a la mañana siguiente, no le digo que fui arriba. Me saluda y charlamos unos minutos mientras preparo galletas, y después él sale al vestíbulo. Pero se detiene. Viene de nuevo a la puerta de la cocina y pone los brazos en jarras.

—Has ido arriba. —Extiendo la masa sobre una lámina metálica plana y la voy colocando—. Lo hiciste —insiste.

—¿Cómo lo sabes?

Hace un gesto con la mano.

—Hay un rastro entre el polvo hasta la habitación. Igual que si hubiera pasado por allí un caracol gigante.

Me río secamente.

—Bueno, ¿qué opinas?

Me encojo de hombros.

—No entiendo de arte.

—Eso no es arte. Eres tú.

—No, no soy yo. Eres tú —replico—. ¿No me lo dijiste una vez? ¿Que cada uno de tus cuadros es un autorretrato?

Emite un largo silbido.

—Ah... Eres muy lista. Ven, quiero conocer tu opinión.

Me da miedo decírselo. Temo que puede sonar superficial o demasiado pretencioso.

—Es tan... oscuro. Hay mucha sombra. Y el vestido negro.

—Quería mostrar un contraste con tu piel. Para dar relieve al sitio donde estás sentada.

Ahora que mantenemos esta conversación, me doy cuenta de que estoy un poco enfadada.

—Me da la impresión de que estoy en un ataúd con la tapa medio cerrada.

Se ríe un poco, como si no pudiera creerse que me moleste.

Lo miro con seriedad.

—Trataba de mostrar tu... —vacila y se pasa la mano por el pelo— tu dignidad. Tu solemnidad.

—Bueno, supongo que ese es el problema. No me considero solemne. No creo que sea así, la verdad.

—En realidad no eres tú. Ni yo. A pesar de lo que piensas. —Su voz se apaga. Al ver que brego con la pesada puerta del horno, se acerca y la abre, luego desliza la bandeja de galletas en el interior—. Creo que se trata de la casa. De su estado de ánimo. —Cierra la puerta del horno—. ¿Sabes lo que quiero decir?

—Haces que parezca muy... —Busco la palabra adecuada—. No sé. ¿Solitaria?

Él suspira.

—¿Y no lo eres a veces?

Reina un fugaz silencio entre nosotros. Agarro un trapo y me limpio las manos manchadas de harina.

—Entonces, ¿cómo te ves a ti misma? —me pregunta.

—¿Qué?

—Acabas de decir que no te consideras solemne. Entonces, ¿cómo te ves?

Es una buena pregunta. ¿Cómo me veo?

La respuesta nos sorprende a los dos.

—Creo que me veo como una niña —afirmo.

1914-1917

Todos los habitantes del pueblo parecen saber que recibo sobres con matasellos de Massachusetts. Sé que Bertha Dorset ha estado chismorreando por la forma en que sonríe y arquea las cejas cuando me entrega el correo.

«Lamento que te molesten con su curiosidad —escribe Walton en respuesta cuando lo menciono en una carta. Y se ofrece para utilizar a Ramona como tapadera para que sea su nombre el que aparezca—. Entonces no sabrían que te escribo, pero me temo que se enterarán de otra manera.»

Decido no permitir que eso me incomode. La gente siempre va a hablar. Por lo menos ahora tienen una razón.

En una de sus cartas, Walton me dice que ha intentado, sin éxito, plantar guisantes, su flor favorita, en el apartamento de Cambridge. En abril, meses antes de que regrese, solicito semillas de guisante por correo y le pido a Al que construya un enrejado. Cuando llega el paquete, dejo las semillas en remojo toda la noche y luego dreno un extremo con un cuchillo afilado para plantarlas en tierra abonada. Me siento como si fuera Jack plantando su habichuela mágica.

Brotan las ramitas y crecen delgados tallos que envuelven el enrejado. A mediados de junio, cuando las fresas están listas para la cosecha, comienzan a florecer los guisantes. Aunque Walton me ha escrito para decirme cuándo volverá, y aunque Sam me informa de que lo ha visto en el pueblo, me sorprende verlo aparecer por el sendero una cálida mañana con un ramo de flores de guisante y una amplia sonrisa.

—Eres un regalo para la vista —me dice cuando llega a la puerta de la cocina y me envuelve en un breve abrazo. Me entrega las flores—. Sé lo mucho que te gustan.

Yo quiero decir que no, que es a él a quien le gustan, pero me siento extrañamente conmovida al notar que ha combinado sus sentimientos con los míos.

—Tengo una sorpresa —le digo, y le indico que cierre los ojos para conducirlo hasta la espaldera—. Ábrelos.

—Vaya... —Me lanza una mirada sorprendida.

—Las planté para ti.

—¿Para mí?

Asiento con la cabeza.

Se acerca y me coge la mano.

—Aquí hay suficiente belleza ya sin esas flores.

«Bienvenido de nuevo», pienso.

Nunca he prestado demasiada atención a mi aspecto, pero de repente soy muy consciente de él. He reparado en que el vestido de cambray azul tiene un parche sucio, en que la blusa de muselina luce unas mangas deshilachadas y que el dobladillo de la falda está manchado de tierra. Me paso los dedos por el pelo, acomodando las hebras grasosas. Toda la familia se baña el tercer lunes de cada mes en la cocina, utilizando la misma agua, del mayor al más joven, aunque en verano los chicos se las arreglan con los baños en el lago o el mar. Cada pocos días me lavo la cara y las axilas con un paño húmedo que sumerjo en una olla de agua calentada en la cocina. Pero decido que eso no es suficiente. Arrastro la antigua bañera de estaño galvanizado desde la leñera con la ayuda de Al y lleno las ollas con agua para ponerlas a calentar al fuego. Cuando están a punto de hervir, las vertemos en la bañera y añadimos agua fría. Luego, lo envío fuera de la habitación.

Ya en la bañera, me froto la pastilla de jabón por los antebrazos, las piernas, el pálido estómago, el suave vello bajo los brazos y entre los muslos. Sumerjo la cabeza para mojarme el pelo y me lo froto con jabón, trabajando la espuma con los dedos. Después de aclararlo, vierto un poco de vinagre de manzana en la mano ahuecada, como me enseñó mi madre, y lo esparzo por el cabello. El agua ayuda a calmar el dolor de mis músculos contraídos y dejo flotar los brazos, libres de la acción de la gravedad. También me flotan las piernas. Cuando era más joven, a veces me bañaba en el estanque con mis hermanos, disfrutando de la sensación de ingravidez, de la momentánea liberación del dolor. El baño es el único lugar donde encuentro ese alivio, así que cierro los ojos y lo disfruto.

Apoyándome en la fría superficie de la bañera, fantaseo con la idea de marcharme de este lugar. Preveo el momento como si fuera el personaje de una historia: una mujer joven se levanta mientras el resto de la casa duerme, empaqueta algunos artículos y baja la escalera silenciosamente (algo que ya acostumbro a hacer, levantarme antes que los demás para avivar el fuego y preparar el desayuno). Se ata los cordones de los zapatos entre las sombras del vestíbulo y abre la puerta para salir al exterior. La luz cae sobre sus pies como si fuera una bailarina, ingrávida como una mariposa, y ella se desliza por los escalones para doblar la esquina, alejándose de la casa y el granero hasta el automóvil que espera fuera de su vista, con un joven al volante (Walton, por supuesto, ¿quién si no?). Él coge el bolso de ella —donde hay un nautilus y un marco de fotos vacío, a la espera de un momento digno de recordar— y lo lanza al asiento trasero. Deja todo lo demás, los restos de una vida superada. Lo que va a necesitar en el futuro, lo puede encontrar donde va.

A medida que avanza el verano, caemos en las mismas rutinas que el año anterior: navegar con los Carle, buscar berberechos en Kissing Cove, organizar picnics en el prado.

—Sería maravilloso si pudieras ir a Boston en otoño —me dice un día, cuando estamos dirigiéndonos a Bird Point.

Me envuelve una oleada de placer.

—Me encantaría.

—Podrías alojarte con los Carle, estoy seguro. Y... —vacila, haciéndome contener la respiración, con la esperanza de que la invitación se vuelva más personal— quizás allí podría verte un médico especializado en afecciones como la tuya.

Me detengo, sorprendida. Jamás hemos hablado explícitamente de mi condición, aunque he llegado a aceptar el apoyo de su brazo.

—¿Quieres que me vea un médico?

—Los médicos rurales tienen buenas intenciones, sin duda, pero dudo de que estén al tanto de los últimos avances. ¿No te gustaría saber qué tienes mal?

—¿Qué tengo mal? —balbuceo. Siento frío.

Él se golpea la frente con los dedos.

—Perdóname, Christina. Debería haber dicho «qué te pasa». No te quejas, pero imagino lo mucho que sufres. Me preocupo por ti... —Su voz se apaga de nuevo y me agarra la mano—. Me gustaría que pudieran aliviar tu sufrimiento.

Sus preocupaciones son razonables, incluso lógicas. Entonces, ¿por qué sus suaves súplicas me dan ganas de cubrirme las orejas con las manos y pedirle que se calle?

—Eres muy amable al interesarte por mi bienestar —digo en tono neutro.

—De eso nada. Solo quiero que estés lo mejor posible. Entonces, ¿lo considerarás?

—Preferiría no hacerlo.

—Dijo Bartleby. —Me sonríe, haciendo desaparecer la tensión.

Bartleby. De entre los recovecos de mi mente, rescato una referencia: el escribano obstinado. Sonrío.

—Solo quiero lo mejor para ti, ya sabes.

—Tú eres lo mejor para mí —aseguro.

Agosto es una exquisita agonía. Quiero que cada día dure para siempre. Me siento inquieta, febril, permanentemente irritada con todos salvo con Walton, al que estoy decidida a mostrar lo mejor de mí. Es un tipo peculiar de insatisfacción, una nostalgia agridulce por algo que todavía no ha ocurrido pero ocurrirá. Incluso en medio de una excursión placentera, soy consciente de lo efímero que es todo. El agua está caliente, pero se enfriará. El océano es como una lámina de cristal, pero el viento se acelera al otro lado del horizonte. La hoguera crepita, pero se apagará. Walton está a mi lado, con un brazo sobre mis hombros, pero pronto se irá.

La última noche, estamos sentados en la playa, en grupo, conversando, y Walton menciona que se espera un invierno duro.

—¿Podrá Christina librarse de él? —pregunta Ramona. No lo mira a él, pero todos sabemos qué está preguntando: cómo y cuándo me ofrecerá Walton una salida.

Él no parece darse cuenta.

—Christina no es como nosotros, Ramona. A ella le gustan los inviernos fríos de Maine. ¿Verdad? —me pregunta, dándome un apretón en el hombro.

Miro a Ramona, que sacude la cabeza al tiempo que pone los ojos en blanco. Pero ninguno dice nada más.

Las flores se marchitan, las estropea una helada temprana y mueren en la espaldera. Los árboles estallan en llamas y se queman. Las hojas se convierten en ceniza. Todas las cosas de la vida en la granja que una vez amé, me provocan impaciencia. Después del final del verano, me resulta difícil tolerar los meses, la perseverante regularidad de mis tareas diarias, el inevitable acortamiento de los días y la creciente oscuridad... y el frío. Siento como si estuviera en un camino estrecho, atravesando bosques familiares por un sendero que da vueltas y vueltas sin fin.

A principios de otoño paso el tiempo haciendo conservas, enlatando y guardando: tomates, pepinos, fresas, arándanos. Lleno las estanterías del cobertizo con los frascos. Alvaro sacrifica un cerdo, y trocea y ahúma hasta el último pedazo, desde las pezuñas a la cola rizada. Recogemos y almacenamos tubérculos como colinabos, nabos y remolachas. Cosechamos las manzanas y las disponemos en una larga mesa en el sótano para pasar el invierno.

Tengo demasiado tiempo para pensar. Me atormento. Todo lo que hago es trabajar y pensar. Me siento como el molusco del nautilus de Mamey, que se ha hecho demasiado grande para la cáscara. Creo que una mujer de mi edad debería estar trabajando para su marido e hijos. Mis amigas y compañeras de clase se comprometen y se casan. Los chicos que iban a la escuela conmigo se han convertido ya en granjeros, pescadores y comerciantes. Las chicas, Sadie y Gertrude entre ellas, cuidan sus casas y tienen bebés.

—Muévete con más brío, niña —me reprende mi madre mientras me dirijo a hacer las tareas—. La vida no es tan trágica como crees.

Al me mira de reojo y sé lo que está pensando: que podría ser mejor si Walton no hubiera venido por aquí.

Pero las cartas de Walton son como globos de aire, que me sacan de la melancolía. Escribe sobre sus clases y sus maestros, de lo que piensa sobre su futura carrera. A pesar de que está estudiando periodismo, las noticias sobre la guerra que causa estragos en Europa dominan los titulares de los periódicos, por lo que, según dice, es un mal momento para los artículos locales. Así que ha decidido cambiar de objetivos y ha fijado su punto de mira en la enseñanza. Los maestros siempre son necesarios, haya guerra o se derrumbe el mercado de valores. Soy consciente de que puede ser maestro en cualquier lugar, incluso en Cushing, Maine.

El invierno transcurre con la lentitud de un glaciar. Navidad y Año Nuevo suponen una distracción momentánea antes de los meses de hielo y nieve. Un día de febrero a última hora de la tarde, recorro el sombrío camino desde la oficina de correos con la carta de Walton dentro del abrigo, cuando tropiezo con una raíz que sobresale entre el hielo y caigo al suelo. Me apoyo en el codo para observar con un extraño desapego las medias rotas y el hilo de sangre que me mancha la espinilla. Tengo un agudo dolor en la mano derecha, la que he utilizado para amortiguar la caída. Muy despacio, tiendo el brazo izquierdo y comienzo a levantarme. Me toco el abrigo. La carta debe de haber volado de mi bolsillo cuando caí. Me siento en el suelo, ensuciando la falda todavía más con la sangre y el hielo. A varios metros, veo el sobre y me arrastro hacia él. Está vacío. El cielo se oscurece más, el aire está frío y me palpita la espinilla, pero busco las hojas con la desesperación de una adicta al opio. No puedo marcharme hasta que las encuentre. Al final las veo dobladas, aleteando en una zanja.

Cuando llego hasta allí, noto que la tinta se ha corrido; el barro y el agua han salpicado las letras y parecen haber sido escritas en un código diabólico, diseñado para volver loca a la destinataria. Solo puedo identificar una palabra de cada cuatro o cinco: «... entretenido... Me alegra decir... Empezando a disfrutar...». Después de esforzarme en distinguir las letras, mi exasperación va en aumento. Presiono las cuartillas contra el vestido, dentro del abrigo, con la esperanza de que sean más legibles cuando estén secas. El camino a casa es lento y tortuoso. Cuando entro y abro el abrigo, me encuentro el corpiño del vestido tatuado con tinta. Un recuerdo permanente de lo importantes que sus palabras son para mí.

Es verano otra vez. Una mañana de junio de 1915 abro la puerta y me encuentro a Walton, ofreciéndome una gran sonrisa y un paquete de caramelos.

—Dulces para la más dulce —dice.

—Te repites —le recuerdo—. Ya me lo habías dicho antes. Él ríe.

—Obviamente mi repertorio es limitado.

Pronto volvemos a caer en nuestras familiares rutinas, nos vemos casi todos los días. Damos paseos por la propiedad, a veces navegamos por la tarde y otras veces paseamos por la arboleda con los Carle y mis hermanos. Ramona nos observa recoger trozos de madera y ramas para hacer fuego en el círculo de rocas, cuando de repente Walton me empuja detrás de un árbol y me besa. Al final de la tarde nos sentamos en los ásperos bancos que hizo papá y vemos cómo las brasas se desmoronan y asientan. El cielo cambia de azul a púrpura, cada vez más rojizo cuando el sol se hunde como una brasa en el mar.

Cuando Walton se levanta para hablar con Alvah, al otro lado de la fogata, Ramona se sienta a mi lado.

—Tengo que hacerte una pregunta —dice en voz baja—. ¿Walton te ha hablado alguna vez sobre la naturaleza de su compromiso contigo?

Yo sabía que esa pregunta se acercaba y la temía.

—No exactamente —respondo—. Creo que nuestro compromiso está sobreentendido.

—¿Por quién?

—Por los dos.

—¿Te ha dicho algo?

—Bueno, tiene que establecerse antes.

—Perdóname por ser indiscreta. He tratado de mantener la boca cerrada, pero bueno... Este es el tercer año.

No es que me diga algo que yo no haya pensado, pero sus palabras son como un puñetazo en el estómago. Walton es un académico, me refiero a que es un estudioso de los clásicos y la filosofía; no puede tomar ninguna decisión hasta que acabe sus estudios. Nadie parece entenderlo.

Ni siquiera estoy segura de entenderlo yo misma.

—En realidad no es asunto tuyo, Ramona —le paro los pies con rigidez.

—No; tienes razón.

Permanecemos sentadas en silencio. El aire frío se llena de palabras no pronunciadas.

—Mira, Christina —suspira después de unos minutos—. Ten cuidado. Es todo lo que te pido.

Sé que Ramona tiene buenas intenciones, pero esto es como decirle a una persona que acaba de saltar de un acantilado que tenga cuidado. Ya estoy flotando en el aire.

A finales de agosto, Walton y yo planeamos navegar solos a Thomaston. Desde que tuve la conversación con Ramona, soy consciente de que él elude hábilmente cualquier mención de un compromiso.

Quizás ella tiene razón y tengo que plantear la cuestión directamente.

Resuelvo hacerlo en el velero.

Es tarde y el aire está frío. Walton se detiene detrás de mí, desplegando una manta enorme de lana y envolviéndonos en ella mientras yo dirijo el velero.

—Walton... —llamo su atención con nerviosismo.

—¿Sí?

—No quiero que te vayas.

—Yo tampoco quiero irme —replica, cubriendo mi mano con la suya.

Retiro la mano.

—Pero tú tienes algo ahí fuera, y yo todo lo que tengo son meses de invierno y espera.

—Ah... Mi pobre Perséfone —murmura, besándome el pelo y el hombro.

Esto me irrita. Me aparto un poco. Durante unos momentos permanecemos en silencio. Escucho el triste graznido de las gaviotas, tan grandes como gansos.

—Quiero preguntarte algo —digo finalmente.

—Pregunta.

—O... bueno, decirte.

—Adelante.

—Yo amo... —empiezo, pero mi valor se desvanece— estar contigo.

Me envuelve más en la manta, encerrándonos en un capullo.

—A mí también me encanta estar contigo.

—Pero ¿qué estamos...? ¿Qué estás...?

Mueve las manos por mis costados hasta detenerlas en mis costillas. Arqueo la espalda, apoyándome en él, y desliza los dedos hasta ahuecarlos sobre mis pechos por encima de la tela.

—¡Oh, Christina! —jadea—. Hay cosas que no necesitan explicación, ¿no crees?

Decido que no voy a preguntar nada más. Que no lo presionaré ni insistiré. Me digo que no es el momento. Pero la cuestión es que tengo miedo. Temo apartarlo y que lo que hay entre nosotros, sea lo que sea, termine.

—Entonces, ¿qué crees que va a pasar? —me pregunta Al una noche, cuando estamos lavando los platos después de cenar.

—¿Qué?

Se inclina sobre los platos para verter las patatas sobrantes y el puré de manzana en un cubo para los cerdos.

—¿Crees que te vas a casar con Walton Hall?

—No lo sé. No he pensado en ello. —Pero Al sabe que es mentira.

—Lo único que te digo es que... —Se interrumpe, tenso e incómodo, poco acostumbrado a la intimidad que supone decir lo que se piensa.

—¿Lo único que te digo es qué? —lo presiono con burlona impaciencia—. Sin titubeos. Suéltalo.

—Nunca te había visto así.

—¿Cómo?

—Como si te hubieras vuelto loca.

—¿De verdad? —Me irrito y muevo las ollas con brusquedad, haciéndolas entrechocar.

—Estoy preocupado por ti —dice.

—Bueno, no lo estés.

Durante unos minutos trabajamos en silencio, levantando el mantel, recogiendo los cubiertos y vertiendo agua caliente en una cacerola para lavar los platos. A medida que continúo haciendo esas tareas familiares, me siento más enfadada. ¿Cómo se atreve este... este hombre aniñado, que nunca ha estado enamorado, a juzgar mi relación con Walton y mi propio sentido común? Al sabe tanto sobre nuestra relación como sobre la costura de un vestido.

—¿Qué piensas? —digo por fin, abruptamente—. ¿Que soy imbécil? ¿Que no sé pensar?

—No es eso lo que me preocupa.

—Bueno, pues no te preocupes. Puedo cuidarme sola. Y, además, aunque no es asunto tuyo, Walton ha sido honorable en todos los sentidos.

Al pone un montón de platos en la bandeja de lavado.

—Por supuesto que lo ha sido. Le gusta divertirse. No quiere renunciar a ello.

Agarrando un puñado de tenedores, me vuelvo hacia él. Por un breve momento, contemplo golpearlo con ellos, pero me limito a respirar hondo.

—¿Cómo te atreves?

—Venga, Christie, no me refería a...

Una vez más, su voz vacila, y me doy cuenta, por lo incómodo que parece, que este tema es algo que considera muy importante. Sin embargo, yo lo encuentro irritantemente simple. Todas las cosas que suelo admirar de Al me parecen defectos: su fidelidad no es más que miedo a lo desconocido, su decencia es mera ingenuidad, su sentido moral simples juicios de valor. ¡Qué rápido se convierten en defectos las características de los demás con solo un pequeño giro de tuerca!

—Lo que quiero decir es que... —traga saliva— él tiene mucho donde elegir.

Es inútil tratar de explicarle qué es el amor.

—Podrías decir lo mismo de papá cuando cortejó a mamá.

Me lanza una mirada llena de ironía.

—¿Cómo es eso?

—Podría haber seguido en el barco. Viajado por todo el mundo. Sin embargo, se estableció aquí, con ella.

—Mamá tenía una casa enorme y cientos de acres —me recuerda, señalando la ventana con la mano—. Sabes cómo se conocía antes esta casa, antes de que fuera la Casa Olson.

Salpico los cubiertos con agua llena de impaciencia.

—¿Alguna vez has pensado que quizá papá se enamoró?

—Claro. Quizá sí. Pero recuerda, tienes tres hermanos. No vas a heredar sola esta casa.

—Walton no va detrás de la casa.

—De acuerdo. —Se seca las manos con un paño de cocina y lo cuelga en un gancho—. Solo te digo que tengas cuidado. No es el tipo de hombre que puedas tener sujeto con una correa.

—No le he puesto una correa —respondo con brusquedad—. De todas formas, prefiero estar con Walton los tres meses de verano que con cualquiera de los chicos del pueblo todo el año.

Semanas más tarde, una mañana, después de recoger los huevos, atravieso el umbral y oigo las voces de mis padres en la habitación de las conchas, un lugar donde no suelen entrar. Me quedo en silencio en el vestíbulo, sosteniendo los huevos todavía calientes entre las manos.

—No es una belleza pero trabaja duro. Creo que sería una buena compañera —dice mi padre.

—Lo sería —corrobora mi madre—. Pero empiezo a preguntarme si no estará jugando con ella.

Frunzo el ceño al darme cuenta de que hablan de mí. Me apoyo contra la pared, escuchando.

—¿Quién sabe? Quizás él quiera llevar una granja.

Mi madre ríe secamente.

—¿Ese chico? Qué va.

—Entonces, ¿qué pretende de ella?

—Quién sabe. Sospecho que divertirse mientras no hace nada.

—Quizá la ama de verdad, Katie.

—Mucho me temo que... que no se casará con ella.

—Eso temo yo también —conviene mi padre.

Me arden las mejillas y el corazón me atrona en los oídos. Los huevos se escurren entre mis dedos temblorosos y, aunque trato de retenerlos, caen al suelo, uno tras otro, salpicando el suelo de una mezcla viscosa de amarillo y blanco.

Mi madre aparece en la puerta y me mira, estupefacta.

—Voy a buscar un trapo.

Cuando regresa, se agacha para limpiar el suelo alrededor de mis pies. Las dos guardamos silencio. Yo solo soy consciente de mi propia humillación, de haber oído en voz alta mis propios temores en sus palabras. La puerta se cierra y veo a mi padre por la ventana, caminando hacia el granero con la cabeza gacha.

«Creo que el día que fuimos a Thomaston fue el más feliz de mi vida —escribe Walton en septiembre, ya de vuelta en la universidad—. ¿Cómo puedes gobernar el velero en esas circunstancias? Me siento culpable. —Tiene nostalgia de Cushing. Nostalgia de mí—. Ha sido el mejor verano de mi vida, y en parte te lo debo a ti —continúa—. Con amor. Walton.»

Siento como si una de las paredes de la casa se hubiera separado del resto y caído con suavidad al suelo. Veo una salida, un camino despejado hacia mar abierto.

Durante el verano, que disfruto en compañía de Walton y los Carle, no necesito a nadie más; mis hermanos revolotean a su alrededor como polillas en torno a una llama. Pero cuando se van, me siento sola. Por eso, el día que Gertrude Gibbons —una chica que no me caía bien en la escuela, pero que se ha convertido en una adulta medianamente tolerable— me invita a participar en una reunión de costura la noche de los miércoles que dirigirá una buena costurera como es Catherine Bailey, accedo de mala gana. Gertrude también se hace sus propios vestidos, y por las reuniones del grupo comenzamos a coser juntas por las noches de vez en cuando, cuando terminamos las tareas. Es una forma de pasar el tiempo.

Una fría tarde de noviembre me dirijo a casa de Gertrude con una bolsa colgada del hombro; es una caminata de casi tres kilómetros. Ha estado lloviendo todo el día; la carretera está mojada y tengo que andar muy despacio, evitando cuidadosamente los charcos de barro.

—¡Por fin! —me recibe Gertrude cuando me abre la puerta. Tiene la cara redonda enmarcada por el pelo rubio, y grandes pechos que ponen a prueba la resistencia de los botones de su vestido. Mastica una galleta de melaza mientras su perro negro ladra y salta—. Abajo, *Oscar*, ¡abajo! —lo regaña—. Pasa, por favor.

El gato se estira en una silla de tapicería.

—Fuera, *Tom* —dice Gertrude, agitando las manos para obligar al minino a bajarse del asiento—. Siéntate aquí —me indica—. ¿Quieres una galleta? Acabo de hornearlas.

—Por ahora estoy bien, gracias.

—Por eso te mantienes tan delgada. Eres como mi hermana. Yo lo intento, de verdad, pero no sé cómo alguien puede resistirse a una galleta de melaza.

La casa resulta cómoda y acogedora, iluminada por las brasas que brillan en la chimenea. Gertrude sigue hablando mientras me instalo. Sus padres están fuera; han ido a visitar a unos parientes en Thomaston, y su hermano ha salido con unos amigos. *Oscar* se tiende ante la chimenea y su estómago pronto empieza a subir y bajar mientras duerme satisfecho.

Charlamos sobre la buena cosecha que ha habido de patatas y nabos; le cuento que un zorro nos robó tres gallinas en el gallinero y que Al lo atrapó y lo mató. Gertrude quiere conocer la receta de mi famosa tarta de manzana frita, por lo que se la explico paso a paso: pelar y cortar las manzanas en rodajas muy finas, freírlas luego a fuego lento en la sartén, añadiendo unas gotas de melaza hasta que la manzana esté tierna en el centro y crujiente por fuera, y luego volcar el contenido de la sartén en un plato. Me reservo que ya no puedo dar la vuelta a la sartén yo sola y que tengo que pedir a uno de mis hermanos que lo haga.

La falda en la que estoy trabajando es de algodón beige, con muchos pliegues y bolsillos. Antes de ir a casa de Gertrude alisé el tejido con una plancha de hierro caliente, y ahora estoy dando las puntadas del dobladillo. Mis puntos son pequeños y ordenados, en parte porque tengo que concentrarme mucho para que me salga bien. Gertrude es más descuidada y se distrae con facilidad, deseosa de cotillear. Emily Jones tuvo un bebé a principios de verano, pero nació muerto y la pobre chica todavía no ha salido de casa. Earl Standin tiene problemas con la bebida. Su mujer, que está embarazada, se presentó en Fales la semana pasada con un ojo morado, aunque dijo que se había chocado contra una puerta. Sarah Stewart se ha casado con un herrero de Rockland que conoció en una reunión social, pero corre el rumor de que, en realidad, está enamorada de su cuñado.

—Dime, ¿qué has oído por ahí? —pregunta luego.

Sostengo la tela con el ceño fruncido, fingiéndome molesta por haber perdido una puntada. Cuanto más habla ella, menos quiero decir yo. Sé que quiere conocer detalles sobre Walton, pero no quiero hablar del tema, segura de que luego contará la historia a su manera. La hago esperar pacientemente con la costura en el regazo.

—Eres una tumba, Christina Olson —asegura al final.

—Simplemente no he oído nada —me disculpo—. Nadie me cuenta nada.

—¿Y qué me dices de Ramona Carle y ese Harland Woodbury? He oído que él bebe los vientos por ella.

De hecho, un joven llamado Harland Woodbury llegó este verano a Cushing procedente de Boston para visitar a Ramona. Pero después de que se fuera, Ramona se burló de sus mejillas rubicundas y de su sombrero de copa baja.

—No sé nada al respecto —aseguro a Gertrude.

Ella me lanza una mirada astuta.

—Bueno, he oído rumores sobre algo de lo que sí debes estar enterada. —Se lame el dedo índice para frotar el extremo del hilo—. Me han dicho —dice, enhebrando la aguja— que cierto joven de Harvard no puede tomar una decisión.

Me ruborizo. El sonrojo comienza en la parte superior de mi cabeza, como un golpe de calor. Me tiemblan los dedos y coloco la tela de forma que Gertrude no los vea.

—Sin duda, eres consciente de que un hombre como él... —añade con suavidad, como si fuera una niña. Suspira.

—¿Cómo es él? —pregunto bruscamente, a pesar de que no me apetece participar en esta conversación.

—Ya sabes. Educado, cosmopolita. —Se acerca y me da una palmadita en la pierna—. Te diré que se comenta que no deberías poner todos tus huevos en el mismo cesto.

—De acuerdo, Gertrude.

—Sé que eres muy reservada, Christina. Que no quieres hablar de esto. Pero mi conciencia me obliga a decirte lo que pienso.

Asiento con la cabeza y mantengo la boca cerrada. Si no hablo, ella no puede replicar.

En el camino de regreso desde casa de Gertrude, estoy distraída, perdida en mis pensamientos. De pronto, meto el pie en un bache de la carretera y pierdo el equilibrio. Al caer hacia delante, trato de girar hacia un lado para proteger el paquete en que llevo el vestido a medio terminar, por lo que aterrizo con fuerza sobre el costado derecho. Siento un agudo dolor en esa pierna. Tengo los antebrazos arañados y cuando me sacudo la grava y el polvo, comienzan a sangrar. Veo la pierna retorcida bajo mi cuerpo y el pie doblado en una posición poco natural. El paquete se ha roto y se mancha.

No sirve de nada que pida ayuda; nadie podría oírme. Si tengo la pierna rota y no puedo levantarme, es posible que amanezca antes de que me encuentren. ¿Por qué he sido tan estúpida para aventurarme sola en una noche tan fría? Y total, ¿para qué?

Gimo, compadeciéndome. La gente comete errores tontos a menudo y, con frecuencia, son su perdición. En Thomaston, un hombre murió de frío el invierno pasado en el bosque, no supieron si porque se desorientó o porque le dio un ataque al corazón. La gente sale en barca cuando presagia tormenta, o va a nadar en el mar cuando hay resaca; otros se duermen con las velas encendidas. O salen solos y se rompen la pierna en medio de la nada una gélida noche de noviembre.

Me estiro para tocarme el muslo derecho. Llego a la rótula. Me inclino sobre la pierna y noto un pinchazo agudo. ¡Oh, no, el tobillo!

Mi padre me dijo que me llevara su bastón cuando salí de casa, pero me negué.

Estoy harta de este cuerpo rebelde que no se mueve como quiero. Y del persistente dolor que nunca se va por completo. De tener que medir mis pasos para no caerme, de los rasguños siempre presentes y las contusiones. Estoy cansada de fingir que soy igual que los demás. Pero admitir lo que es realmente vivir en mi piel significaría renunciar, y no estoy dispuesta a hacerlo.

«Tu orgullo será tu perdición», me dice a menudo mi madre. Quizá tiene razón.

Meto el paquete en la cintura de la falda e intento arrodillarme. Pongo la falda debajo para no rasguñarme y me arrastro hacia un lado de la carretera, intentando no hacer presión sobre el tobillo. Escudriño un grupo de abedules a unos diez metros de distancia; allí podré encontrar un palo que usar como bastón. Después de llegar a los árboles, me pongo en pie tambaleándome y empiezo a rebuscar entre rocas y surcos. Este. Es un poco corto, pero servirá. Cojeo de nuevo hacia la carretera, apoyada en el palo, y reprimo una mueca de dolor.

Hace una hora, no podía esperar a marcharme de casa de Gertrude, pero en este momento regresar allí es mi única opción. Cojeo lentamente por el camino. Cuando por fin veo el porche, emito un suspiro de alivio. Me arrastro los tres escalones dejando un rastro fangoso, y hago una pausa ante la puerta. Las luces están apagadas. Golpeo la puerta con el puño, pero no obtengo respuesta. Entonces, empiezo a dar toques con los nudillos en la ventana.

Oigo pasos en el interior. A través de la ventana, veo la luz de una lámpara.

—¿Quién está ahí? —dice Gertrude asustada, al otro lado de la puerta.

—Soy yo, Christina.

La puerta se abre y me impulso hacia el interior.

—¡Dios mío! —Gertrude agita los brazos como un pájaro tratando de sostener una roca—. ¿Qué te ha pasado?

—Me he caído en la carretera. Creo que es posible que me haya roto el tobillo.

—¡Oh, querida! Estás cubierta de barro —nota con desaliento.

—Lo siento. Lamento molestarte. —Unas cálidas lágrimas me inundan los ojos; lágrimas de alivio, agotamiento y amargura. Ni siquiera puedo caminar bien; quiero regresar a mi casa y, ¡maldita sea!, Gertrude puede tener razón: Walton no se va a casar conmigo, me quedaré atrapada en este lugar el resto de mi vida, cosiendo con esta mujer. Vuelvo la cara para que no vea las lágrimas correr entre la suciedad que me cubre las mejillas.

Gertrude suspira y sacude la cabeza.

—No te muevas. Voy a buscar un paño para que no se estropee la alfombra.

«Me he roto el tobillo mientras regresaba de casa de Gertrude Gibbons —escribo a Walton—. Fue una tontería. No debería haber emprendido ese camino sola en la oscuridad.»

«Me alegra saber que estás en vías de recuperación, y ruego que seas más prudente en el futuro —me responde—. Atentamente...»

Recorro las palabras varias veces, tratando de leer entre líneas. Pero son términos rígidos y formales. No importa cuántas veces los lea, suenan como una advertencia.

Por primera vez me preocupa ver a Walton después de un largo invierno de separación, pero me da un abrazo y un beso en la mejilla cuando nos encontramos.

—Tengo un regalo para ti —me confía, sacando una concha del bolsillo interior de la chaqueta y dejándola en la mesa, delante de mí—. Puedes añadirlo a la colección.

El cascarón es brillante y llama la atención su color, rojo anaranjado con protuberancias en la parte superior que se hacen más pequeñas hacia los bordes.

Lo tomo con los dedos. Es tan suave y pesado como un pisapapeles de cristal.

—Oh... ¿Dónde lo has encontrado?

—Lo compré en una tienda especializada de Cambridge. —Sonríe—. Creo que procede de Hawái. Se llama concha tritón. Al menos eso es lo que decía la tarjeta que había en el estante. Quedará bien en la habitación de las conchas, ¿no te parece?

Asiento con la cabeza.

—Por supuesto.

Me roza el brazo.

—¿No te gusta?

—Sí, es... interesante. —Pero me siento decepcionada al ver que no me conoce lo suficiente para entender que esta chuchería de una tienda no tiene cabida en la habitación de las conchas, llena de descubrimientos de expediciones de verdad. Me gustaría que hubiera mentido, que me hubiera dicho que la encontró en una playa.

Dejo la concha tritón en la repisa de la chimenea, pero parece fuera de lugar, como una flor artificial en un jardín.

Unas semanas después, la guardo en un cajón.

A medida que avanza el verano de 1916, Walton se comporta como siempre: solícito, cortés, y me brinda numerosas sonrisas irónicas de medio lado. Pero soy muy consciente de que algo en su naturaleza escapa a mi alcance, como un trozo de papel arrastrado por el viento. Se muestra evasivo incluso cuando le hago preguntas directas, ofreciéndome vagas generalidades sobre su vida en Boston, su familia y sus planes de futuro.

Una mañana de julio a primera hora, cuando estamos paseando entre la hierba alta de Hathorn Point para recoger mejillones, noto que no tenemos mucho que decirnos. Él parece incómodo y juega con la manga de su camisa mientras camina.

—¿Qué te ocurre, Walton? Cuéntamelo.

—Es solo que... —Sacude la cabeza como si quisiera deshacerse de un pensamiento—. Mis padres. Creen que saben lo que es mejor para mí.

Sé que sus padres viven en Malden, cerca de donde tienen su hogar los Carle. Nunca han venido de visita.

—¿Te han escrito?

Se inclina y recoge un palito entre las hierbas, que parte con un crujido.

—Sí. Una larga y tediosa carta. Dicen que ha llegado el momento de que crezca, de que busque un trabajo en Boston durante los veranos y que deje de molestar a los Carle. —Vuelve a romper los palitos por la mitad antes de arrojar los trozos al suelo.

—¿Es por... mí?

Mete las manos en los bolsillos. Su queja ha evolucionado con un aire dramático, como si exagerara ante mí.

—No se trata de nada personal —dice finalmente con brusquedad—. Afirman que están preocupados por mi futuro. No quieren que me limite.

El corazón se me acelera, adelantando a mis palabras.

—¿Qué quieren decir?

—Tonterías —replica—. Mantener las apariencias. Harvard y todo eso. El trabajo adecuado. La esposa adecuada...

—¿Y eso significa...? —pregunto en el tono más neutro que logro pronunciar.

Se encoge de hombros.

—A saber... Quieren que me case con una mujer educada y de buena familia. Lo que significa, naturalmente, una familia que conocen. Una familia de Boston. Una familia que pueda reforzar su posición social, porque eso es lo importante.

Me quedo callada. Por supuesto, los padres de Walton no quieren que su hijo, que ha estudiado en Harvard, se case con una chica que ni siquiera ha hecho secundaria.

—Estás enfadada —dice, acariciándome el brazo—. Pero no debes estarlo. No tiene nada que ver contigo. No saben nada de ti.

Lo miro sorprendida.

—¿No les has hablado de mí?

—Claro que les he hablado de ti —rectifica con rapidez—. Lo que quiero decir es que no se dan cuenta de... de lo mucho que significas para mí.

—¿Saben que somos...? —La palabra «novios» me viene a la mente, pero temo que pueda sonar presuntuosa.

Se encoge de hombros.

—No suelo hablar mucho con mis padres.

—Así que ¿no saben que llevamos viéndonos cuatro años?

—No estoy seguro de qué saben, y no me importa —replica con desdén—. Vamos a olvidarnos de esto y a disfrutar de la mañana, ¿de acuerdo? Siento haber sacado el tema.

Asiento moviendo la cabeza, pero el diálogo me ha aguado el estado de ánimo. Más tarde, recordando la conversación, me doy cuenta de que no ha respondido a mi pregunta.

El día antes de que Walton y los Carle regresen a Massachusetts, planeamos ir a Grange Hall, en Cushing, para asistir a un baile. Walton aparece antes de lo esperado con Eloise y Ramona. Me encuentran en el patio trasero, luchando con una carga de ropa. Es el día de colada, así que no puedo marcharme hasta que todas las prendas estén colgadas.

—Adelantaos, pronto os alcanzaré —les digo. Tengo calor y estoy sudorosa, todavía no me he arreglado.

—Yo te ayudaré a terminar. —Walton se vuelve hacia las demás—. Iremos más tarde.

Eloise y Ramona salen de casa con Al y Sam, formando un grupo bullicioso. Los veo alejarse por la carretera. Al y Sam altos y desgarbados, inclinándose hacia las hermanas.

Walton me ayuda a escurrir las prendas húmedas, y sus fuertes manos son mucho más eficaces que las mías. Luego apoya la cesta de paja en la cadera y nos dirigimos hacia el tendedero. A continuación, se agacha para sacar cada pieza de ropa mojada de la cesta, la sacude y me la tiende para que la cuelgue en la cuerda. La intimidad de esta tarea ordinaria tiene un tono agridulce.

Luego me espera en el porche trasero mientras voy a cambiarme la ropa de diario por una blusa blanca limpia y una falda azul marino.

—Estás muy guapa —me dice cuando aparezco. Mientras caminamos hacia Grange Hall, hurga en el bolsillo y oigo el familiar crujido del papel encerado.

Se mete un caramelo en la boca.

—¿Tienes uno para mí? —pregunto.

—Por supuesto. —Se detiene y saca otro, lo desenvuelve para ponérmelo en la boca. Se frota los brazos—. El otoño flota ya en el aire —comenta—. ¿Tienes frío? ¿Quieres que te deje la chaqueta?

—Estoy perfecta —replico con cierta rigidez.

—Sé que eres perfecta. Te preguntaba si tienes frío. —Sonríe de tal forma que sé que intenta aligerar mi estado de ánimo.

Me recreo por un momento en la sensación que me envuelve.

—Te marchas.

—Todavía nos quedan unos días.

—Pero pronto...

—Demasiado pronto —reconoce, entrelazando sus dedos con los míos.

Durante unos minutos, caminamos en silencio. Por encima de nuestras cabezas resuena el canto de los pájaros, rompiendo la tranquilidad. Los dos alzamos la vista. Las espesas copas de los árboles no permiten ver el cielo. Entonces, de repente, una ráfaga oscura se precipita por el camino.

—Jamás había visto tantos cuervos juntos —comenta.

—Son mirlos.

—Oh. ¿Qué haría si no te tuviera a ti para que me corrigieras? —Me tira en broma de la mano y luego, al darse cuenta de que está haciéndome perder el equilibrio, me rodea la cintura con un brazo—. Chica lista —me murmura al oído. Luego aminora la marcha y se detiene en el camino.

No sé qué quiere hacer.

—¿Qué pasa?

Se lleva un dedo a los labios y tira suavemente de mí para bajar el terraplén hacia un bosquecillo de abetos de un negro azulado en la oscuridad. Entre las sombras, encierra mi cálida cara entre sus manos frías.

—Eres extraordinaria, Christina.

Busco sus ojos claros, tratando de descifrar lo que quiere decirme. Me sostiene la mirada.

—No sé si estás triste por marcharte —digo, dejando que un tono irritado inunde mi voz.

—Claro que lo estoy. Pero admítelo, tú en cambio te sientes un poco aliviada. El verano termina y regreso de nuevo a mi vida.

Niego con la cabeza.

Él me imita.

—¿No?

—No. Yo...

Me besa en la boca, acercándome todavía más. Recorre con los labios mi hombro huesudo, el punto donde se une con el cuello. Me pasa la mano por el corpiño, vacila un momento, y luego continúa hasta el final de los pliegues de la falda. La sorpresa me vuelve loca. Entonces, me empuja hasta que mi espalda choca con la corteza de un árbol. Siento la áspera presión en la columna mientras él se inclina hacia mí, pasándome una mano por el costado y la otra por debajo de la blusa hasta ahuecarla sobre la ligera curva de mi seno. Mi cabeza da contra el tronco por la presión de su boca sobre la mía en una postura un poco incómoda, pero la experiencia no es desagradable.

Noto el caramelo en mi boca.

—Será mejor que lo escupa o podría ahogarme —le digo.

Se ríe.

—Y yo.

No me importa que sea poco femenino, escupo sobre la hierba.

Ahora siento su mano entre mis piernas, con los dedos hurgando entre la tela. Ahueca los dedos en ese punto y yo arqueo las caderas hacia él, sintiendo su dureza. Mi piel está viva, cada palpitación eriza un nervio distinto. Su respiración es entrecortada, jadeante. Esto es lo que quiero. Esta pasión. Esta certeza. Esta evidente señal de su deseo. En este momento haría cualquier cosa que me pidiera.

Entonces, se oye un sonido en el camino. Walton alza la cabeza, alerta como un perro de caza.

—¿Qué es eso? —jadea.

Muevo la cabeza y siento un murmullo sordo en los pies.

—Un automóvil, creo.

Ahora el cielo está oscuro, apenas puedo vislumbrar su rostro.

Se echa hacia atrás y, a continuación, se balancea hacia mí, sujetándome por los hombros.

—Oh, Christina —murmura—. Haces que te desee.

La oscuridad me impulsa.

—Soy tuya.

Sin soltarme los hombros, apoya la cabeza en mi esternón empujándome como una oveja. Cuando suspira, siento la calidez de su aliento en el pecho.

—Lo sé. —Entonces, clava la mirada en mis ojos con una intensidad sorprendente—. Tenemos que estar juntos. Más allá... —agita un brazo, señalando el camino, el cielo— de esto.

El corazón se me detiene.

—¡Oh, Walton! ¿Cómo?

—Lo conseguiré. Te lo prometo. Y lo que prometo lo cumplo.

A pesar de todo, mi naturaleza desconfiada me impulsa a averiguar qué quiere decir.

—¿Qué estás prometiéndome? —pregunto después de tragar saliva.

—Que estaremos juntos. Antes debo resolver unas cuestiones. Tienes que venir a Boston a conocer a mis padres. Pero te lo prometo, Christina.

Los oscuros abetos azulados sobre nuestras cabezas, la tierra bajo mis zapatos, el olor a pino, la luna curvada en el cielo. Algunos recuerdos se desvanecen tan pronto surgen. Otros se quedan grabados en tu mente para el resto de tu vida. Este, lo sé, es uno de esos.

Cuando llegamos a Grange Hall, Ramona y Eloise están hablando y bailando con todos los chicos del pueblo que se lo piden. La banda improvisada —violín, piano y bajo— está compuesta por algunos de los chicos con los que crecí. Billy Grover, Michael Verzaleno y Walter Brown. Tocan estridentes y poco cuidadas versiones de *Maple leaf rag* y *It's a long way to Tipperary*.

—*Leave the Strand and Piccadilly, or you'll be blame, for love has fairly drove me silly-hoping you're the same!** —me canturrea Walton al oído.

* ¡Deja el Strand y Piccadilly, o serás la culpable, porque el amor me ha vuelto tonto con la esperanza de que sientas lo mismo! *(N. de la T.)*

Cuando empiezan a tocar *Danny Boy*, escucho las palabras como si nunca las hubiera oído antes, como si hubieran sido escritas solo para mí.

> *The summer's gone, and all the roses dying,*
> *It's you, it's you must go and I must bide ...*
> *It's I'll be here in sunshine or in shadow —Oh,*
> *Danny boy, oh Danny boy, I love you so**

Bailamos nariz contra nariz, con la mano de Walton en mi cintura, recordándome tácitamente el instante robado en el bosque.

—Voy a añorar todo esto —asegura—. Te echaré mucho de menos.

Tengo un nudo en la garganta. No puedo hablar.

Después de la última canción, recorremos el camino de vuelta a casa con los demás. Tengo las piernas cansadas, pero es la melancolía lo que me hace andar más despacio, como un perro al que arrastran por la correa a un lugar donde no quiere ir. Walton me pasa el brazo por los hombros y nos retrasamos, alejándonos de los demás. En el desvío hacia la casa de los Carle, nos detenemos. Apoyo la cabeza en su hombro.

—Me gustaría poder robar una estrella lejana y ponértela en el dedo —dice Walton. Luego presiona el índice contra mis labios y se inclina para besarme.

Siento en su beso el peso de su promesa.

Diez días después, recibo una carta con matasellos de Massachusetts.

«¿Recuerdas de que hoy hace una semana de aquella noche? La recordaré hasta que te vuelva a ver —escribe—. Mantendré la promesa que te hice.»

---

* El verano se ha ido, y todas las rosas se han muerto/Tú tienes que marcharte y yo tengo que esperar.../Aquí estaré, bajo la luz del sol o en las sombras/Oh, Danny Boy, oh Danny Boy, te amo tanto... *(N. de la T.)*

Diciembre es tan gris como mi estado de ánimo. No recibo una carta de Walton desde septiembre.

A pesar de que hace frío, apenas hay nieve. Debajo de la casa se ha escondido un gato, un atigrado Maine Coon con enormes ojos de jengibre. Lo tiento a salir con un tazón de leche. Estremeciéndose, lame la leche con avidez y, cuando el recipiente está vacío, me deja subirlo a mi regazo. Es una hembra. Es todo pellejo y huesos, sostenerla es como tocar una bolsa llena de tubos huecos. Me lame la barbilla con su áspera lengua y se acomoda en mi regazo con un ronroneo. Decido que voy a llamarla *Lolly*. Es lo único bueno del mes.

En Navidad les regalo a mis hermanos las camisas de cuadros de franela que he cosido mientras estaban trabajando fuera. Mi madre teje calcetines y gorros. Mi padre nunca hace regalos; dice que el techo que tenemos sobre nuestras cabezas es suficiente. Sam me entrega una bandeja de horno, Fred pone un lazo en una nueva escoba de paja y Al talla un conjunto de cucharas de madera. Walton envía una gruesa tarjeta color crema que tiene estampada una corona verde y un arco rojo dirigida a la familia Olson. «Os mando mis mejores deseos en esta fría estación. ¡Feliz Navidad y que Dios os bendiga! Walton Hall.»

En lugar de enseñar su tarjeta, como he hecho los últimos años, me la llevo a mi cuarto. Tomo el paquete que forman sus cartas en el estante donde las guardo, desato la cinta rosa pálido y me siento en la cama para leer cada una de ellas. «Para mí, todos los caminos conducen de nuevo a Cushing», «Mantendré la promesa que te hice», «Con amor». Sostengo la tarjeta de Navidad entre mis manos con tanta fuerza que se rasga por una esquina. Poco a poco, comienzo a romperla en pedazos, hasta que solo quedan trocitos tan pequeños como grumos de mantequilla, como estrellas lejanas en el cielo.

Escribo a Walton después de las vacaciones, deseándole un feliz 1917 y hablándole de los regalos que he recibido de mis hermanos y las camisas de franela que les cosí. Menciono también el cochinillo que asamos en un pozo de fuego que Al ha construido en el patio, la compota de arándanos y el pastel de manzana frita, el guiso de pollo con bolas de masa hervida y la bebida que Sam combinó la víspera de Año Nuevo con ron, melaza y clavo en una taza de agua hirviendo, donde la mezcló con canela en rama. La llama *La ballena de Toddy*. Me esfuerzo por transmitir el espíritu de nuestros humildes rituales, la camaradería y el clamor de una casa llena de chicos, una sensación de bienestar y alegría en las fiestas que resulta más exagerada en la narración. Intento no soltar un quejumbroso «No entiendo por qué no me has escrito».

Pasan los días, las semanas, los meses. Pienso que me estoy acostumbrando a esperar. Se trata de una nueva especie de infierno. Es como si me hubieran cubierto el alma de alquitrán.

Me regaño a mí misma por haberle escrito, por haber mencionado nuestros sencillos rituales. Lo que tengo que compartir es insignificante, banal, doméstico. Sin embargo, es todo lo que tengo para dar.

Mientras el invierno se convierte en primavera sigo acudiendo a la oficina de correos, zigzagueando a través de la nieve y los charcos. Facturas, folletos, el *Saturday Evening Post*.

—Hoy no hay nada para ti, Christina —dice Bertha Dorset en tono de lástima.

Quiero saltar por encima del mostrador y golpearla hasta dejarle la cara morada. Sin embargo, me limito a recoger el correo con una sonrisa.

Siento frío incluso cuando la nieve se derrite y los azafranes florecen, no importa cuántas mantas ponga en la cama. En medio de la noche, escucho el viento resonando en los huecos de la pared. Recuerdo una novela que leí una vez sobre una mujer que se vuelve loca al verse atrapada dentro de su casa, llegando a creer que vive detrás del fondo de un espejo. Empiezo a preguntarme si voy a quedarme para siempre en esta casa, arrastrándome arriba y abajo por las escaleras como la mujer de esa historia.

Una cálida mañana de mayo, veo a Ramona por la ventana de la cocina, caminando hacia la casa por la hierba, con la cabeza y los hombros rectos. He pensado en este día durante todo el invierno. Me hundo en mi vieja mecedora junto a los geranios rojos. *Lolly* se sube a mi regazo y comienzo a acariciarle el lomo. Normalmente me levantaría y pondría a hervir agua para hacer té, luego la esperaría en la puerta para darle la bienvenida, pero no soy capaz de reunir la energía suficiente para adornar la conversación que se avecina con los rituales de una visita amistosa.

Ramona no se sorprende al encontrarme en la cocina.

—Hola, Christina. ¿Te importa si entro? —Su expresión es insegura cuando atraviesa el umbral en penumbra—. Me alegro de verte.

Fuerzo una sonrisa.

—Lo mismo digo.

—¿Te pillo ocupada?

—Solo lo habitual.

—Tienes buen aspecto.

Sé que no es así. Tengo puesto un delantal viejo sobre un vestido sencillo.

—No esperaba compañía. —Empiezo a desatarme el lazo que lo sujeta.

—Oh, por favor, no te cambies —pide—. Solo soy yo —añade con rapidez.

—Ya he terminado de cocinar. Estaba a punto de quitármelo.

Me observa bregar contra el lazo en la espalda. Sé que quiere ayudarme, pero sabe que no me gusta.

Por un momento, vacila en el centro de la cocina. Sostiene una bolsa de papel y lleva un vestido moderno, de un estilo que no conozco. La tela es de cuadros amarillos y blancos, con mangas blancas y tres botones de conchas, un cuello blanco drapeado y un cinturón ancho. Medias pálidas y zapatos de cuero blanco. Se ha recogido el cabello con una cinta amarilla.

—Llevas un vestido muy bonito —le digo, y su ropa me hace pensar que de camino debe de haberse detenido en un lugar más emocionante.

—Oh, gracias. Es muy fresco y veraniego, ¿no crees?

—Supongo.

—¡Te he traído algo! —dice de repente, como si acabara de acordarse—. Mamá me ha enviado una caja desde Florida. —Lleva tres naranjas grandes en el bolso y las pone sobre la mesa—. Me encantaría ir a Florida uno de estos días. Me veo tumbada en la playa sobre una toalla con un enorme sombrero de paja. ¿No estaría bien?

—Quizá sí.

—¿Qué te parece si vamos juntas? En algún momento del invierno, cuando haga mucho frío.

Me encojo de hombros.

—No me apetece que me queme el sol.

—Olvidaba tu piel sueca —dice—. ¿Por qué no pelamos una naranja y soñamos que estamos en Florida, disfrutando de un tratamiento saludable?

—Bueno, acabo de almorzar... —empiezo, pero me interrumpo—. De acuerdo.

Clava los pulgares en la naranja, retirando la gruesa corteza y las venas blancas. Después me entrega un gajo.

—¡Salud!

La naranja es tan dulce y jugosa que casi me olvido de lo nerviosa que estoy.

Cuando la acabamos, Ramona arrastra la mecedora de Al hasta la mesa y se sienta.

—Me encanta esta vieja mecedora —dice—. Es tan cómoda... —Frota los brazos donde la pintura negra está desgastada.

Es en ese momento, cuando apoya las manos en los brazos de la mecedora, que veo el brillo de su anillo.

—¡Dios mío! ¿Qué es eso?

Se sonroja súbitamente, luego se inclina hacia delante y extiende los dedos.

—¡Sí! ¿Te lo puedes creer? Estoy comprometida. Me preguntaba cuándo te darías cuenta. —La falsa alegría de su voz evidencia lo incómoda que es para las dos esta situación—. Te hubiera escrito para contártelo, pero ocurrió hace solo unas semanas.

El anillo, con un diamante en el centro, está rodeado por un círculo de diamantes más pequeños. Es la joya más elaborada que he visto en mi vida.

—Es precioso —digo con sinceridad—. De Harland, supongo.

Se ríe.

—De Harland, por supuesto. De repente todo se volvió muy serio. Tenemos intención de casarnos en otoño. Será una ceremonia íntima. Todavía quedan muchas cosas que hacer. Pero ahora me alegra estar de vuelta y verte.

—Ya. —Recuerdo al corpulento Harland, con aquel gracioso sombrero—. ¡Felicidades!

—Gracias. Para mí significa mucho tener tu bendición. —Ve a *Lolly* entrando por la puerta—. ¡Oh, qué gato tan bonito! Y qué grande.

—Es una Maine Coon. Son como tigres en miniatura.

—Ven, gatita... —Chasquea la lengua y los dedos.

Lolly se queda paralizada y nos mira por encima del lomo.

—No irá —aseguro—. Es terca y tímida. Como yo. —Para darme la razón, la gata salta del suelo a mi regazo.

Ramona sonríe.

—Tú no eres tímida. Solo te gusta parecerlo. Igual que a la gata.

Lolly se arquea bajo mi mano y por unos minutos su ronroneo es el único sonido en la habitación. Un débil aroma a cítrico flota en el aire.

Por fin, Ramona suspira.

—No sé cómo abordar el tema. Walton... Yo no... —Niega con la cabeza y retuerce uno de los grandes botones de su vestido—. Es un querido amigo y lo adoro, pero puede llegar a ser muy exasperante.

No logro entender adónde quiere llegar. ¿Walton es un querido amigo? ¿Lo adora?

—Dejó de escribirme —le digo.

—Lo sé, me lo confió.

Cierro los dedos con tanta fuerza en el pelaje de *Lolly* que ella se retuerce y maúlla al tiempo que hunde las uñas en mi palma. Me brota una gota de sangre, que limpio en la falda, dejando una mancha rosada.

—Ha actuado de una forma abominable. Y se lo dije. Ha sido... cruel

Aunque sabía que este momento iba a llegar, ni una sola fibra de mi ser quiere mantener esta conversación.

—Ramona...

—Déjame acabar. Es horrible, sí, pero tengo que hacerlo. Walton te ama... supongo que te ama. ¡Oh, Christina! —Suspira—. Para mí será tan doloroso decir cada palabra como para ti escucharla, y no quiero hacerlo, pero... —Se detiene—. Walton está comprometido —suelta de golpe.

«Walton. Está. Comprometido.» ¿Me he perdido algo? ¿Para casarse conmigo? La miro fijamente.

Walton está comprometido.

Con otra.

De todas las explicaciones que he buscado para su silencio, esta posibilidad no se me había ocurrido. Pero ¿por qué no? Tiene su lógica. Dejó de escribirme de repente. Por supuesto, ha conocido a otra mujer.

Siento como si me vaciara y me llenara un aire espeso y pesado. No puedo pensar ni ver... Tengo los ojos nublados. Intento recordar qué aspecto tiene Walton. Veo un sombrero de paja con una cinta negra; una chaqueta de lino; manos suaves como de niña... Pero no recuerdo su rostro.

—Christina, ¿estás bien? —Ramona me mira con una

expresión espantosa. La miro a los ojos; es como si la viera a través de una malla.

—¿Por qué? —Una expresión de solo dos sílabas, ni siquiera es una pregunta.

Suspira.

—Me lo he preguntado un millón de veces, y a Walton también. Le he rogado que me dé una respuesta que tenga sentido. Ni siquiera sé si la tiene, salvo... —Su voz se apaga.

—Salvo...

—Salvo —se retuerce en la mecedora— la distancia. Y sus padres.

—Sus padres...

—Habló contigo. Te dijo que ellos te desaprobaban.

—No, no me dijo eso.

—¿No?

Me reclino en la mecedora y cierro los ojos. Quizá lo hizo.

—Su madre es una mujer horrible. Muy luchadora. Quería... quiere cierto tipo de vida para su niño dorado. Y empezó a llevar a casa a la hija de un amigo, una de las chicas Smith, y creo que después de un tiempo, él se rindió. No quiso luchar, lo más fácil era ceder.

—Lo más fácil... —repito como un eco.

—Supongo que no es mala persona, la verdad. Ella está bien. —Ramona se encoge de hombros—. Aunque, por supuesto, jamás se lo he dicho a él. Solo le eché en cara lo enfadada que estaba, lo decepcionada. En tu nombre.

Por la forma en que me lo está contando, sé que ha estado con esa mujer, que han salido juntos.

—¿Cómo se llama?

—Marilyn. Marilyn Wales.

Reflexiono. Es una persona real, con un nombre.

—Ni siquiera... me escribió para decírmelo.

—Lo sé. Por eso estoy tan enfadada. Discutimos sobre ello. Le dije que estaba siendo muy grosero. Me confesó que no podía hacerlo; me rogó que te escribiera yo, que te lo dijera, pero me negué.

Siento que me están haciendo caer, cada palabra es como un latigazo.

—Tú sabías que yo estaba esperando —digo muy despacio, alzando la voz—. Y no quisiste poner fin a mi sufrimiento.

—¿Christina? —me llama mi madre desde arriba—. ¿Va todo bien?

Miro fijamente a Ramona, que me sostiene la mirada con ojos llorosos.

—Lo siento mucho —dice.

—Todo bien, mamá —respondo.

—¿Quién está ahí contigo?

—Ramona Carle.

Mi madre se queda callada.

—Él no te merecía —susurra Ramona.

Niego con la cabeza.

—Sí, es inteligente y puede ser encantador, pero, sinceramente, es un pusilánime. Ahora lo veo claro —continúa ella.

—Basta. Déjalo.

Se inclina hacia delante con la mecedora.

—Christina, escúchame. Hay otros peces en el mar.

—No, no los hay.

—Los habrá. Encontraremos una gran pesca.

—He colgado mi caña —aseguro.

Eso parece romper la tensión. Ramona sonríe (debía de resultarle muy difícil estar seria; no está preparada para ello).

—Por ahora. Habrá más expediciones.

—No en este barco agujereado.

Se ríe un poco.

—Christina Olson, eres tan terca como un Maine Coon.

—Es posible —reconozco—. A lo mejor sí.

Cuando me voy a la cama, no quiero volver a levantarme. Siento un profundo dolor en los huesos que no va a desaparecer; me despierto temblando por la noche, llorando de pena. Nada volverá a ser mejor. Solo empeorará. Me arrebujo bien con la manta de lana azul que hizo mi padre y, al final, caigo en un estado de duermevela. Cuando me despierta varias horas después la luz de la mañana, hundo la cara en la almohada.

Al entra en mi habitación. Puedo oírlo, verlo, aunque tengo los ojos cerrados y finja dormir.

—Christina —me llama en voz baja.

No respondo.

—He encontrado un poco de pan y mermelada para el desayuno. Sam y Fred están en el granero. Traeré huevos para mamá y papá cuando terminemos las tareas.

Suspiro, reconociendo de forma tácita que estoy escuchándolo.

Entre las pestañas, lo veo bajar la vista con las manos en las caderas.

—¿Estás enferma?

—Sí.

—¿Necesitas un médico?

—No. —Abro los ojos, pero no estoy lo suficientemente despierta para formar una expresión. Él me mira fijamente. No recuerdo que me haya mirado nunca así.

—Me gustaría matarlo —dice—. Lo haría, de verdad.

Empiezo a sentir que la cama es una tumba.

Cojo las cartas de Walton, atadas con la cinta rosa pálido, y las meto en una caja. Una parte de mí quiere lanzarlas al fuego y ver cómo se queman. Pero no me atrevo.

En la parte superior del primer tramo de escalera hay un pequeño armario lateral. Cuando nadie me ve, meto la caja en un rincón del interior. No quiero ver sus cartas. Solo quiero saber que existen.

En el pueblo, nadie dice nada al respecto, al menos a mí. Pero noto la compasión en sus ojos. Escucho los susurros.

—La dejó plantada, ya sabes.

Su simpatía me sume en una pena tan profunda que me parece entender por qué alguien puede navegar a un país lejano y no regresar jamás a su lugar de origen.

Mientras me preparo para ir a navegar con mis hermanos en un cálido día de junio, meto la concha que Walton me regaló en un bolsillo. Ya en el velero, la acaricio con los dedos, explorando sus ásperas grietas y el exterior sedoso. Tiene el peso y la forma perfectos para que anide en la palma de la mano. Hacia el final del viaje, cuando el sol está a punto de ponerse, me dirijo a la popa del pequeño velero y me siento allí sola, contemplando el agua ondulada. Sería muy fácil dejarme caer y hundirme en el océano. Negrura, oscuridad y una misericordiosa pérdida del conocimiento. Saboreo las lágrimas que me recorren la cara, que noto saladas. Sin duda, mis hermanos no tardarán en casarse, mis padres envejecerán y morirán, y yo me quedaré sola en la casa de la colina, sin nada que esperar, salvo el lento paso de las estaciones, mi propia vejez y enfermedad. La casa se convertirá en polvo.

Walton y yo íbamos sentados muy juntos en la parte trasera de un velero como este. «Te adoro», me susurró al oído. Mostraba auténtica devoción, como si no pudiera tener suficiente de mí, como si me amara solo a mí. Su hombro se sentía cálido contra el mío mientras apuntaba con el dedo hacia el cielo, diciéndome el nombre de las constelaciones que yo aprendía con ansiedad: Orión, Casiopea, Hércules, Pegaso... Miro ahora al cielo oscuro, sólido como la pizarra. No se ven las estrellas, solo están presentes en mi memoria.

Cierro los ojos y me apoyo a un lado, dejando que la niebla salitrosa se mezcle en mi cara con las lágrimas. Siento en mi mano el peso de esta concha que no tiene lugar entre las otras. La que compró en una tienda de baratijas, un objeto sin historia. En el fondo, cuando me la dio supe que él no entendía nada de mí. ¿Por qué no reconocí eso como una advertencia?

Siento una mano en el brazo y abro los ojos.

—No hace buena noche —me dice Al con suavidad—. Ten cuidado, el suelo está resbaladizo.

—Estoy bien.

Me agarra el brazo.

—Ven y siéntate conmigo.

—Enseguida voy.

—¿Te ha dicho alguien que eres terca como una mula?

Me rio por lo bajo.

—Un par de veces.

Miramos el atardecer. En la orilla se ven titilar las ventanas iluminadas de una casa distante. Nuestra casa.

—Entonces, me quedaré aquí contigo —decide.

—No es necesario, Al.

—No quiero que te pase nada. No me perdonaría si fuera así.

El peso de la tristeza me provoca una opresión en el pecho. Sostengo la concha sobre la regala, sintiendo los bordes romos. Luego dejo que resbale entre mis dedos. Se hunde con una pequeña salpicadura.

—¿Qué era eso?

—Nada importante.

La concha se hunde con rapidez. No tendré que mirarla de nuevo ni sostenerla en la mano.

HAGO UNA PROMESA

1946

—¿Hola? ¿Christina? —Una voz femenina bastante chillona atraviesa la puerta mosquitera.

—Hola —respondo—. ¿Quién es?

La mujer abre la puerta y entra en la cocina como si esta fuera un barco a punto de irse a pique. De edad indeterminada, va vestida con traje, calcetines de lana y zapatos, y arrastra una maleta.

—Me llamo Violet Evans, de la iglesia baptista de Cushing. Tenemos un club de caridad y... bueno, la hemos incluido en la lista de personas a las que visitar cada semana.

Me pongo rígida.

—No sé nada de ninguna lista.

Sonríe con paciencia.

—Bueno, pues hay una.

—¿Para qué?

—Sobre todo por los confinados.

—Yo no estoy confinada.

—Mmm... —dice ella, mirando alrededor. Sostiene un plato—. Bueno. Le he traído ternera con pasta. —Entorna los ojos en la penumbra. Es tarde y todavía no he encendido la lámpara. Antes de su llegada, no he notado lo oscuro que está el interior—. Quizá podríamos encender una luz.

—No tengo electricidad. Si me da un momento, iré a buscar una lámpara.

—Ah, no se moleste por mí. No me quedaré mucho

tiempo. —Da un paso con cautela mirando el suelo para dejar el plato sobre la cocina—. Me temo que me ha salpicado un poco la falda. ¿Puedo usar el fregadero?

De mala gana le indico la despensa. Sé lo que viene.

—Pero ¿qué es esto? ¿Una bomba manual? —exclama sorprendida—. Cielos, ¿todavía no tienen agua corriente?

Obviamente no la tenemos.

—Siempre nos hemos arreglado así.

—Bueno —repite. Parece un cervatillo en mitad de un camino, deslumbrado por una luz—. Espero que a usted y su hermano les guste la carne.

—Supongo que la comeremos.

Sé que ella espera que me muestre más agradecida. Pero no le he pedido este plato y no me gusta demasiado la carne. Tampoco me gusta su actitud altanera, como si tuviera miedo a pillar una enfermedad por sentarse en una silla. Y algo en mí se opone a esa expectativa suya de que debo agradecer su caridad, una caridad que no he pedido. Quizá porque tiende a llegar acompañada por una cierta condescendencia, una sensación de que el donante cree que he provocado mi condición, una condición, por cierto, de la que no me estoy quejando.

Incluso Betsy, que me entiende, siempre pretende mejorar mi suerte. Lava los platos con sus delicadas manos y guarda la vajilla en lugares incorrectos. Encuentro la escoba detrás de la puerta y el trapo de secar en el porche trasero. Un día se presentó con un montón de mantas y sábanas, que dejó caer pesadamente en la mesa del comedor.

«Creo que es hora de que cambiéis las sábanas, ¿verdad?», dijo. Todo el mundo sabe que soy orgullosa. Betsy es la única persona a la que tolero que me hable de esa manera. Recogió las mantas y colchas, que realmente habían visto días mejores (sobre todo la raída manta azul que tejió mi padre) y las arrastró fuera para cargarlas en la trasera de la camioneta con idea de llevarlas a la basura.

—No se preocupe por el plato —me dice la mujer de la iglesia baptista—. Lo recogeré la semana que viene.

—No es necesario que haga esto. De verdad. Nos las arreglamos muy bien.

Ella se inclina y me da una palmadita en la mano.

—Estamos encantados de ayudarla, Christina. Es parte de nuestra misión.

Sé que tiene buenas intenciones y también que esta noche dormirá a pierna suelta, segura de que ha realizado su deber cristiano. Sin embargo, comer su carne con pasta me dejará un amargo sabor de boca.

La mayor parte de los días de verano, a media mañana, cuando el calor parece tan espeso como la gelatina, Andy aparece en la puerta. Hay una nueva intensidad en su comportamiento; su hijo tiene casi tres años y Betsy está embarazada de nuevo, saldrá de cuentas dentro de un mes. Andy asegura que necesita realizar una obra con la que mantener a su creciente familia.

Con el bloc de dibujo, los dedos manchados de pintura y los huevos en el bolsillo, se quita las botas y deambula por la casa con los pies descalzos. Sube al primer piso, desplazándose de una habitación a otra, caminando pesadamente por los pasillos. Le oigo abrir las ventanas del segundo piso, algo que hace años que nadie hace, gruñendo por el esfuerzo.

Creo que su presencia es como un pisapapeles que mantiene clavada esta antigua casa al terreno.

Andy no suele traer nada ni se ofrece para ayudar. No se siente alarmado por la forma en que vivimos. No nos considera un proyecto que debe llevar a cabo. No se sienta en una silla ni se queda en la puerta con el aire de alguien que está deseando marcharse. Solo se instala y observa.

Todo aquello que suele preocupar a las personas, a Andy le gusta. Los arañazos que hizo el perro en la puerta azul. Las grietas de la tetera blanca. Las cortinas de encaje deshilachado y el cristal lleno de telarañas en las ventanas. Entiende que me siento feliz pasando mis días en la mecedora de la cocina, con los pies sobre el taburete azul, mirando el mar, levantándome para remover la sopa de vez en cuando o regar las plantas, dejando que la casa se mantenga asentada sobre la tierra. Hay más grandeza en las paredes despintadas de esta casa que en el orden monótono.

Andy esboza a Al haciendo sus tareas, recogiendo verduras y removiendo los arándanos. Cuidando del caballo y la vaca, alimentando a los cerdos. A mí sentada en la cocina, junto a los geranios rojos. A través de sus ojos, soy consciente de todas las partes —tanto las visibles como las invisibles— de este lugar: las sombras que la luz de última hora de la tarde arroja en la cocina, los campos que acaban de volver a florecer, las grapas que aseguran las tablillas desgastadas por el tiempo, el goteo del agua en la oxidada cisterna, la fría luz azul que atraviesa una ventana rota.

Mamey tejió las cortinas de encaje, ahora desgarradas y rotas, sacudidas por el viento eterno. Ella está aquí, estoy segura, observando cómo su vida y sus historias son transformadas sobre el lienzo de Andy.

Un día nublado, Andy atraviesa la puerta con una expresión sombría y sube las escaleras sin detenerse a charlar como nos tiene acostumbrados. Lo escucho dar golpes y portazos arriba mientras maldice consigo mismo.

Una hora después regresa a la cocina y se hunde en una mecedora. Se cubre los ojos con las manos.

—Betsy va a ser mi ruina —asegura.

Andy puede ser muy dramático, pero nunca lo he oído quejarse de Betsy. Así que no sé qué decir.

—Ha decidido que quiere restaurar una vieja casa de campo en Bradford Point para que nos mudemos allí. Debo añadir que ni siquiera me ha consultado. ¡Maldita sea!

Eso no me parece descabellado. Betsy me ha confiado que están viviendo en un establo de caballos propiedad del padre de ella.

—¿Te gusta la casa?

—Está bien.

—¿Puedes permitirte arreglarla?

Se encoge de hombros.

—Sí.

—¿Betsy quiere que la ayudes?

—No.

—¿Entonces...?

Sacude la cabeza.

—No quiero encadenarme a una casa. La forma en que vivimos es adecuada.

—Vivís en un establo, Andy. Por lo que me dijo Betsy, en dos cubículos para caballos.

—Están acondicionados. No es como si estuviéramos durmiendo sobre el heno.

—Con un hijo y otro en camino.

—A Nicky le gusta —asegura.

—Mmm... Bueno... Creo que puedo entender por qué Betsy no quiere vivir en un granero.

—Esto es lo que le pasó a mi padre —murmura, frotándose una mancha de pintura seca del brazo—. Casas, barcos, un embarcadero; que, por cierto, necesita constantes reparaciones... Todo eso conlleva una hemorragia de dinero que acaba obligándote a tomar decisiones basadas en lo que vas a vender, lo que quieres comprar y lo que te está arruinando. ¡Maldición! Así empieza todo.

—Tener una casa no es lo mismo que tener todo eso.

Andy entorna los ojos y me dedica una extraña sonrisa. A excepción de mi descontento con el retrato que me hizo, jamás me había mostrado en desacuerdo con él. Sé que le parece raro.

—Conozco a Betsy desde que era niña —explico—. No está obsesionada con las posesiones materiales.

—Claro que sí. Aunque no tanto como otras mujeres. Claro que jamás me habría casado con ninguna de ellas. Pero claro que le importan. Quiere tener una casa bonita y un coche nuevo... —suspira.

—Ella no es así.

—No la conoces, Christina.

—La conozco desde hace más tiempo que tú.

—Bueno, eso es cierto —reconoce.

—¿Te ha contado alguna vez cómo nos conocimos?

—Claro, estaba aburrida un verano y empezó a visitarte.

—No se trató solo de eso. Un día llamó a la puerta, debía de tener nueve o diez años, entró, miró alrededor y se puso a trabajar lavando platos. Entonces, empezó a venir todos los días para ayudar en la casa. No quería nada. Simplemente es así. Me trenzaba el pelo... —Recuerdo a Betsy retirando las horquillas de mi pelo y peinándolo con un cepillo, teniendo paciencia con los nudos y enredos. Cerraba los ojos e inclinaba la cabeza hacia atrás. Los mechones de pelo acariciados por el cepillo de plata. Sus manos, pequeñas, firmes y fuertes, separaban los mechones en tres partes y luego los trenzaban.

Andy suspira.

—Mira, no estoy diciendo que no sea encantadora. Por supuesto que lo es. Pero las chicas se convierten en mujeres, y estas quieren ciertas cosas. Yo no quiero pensar en nada de eso. Solo quiero pintar.

—Y pintas —replico, con redoblada paciencia—. Todo el tiempo.

—Hablo de la presión que supone. Es difícil que no me vea afectado.

—Pero no será así. No te afectará. Se trata de tu obra, eso dice ella siempre. Lo que expresa.

Se queda allí sentado un buen rato, tamborileándose la rodilla con los dedos. Soy consciente de que quiere decir algo más, pero no sabe cómo hacerlo.

—A mi padre le gustaba todo eso, ya sabes. Son las trampas de la fama. A mí me irritan.

—¿Te irritan? ¿Te refieres a que te molesta que valorara esas cosas?

—Sí. No. No lo sé. —Se levanta bruscamente y va hasta la ventana—. Casi me lleva por delante el mismo tren que lo mató, ¿lo sabías? Justo en el mismo cruce, hace varios años. Yo iba conduciendo con la cabeza en otras cosas, levanté la vista y frené en el último segundo. El tren pasó disparado por delante. Así que sé lo que sintió cuando lo arrolló. El horror, la impotencia de saber que no puedes hacer nada. —Vacila—. Y me llenó de rabia —añade— haberlo perdido. Haberlo perdido demasiado pronto.

«Ah, es eso», pienso.

—Estoy enfadado por haberlo perdido, pero también con todo lo demás. Con la pérdida de tiempo, la energía que desperdició en posesiones sin sentido, los compromisos... No quiero cometer los mismos errores.

Recuerdo los errores en que cayó mi propio padre hacia el final de su vida. Sé que la muerte de un padre puede suponer tanto una profunda tristeza como una enorme liberación.

—No lo harás.

—Estoy a punto de hacerlo...

—Deja que te prepare una taza de té —le sugiero.

Niega con la cabeza.

—No. Voy a subir. Sentir rabia es bueno para el trabajo. Voy a ver si la canalizo bien. Y más si está mezclada con tristeza y amor. —En la puerta, se apoya en el marco—. Pobre Betsy. No es culpa suya. Quería una vida normal y acabó conmigo.

—Creo que era consciente de lo que le esperaba.

—Bueno, si no lo era, ahora ya lo es —dice.

1917-1922

Por primera vez en años, en verano dispongo de tantas horas que no sé qué hacer. Encargo papel para pared por catálogo en Fales y consigo que mi madre me ayude a empapelar las habitaciones de la planta baja; si esta va a seguir siendo mi casa, por lo menos veré en las paredes pequeñas flores rosa sobre un fondo blanco. Mi madre me convence de que frecuente grupos de reuniones que antes rechazaba: el Club Social, el Club de Mujeres, el grupo de costura de la iglesia baptista de South Cushing, con sus fiestas de helados, ventas de rifas y reuniones semanales. En la biblioteca, tomo prestados libros que Walton no me recomendó; concretamente, *Ethan Frome*, con sus sombríos inviernos en Nueva Inglaterra, sus agónicos compromisos y errores trágicos, me quita el sueño. Recibo pedidos de costura de vestidos y camisones de las mujeres del pueblo. Aunque acepto ir a Grange Hall el viernes por la noche con Ramona, Eloise y mis hermanos, quiero que me trague la tierra cuando escucho la alegre música del piano y el violín —que desgrana los acordes de *Tiger Rag* y *Lady of the Lake*—, flotando en el aire entre los árboles a medida que nos acercamos.

En cuanto llegamos, todo el mundo se dispersa.

—¡Oh, pobrecita! —aúlla Gertrude Gibbons desde el otro extremo de la sala cuando me ve. Se acerca presurosa para agarrarme la mano—. Lo sentimos mucho cuando nos enteramos.

—Estoy bien, Gertrude —respondo, tratando de zafarme.

—Oh, sé que tienes que decir eso —susurra—. Eres muy valiente, Christina.

—No lo soy.

Me aprieta la mano.

—¡Lo eres! Después de todo lo que tú has pasado, yo estaría escondida en un agujero.

—No, no lo harías.

—¡Lo haría! Me derrumbaría. Tú eres tan... —Hace un puchero forzado—. Siempre te lo tomas todo con mucha entereza. No sabes cuánto te admiro.

Vale, ya he tenido suficiente. Cierro los ojos, respiro hondo y los abro.

—Bien, para que veas, yo te admiro a ti.

Se lleva una mano al pecho.

—¿En serio?

—Sí. Creo que me resultaría muy difícil tener una hermana tan esbelta cuando tú intentas tan desesperadamente mantener tu peso. No me parece justo.

Se yergue en toda su altura. Mete la barriga y se muerde el labio.

—No creo que...

—Debe de resultarte muy difícil. —Alargo la mano y le doy unas palmaditas en el hombro—. Todo el mundo lo dice.

Sé que estoy siendo desagradable, pero no puedo evitarlo. Y no siento ni pizca de arrepentimiento cuando veo la mirada de dolor en su rostro. Mi corazón está roto y todo lo que queda son fragmentos afilados.

Mi madre ha comenzado a pasar días enteros en su habitación con las persianas bajadas. El doctor Heald viene con frecuencia, intentando averiguar qué le pasa. Yo soy pesimista.

—Parece que tiene una enfermedad renal progresiva y,

probablemente, una dolencia cardíaca —nos comunica un día—. Necesita descansar. Cuando se sienta mejor, puede caminar al sol.

Tiene días buenos y días malos. Los malos, no sale de su habitación; cuando me pide el té, subo la escalera lentamente, haciendo que la taza repique sobre el platillo y salpicándome la mano con gotas calientes. Los buenos, aparece cuando termino de lavar los platos del desayuno, y se sienta conmigo en la cocina. De vez en cuando, en esas escasas ocasiones en que se siente particularmente bien, vamos de picnic a Little Island, retomando nuestros paseos con la marea baja. Vamos a la par: una mujer enfermiza que se queda sin aliento y una joven coja que avanza lentamente.

Mi madre guarda la biblia negra de Mamey, desgastada por los años de viajes, en la mesilla junto a su cama, y pasa con frecuencia los pulgares por sus delgadas páginas. De vez en cuando, murmura por lo bajo las palabras que se sabe de memoria.

«Y no solo esto, sino que también nos gloriamos en las tribulaciones, sabiendo que la tribulación produce paciencia; y la paciencia, prueba; y la prueba, esperanza... Pues esta aflicción leve y pasajera nos produce un eterno peso de gloria que sobrepasa toda comparación.»

Una mañana voy al establo para llevar a mi padre una jarra de agua y me lo encuentro desplomado junto a la mula en uno de los cubículos, con una extraña mueca en la cara. Sobresaltada, se me cae la jarra y resbalo hacia delante.

—Ayúdame, Christina —jadea, tendiéndome la mano—. No puedo levantarme.

Veo que se le contraen los músculos y tiene espasmos. Dice que le duelen tanto las piernas que apenas puede moverlas. Cuando por fin logro meterlo en casa, cae en el suelo de la cocina y se masajea las pantorrillas, tratando de aliviar el dolor.

Al va en busca del doctor Heald, quien, después de examinar a mi padre, anuncia que debe de ser artritis, y que no se puede hacer mucho.

Con mamá en cama muchos días y papá cada vez más enfermo, las tareas de la casa recaen aún más en mis hermanos y en mí. No tenemos opción, o toda la finca se irá al garete. Hay que alimentar y ordeñar a las vacas, o las tareas serán el doble al día siguiente. Para llevar todo eso a cabo, tengo que apagar mi cerebro, bajando su intensidad como si fuera una lámpara de gas, dejando solo una pequeña llama.

Cuando el verano se transforma en otoño, comienzan a llegar de nuevo sobres con sellos de dos centavos procedentes de Boston a la oficina de correos dirigidos a mí. La pequeña ceremonia familiar que Ramona quería ha crecido, como era previsible, transformándose en un asunto más lujoso. A pesar de las objeciones de su madre, escribe, el vestido será de corte moderno, con escote en V, y falda de satén blanco por debajo de la rodilla, una ancha cinta de raso a modo de cinturón y un tocado de novia tipo casquete con un velo (no, Dios no lo quiera, no será el de su abuela, con sus encajes amarillentos).

«Si las sufragistas pueden manifestarse ante la Casa Blanca, yo puedo emanciparme de las faldas largas y los velos antiguos», declara. Llevará un ramo de lirios como la novia que aparece en la portada de la revista *Hearst's*.

La invitación —una gruesa tarjeta de color crema con unas flores de tonos pastel pintadas a mano— llega en un sobre de gran tamaño. Me detengo en la carretera a leer las palabras impresas con florida caligrafía negra.

Los señores Herbert Carle
solicitan respetuosamente contar con su presencia
en la ceremonia de matrimonio de su hija,
Ramona Jane,
con el señor Harland Woodbury

Con el mismo respeto, en papel de bloc de notas, declino asistir. Mis hermanos están ocupados con la cosecha y deben prepararse para las fiestas, pero todos enviamos a la feliz pareja nuestros mejores deseos, además de un servicio de té de plata que adquirimos en una tienda de Thomaston.

Después de la boda, que se celebra a principios de noviembre, recibo una postal enviada durante su luna de miel con matasellos de Newport: «¡Qué casas más magníficas! Aquí todas las mujeres usan abrigos de pieles.» Unas semanas más tarde, llega una nota en la que describe el luminoso piso en un edificio de ladrillo de nueva construcción que los recién casados han alquilado en Boston: «Tienes que venir a visitarnos en primavera. Sé que Al estará ocupado con la siembra, así que ven acompañada de nuestro querido Sam —escribe Ramona—. Se merece disfrutar de una aventura y tú también. No es una temporada de mucho trabajo en la granja, así que no tienes excusa. ¡Solo unas semanas! No pasará nada.»

La idea de viajar a Boston en tales circunstancias es muy diferente a la que me había imaginado antaño, así que me meto en la cama toda la tarde con una fuerte migraña.

—Sabes que no podemos ir —le explico a Sam después de que lea la carta, que me he dejado olvidada en la mesa del comedor.

—¿Por qué?

—La distancia... Mi enfermedad...

—Tonterías —replica—. Nunca he estado en ningún sitio y tú tampoco. Iremos.

Cuando miro al alto y guapo Sam, con esa fuerte mandíbula, la nariz aguileña y los penetrantes ojos grises, pienso en todos los marineros llamados Samuel que se marcharon a explorar el mundo. Sam tiene veinte años y Ramona no se equivoca: mi hermano necesita una aventura.

—Ve tú —lo animo.

—No sin ti.

—Pero... Al no puede ocuparse de todo solo.

—No está solo. Fred se quedará y papá los ayudará.

Lo miro con escepticismo. Papá no es de mucha ayuda desde hace tiempo.

—Al se las arreglará. No pienso aceptar un no por respuesta.

Así que una mañana a principios de marzo de 1918, a pesar de todos mis temores, Al nos lleva a través de la niebla hasta Thomaston, donde cogeremos un tren que nos llevará a la North Union Station de Boston. Las escaleras, los pasillos estrechos y las plataformas de la estación nos resultan una desconcertante carrera de obstáculos, y se hace todavía más difícil por los apretados zapatos que estreno para la ocasión. Sam lleva las dos maletas, un abrigo y todavía se las arregla para cogerme del brazo, equilibrándome a medida que recorremos el camino hacia la puerta. Cuando por fin llegamos al vagón, nos dejamos caer en los asientos de cuero rojo.

—¿Tienes algo de comer? —me pide unos minutos después de abandonar la estación.

He guardado un par de galletas secas en el bolso, pero cuando las saco, se me deshacen en la mano. Ya estoy pensando que va a tener que esperar hasta llegar a Boston para comer, cuando pasa el revisor, un hombre de rostro rubicundo con un hirsuto bigote, recogiendo los billetes. Sam los saca del bolsillo interior de la chaqueta.

—Déjeme adivinar —dice el hombre—. ¿Es la primera vez que van en tren?

Asiento con la cabeza.

—Eso me ha parecido. —Se inclina sobre nuestros asientos—. Los inodoros están en el próximo vagón... —Señala a la derecha con un dedo carnoso—. Y el comedor, a cuatro vagones. Pueden disfrutar allí de una comida caliente o una taza de té. O un whisky si lo prefiere —añade sonriendo. Su aliento apesta, como si hubiera comido langosta.

—Gracias —respondo. Pero cuando se aleja, miro a Sam—. No creo que debamos ir. Tenemos un presupuesto limitado. —Llevamos ochenta dólares para toda la visita.

El billete de ida y vuelta ya ha consumido 5,58 dólares por cabeza. Además, soy reacia a convertirme en un espectáculo, tambaleándome adelante y atrás.

—Pero tenemos que comer —replica.

—Entonces ve tú y tráeme algo.

Sam sabe lo que estoy pensando: cuatro largos vagones. Se pone en pie lentamente y me ofrece el brazo. Respiro hondo y cedo a su insistencia. En este momento nos asalta otra pregunta: ¿llevamos nuestras cosas con nosotros para que no nos las roben, o las dejamos aquí? Una anciana de cara redonda se inclina al otro lado del pasillo.

—No se preocupen, queridos, yo vigilaré sus maletas.

En realidad, el vaivén del tren disimula mi cojera. Como estoy acostumbrada a esforzarme para mantener el equilibrio, me acostumbro antes que Sam, que se tambalea de un lado a otro como si estuviera borracho.

En el restaurante, tomamos unos sándwiches de jamón y bebemos té con leche mientras miramos pasar la oscuridad. Llevo años soñando con este momento, o más bien con uno parecido. Y es diferente de lo que imaginaba. Tengo frío en los tobillos, me aprietan los zapatos, el aire tiene un deje rancio a humo del tabaco y olor corporal, el pan está duro y el té amargo.

Pero aquí estoy, yendo a un nuevo lugar. Resulta sorprendentemente fácil ir a la estación, comprar un billete, subirte a un tren y dirigirte a lo desconocido.

Portland, Portsmouth, Newburyport. Las estaciones se suceden lentamente, una tras otra, nombres que para mí nunca han sido más que palabras en un mapa. Cuando llegamos a Salem, pienso en ese antepasado nuestro que vivió aquí. Imagino a Bridget Bishop sobre el cadalso, tratando desesperadamente de utilizar la sentencia en su propio beneficio. «Si realmente creéis que soy una bruja —debió de decir—, entonces deben creer también que tengo el poder de haceros daño.» Siempre he asumido que los falsos cargos que John Hathorne hacía caer sobre los rebeldes e inadaptados eran una forma de hacer cumplir códigos sociales. Pero ahora me pregunto: ¿y si realmente pensaba que las mujeres podían atrapar el alma de esos pobres infelices?

Cuando entramos en la South Station, es de noche, hace frío y tenemos que hacer tres transbordos en trenes diferentes para llegar al lugar donde nos recogerán los Carle, uno de ellos elevado, lo que requiere arrastrar las maletas y bajar escaleras. Me concentro en los escalones con el brazo de Sam bajo el mío, muevo un pie y luego el otro. Cuando soñaba con una vida junto a Walton, no había pensado en lo que supondría para mí moverme en la vida urbana. Todo vuelve a ser culpa de este cuerpo, este caparazón defectuoso. Cómo me gustaría poder romperlo y tirarlo.

A pesar de mi creciente temor por estar en Boston, me resulta emocionante conocer un nuevo lugar. Finalmente, es más fácil de lo que pensaba fingir que todo está bien cuando charlo de forma amigable con Ramona sobre los regalos de boda y la encantadora vista que hay de la calle adoquinada desde la ventana mientras ella prepara los huevos del desayuno. Más tarde, jugamos a las cartas con Harland y Sam en el salón, en una mesa plegable, aunque no puedo evitar un escalofrío cuando Harland sugiere que juguemos a Old Maid.

Sin embargo, bajo la superficie, mi corazón está en carne viva y me duele. Tras mis sonrisas, ademanes y exclamaciones, paso los días como un fantasma, gritando silenciosamente ante la vida que podía haber sido mía. Aquí, en el campus de Harvard, Walton y yo podríamos habernos sentado en un banco del parque. En los almacenes Jordan Marsh Department hubiéramos seleccionado muebles y menaje para la casa. A las orillas del Charles habríamos extendido una manta para hacer un picnic y me inclinaría sobre su pecho, contemplando a los remeros. Por la noche me tiendo en la cama agotada, sumida en un dolor tan abrumador que casi no puedo respirar.

A pesar de mis esfuerzos, Ramona no se deja engañar.

—Has sido muy valiente al subirte a ese tren —me dice una mañana sin venir a cuento. Estamos sentadas en la mesa de la cocina, desayunando huevos cocidos en unas tazas de porcelana y tostadas servidas en una bandeja de plata. Sam y Harland han ido a dar un paseo.

—Me siento feliz aquí.

Toma un sorbo de café.

—Me alegro. Estoy segura de que no fue fácil tomar la decisión de venir.

—No —admito—. Pero Sam insistió.

—Lo sé. Me lo ha dicho. Pero... estás pasándolo bien, ¿verdad?

Asiento con la cabeza mientras unto mantequilla en la tostada.

—Por supuesto, están siendo unos días maravillosos.

—Me gustaría decirte, Christina... —Hace una pausa—. Supongo que debes de preguntártelo. Walton vive en Malden. Rara vez viene a Boston.

La miro a los ojos.

—Sí, me lo preguntaba.

—Espero que eso te tranquilice al respecto.

—¿Sabe que he venido?

—Se lo dije. Pensé que tenía que hacerlo. En cualquier caso...

—Es normal. Sois amigos. —Noto el filo amargo en mi voz.

Ella se muerde el labio.

—Amigos de infancia, y nuestras familias... Es difícil cortar la relación con la gente... aunque... —Sacude la cabeza—. No sé cómo explicarlo. Me siento como si fuera una traidora. Sé lo doloroso que fue todo para ti. Se comportó de una forma abominable.

Ramona parece tan afligida que siento empatía con ella.

—No tienes que explicarme nada. Lo entiendo.

—¿De verdad? —pregunta esperanzada.

—El pasado, pasado está. —Sé que es lo que quiere oír. Y así es: sonríe, claramente aliviada.

—Me alegra de que pienses eso. ¡Yo también lo creo! Y, por cierto, sé que has dicho que no estás interesada, pero Boston está llena de hombres solteros.

—Ramona...

Aplaude con las manos.

—Sí, sí, ya sé, has colgado tu caña. Pero no puedes culparme por intentarlo.

—Querida Christina —dice Ramona, unos días después—, supongo que no es fácil para ti todo lo que nos rodea.

Tiene razón. Cada rincón de Boston ha supuesto un peligro para mí, desde las calles de adoquines hasta las aceras llenas de gente. Sam, ella, e incluso el torpe de Harland, me ayudan con los ascensores y a bajar los escalones, ofreciéndome la seguridad de sus brazos durante los paseos vespertinos. Y, aun así, pierdo el equilibrio y tropiezo.

—Aprecio mucho tu ayuda —respondo.

—Bah, no es nada. Pero me da la impresión de que tu estado es más pronunciado de lo que solía ser. A veces te veo hacer una mueca. ¿Sientes dolor?

Me encojo de hombros. El dolor es parte de mí, algo con lo que vivo, igual que las pestañas rubias o la pálida piel. Pero ahora, cuando me despierto por las mañanas, paso varios minutos estirando y amasando los dedos antes de poder mover las manos. Y a menudo noto los pies encogidos, por lo que no puedo caminar más de cuatro o cinco pasos antes de perder el equilibrio.

—Christina, Walton me contó que hace algún tiempo mantuvo contigo una conversación al respecto. Me aseguró que te animó a venir a Boston, a ver si aquí podían ayudarte.

Me quedo lívida.

—Él no tenía ningún derecho a...

La veo levantar un dedo.

—No, no se trata de Walton. He hablado con un médico, uno de los mejores doctores del Boston City Hospital, y cree que puede ayudarte. No sería algo inmediato, no irías a visitarlo en esta ocasión. Tendríamos que pedir una cita. Lo único que te pido es que lo consideres. Mira... —continúa—, ¿no te gustaría tener una vida normal con oportunidades normales? Sé que te has negado antes, y...

Las palabras no dichas flotan en el aire. Sé lo que da a entender, que mi falta de voluntad para considerar un tratamiento puede haberme costado la relación con Walton. Siento una oleada de ira. Sí, eso es lo que más temía, que los sentimientos de Walton estuvieran condicionados. Que me estuviera diciendo: «Mejora, o de lo contrario...»

La rabia desaparece tan rápido como surgió. Sería bueno disfrutar de una vida normal. Estoy cansada de fingir ser fuerte, de ocultar que me cuesta incluso realizar las tareas más ínfimas. Estoy cansada de sufrir contusiones, arañazos, de que me miren con lástima por la calle. Quizás ese doctor pueda ayudarme de verdad. Quién sabe, tal vez pueda hacerme bien.

—De acuerdo —respondo a Ramona—. Lo consideraré.

Ella sonríe.

—¡Magnífico! Quizá podamos ponerle un parche a ese barco agujereado tuyo.

Los periódicos están llenos de noticias del frente. El *Boston Globe* informa de que Estados Unidos está enviando cerca de diez mil soldados diariamente a Francia. En Cushing oímos ocasionalmente historias sobre los chicos que se alistaron o, después de que aprobaran la Ley de Servicio Selectivo el año pasado, fueron reclutados. Mis hermanos son granjeros, como casi todos en nuestra zona, por lo que quedaron exentos. Hemos escuchado informes por la radio, pero aquí la noticia no es un hecho abstracto, lejano. Cuando paseo con Sam cerca de Harvard, vemos a cientos de jóvenes vestidos con el uniforme azul de la Marina; nuevos reclutas que asisten a la Radio School. Boston Common está llena de tiendas de campaña de la Cruz Roja, donde los voluntarios reciben paquetes para enviar al extranjero.

Cuando las sufragistas que se han manifestado delante de la Casa Blanca durante más de dos años son desacreditadas en las columnas de opinión, Ramona y Eloise se alteran y hablan acaloradamente del tema. Conocen los nombres de algunas de esas mujeres, y tienen argumentos a favor de por qué las mujeres deben poder votar. Hablan de estas cosas como si el resultado les interesara. Como si tuvieran derecho a votar e incluso a opinar.

—Pero eso no tiene nada que ver con nosotras —intervengo.

—Todo tiene que ver con nosotras —replica Ramona.

Ninguna de las tareas que ocupan mis días en Cushing son relevantes en el mundo de Ramona. Es como si ella estuviera jugando a las casitas en su apartamento de cuatro habitaciones con vistas a la calle, en el cuarto piso, sin nadie que la cuide salvo su bien intencionado marido, que posee un montón de dinero para hacerlo. ¿Tan diferente sería mi vida con luz eléctrica y baño interior? ¿Con agua caliente en la cocina y el baño, fogones de gas que se encienden accionando una simple llave, radiadores de hierro fundido calentando cada estancia? Si no tuviera que pasarme el tiempo avivando el fuego, tal vez también sabría qué está pasando en el resto del mundo. Ramona asiste a la ópera, a las funciones en el teatro; pulula por las sombrererías y otras tiendas para damas. Tiene contratada una chica (así la llama ella, aunque se trata de una mujer mayor que nosotras) que viene dos veces por semana para ocuparse de la colada, fregar los suelos, cambiar las sábanas, limpiar el polvo y lavar la vajilla mientras Ramona permanece sentada ante la mesa en bata, leyendo el *Boston Herald*.

Ramona se niega a salir sin sombrero y sin un vestido a la última moda, recién almidonado y planchado. Y yo —que tengo dos vestidos de diario, dos faldas, dos blusas y dos sombreros un tanto arrugados— paso mucho tiempo esperando a que esté preparada.

—Oh, Christina, debes de estar harta —comenta con un suspiro, corriendo a su dormitorio para ver en el espejo cómo le queda uno de sus muchos sombreros mientras yo la aguardo junto a la puerta—. Todo este follón para acicalarme y colocar las horquillas. Consumo demasiada energía preocupándome por mi aspecto. Tú eres quien eres y punto. Te envidio.

No la creo. Está viviendo la vida que desea. Pero en realidad yo no la envidio tampoco. Incluso sin la enfermedad me resultaría difícil adaptarme a estas calles estrechas y llenas de edificios, a los sonidos de los peatones y el crujido metálico de los tranvías, a las bocinas a todo volumen, el chirrido de los frenos y la música que atraviesa las puertas. La cháchara humana. El cielo de Boston está iluminado por las farolas y nunca se oscurece por completo. Echo de menos la negrura absoluta, el cielo rociado de estrellas de Hathorn Point por la noche, el suave resplandor de la lámpara de gas, los momentos de paz absoluta, la vista de nuestros campos amarillos, de la cala y el mar a lo lejos, más allá de la distante línea del horizonte.

Ramona e incluso Harland, bendito sea, son más que generosos y acogedores, pero cuando llega el momento de marcharnos, estoy más que dispuesta a partir. El día que emprenderemos el regreso amanece brillante y soleado. La nieve se derrite formando charcos en las calles. En el parque, por la noche, han florecido azafranes amarillos y púrpuras. Cuando estoy en la pequeña habitación guardando mis escasas pertenencias en la maleta, llaman a la puerta.

—Soy Sam, ¿puedo pasar?

—Claro.

Cuando se abre la puerta, levanto la vista. Tiene los ojos brillantes y una ancha sonrisa.

—¿Ya estás preparada?

—Casi, ¿y tú?

—No del todo.

—Bueno, pues date prisa. —Empiezo a doblar una larga falda por mitad—. No vayamos a perder el tren.

Vacila en el umbral, con un pie en el interior de la habitación y el otro fuera, con una mano en la manilla.

—No estoy preparado para regresar.

Levanto la mirada sorprendida.

—¿Cómo?

Apoya la frente contra la puerta y suspira.

—He estado pensando. Si voy a pasar mi vida en un pequeño pueblo en medio de la nada, al menos quiero ver algo de mundo.

—¿Y no es eso lo que hemos estado haciendo?

—Solo acabamos de empezar —dice.

—¿Quieres... quieres quedarte con Ramona y Harland? ¿Les has preguntado si les parece bien?

—Herbert Carle me ha ofrecido un puesto como encargado de la correspondencia en su empresa y una habitación en su casa. No tendría que quedarme aquí.

Se me ocurre de repente que ha estado incubando esta idea durante un tiempo.

—¿Por qué no me lo has dicho antes?

—Te lo estoy diciendo ahora.

—Pero ¿qué... cómo...?

—No te preocupes —dice, como si hubiera leído mi mente—. Te acompañaré a la estación. Tú regresarás a casa sin problema y yo iré a mi nuevo trabajo.

—Bueno, ¿y qué pasa con la granja?

—Al y Fred pueden ocuparse. Además, será bueno para Fred tener más responsabilidades y ayudar más... Es el pequeño desde hace demasiado tiempo.

Me siento furiosa.

—Llevas mucho tiempo pensándolo.

—Así es.

—Ni siquiera me lo has consultado.

Él se retuerce como si fuera un perro al que hubieran regañado.

—Temía que no lo aprobaras.

—No se trata de que no esté de acuerdo. Es que yo... yo... —¿Qué pienso exactamente?—. Supongo que me siento...

—¿Abandonada? —sugiere, como si los dos nos diéramos cuenta al mismo tiempo.

Se me humedecen los ojos.

—¡Oh, Christina! —dice, acercándose para cogerme del brazo—. Solo he pensado en mí, lo admito.

—Por supuesto —digo, atragantándome con las palabras. Sé que estoy poniéndome melodramática, pero no puedo evitarlo—. ¿Por qué ibas a pensar en mí? ¿Por qué va a hacerlo nadie? —Me aparto de él y saco un pañuelo de la maleta para enjugarme las lágrimas cuando empiezo a llorar, sacudiendo los hombros.

Sam da un paso atrás. Nunca me ha visto así.

—Estoy siendo demasiado egoísta —reconoce—. Iré a casa contigo en el tren.

Tras un momento, respiro hondo y me seco los ojos con el pañuelo. Al otro lado de la ventana se oye un tranvía y la bocina de un coche. Pienso en la pasión que sentía Mamey por sus viajes, en su deseo de ver mundo. La frustración que la inundaba al saber que ningún miembro de la familia parecía compartir sus ambiciones. ¿Por qué no va a quedarse Sam en Boston? Tiene toda la vida por delante.

—No —digo.

—¿No?

—No necesitas regresar a casa conmigo.

—Pero tú...

—Estaré bien —aseguro—. Quiero que te quedes.

—¿De verdad?

Asiento con la cabeza.

—Mamey estaría orgullosa de ti.

—Bueno, no se puede decir que esto sea como navegar alrededor del mundo —reconoce con una sonrisa—. Pero quizá Boston sea un comienzo.

Como me ha prometido, Sam me acompaña a la estación y me ayuda a subir al tren. Se le ve joven, guapo y feliz en el andén, agitando la mano para despedirse cuando el tren arranca.

Mientras Boston se aleja en la distancia, mis pensamientos se centran en lo que me espera: ¿Cómo estará mi madre de salud? ¿Habrá dormido bien? ¿Se las habrá arreglado en la cocina? Pienso en el polvo que voy a encontrar en los rincones de la casa, en los montones de ropa que, sin duda, me esperan, en las cenizas acumuladas en la cocina. La mula, las vacas, las gallinas, la bomba en la parte trasera... Miro la línea del horizonte, que cambia de negro azulado a un anaranjado rojizo, una línea dorada y luego de nuevo azul. Ir hacia el norte es como retroceder en el tiempo. Cuando el tren llega a Thomaston hace frío y el día está turbio y gris, exactamente como Boston cuando llegué allí hace unas semanas.

Unos meses después de mi regreso, mi madre, con una carta en la mano, me hace sentar a la mesa del comedor. Papá está en la puerta, detrás de ella.

—A Sam y Ramona les gustaría que volvieras a Boston para que te examinaran. Los Carle conocen a un médico muy bueno que...

—Sí, me lo mencionó —la interrumpo. Ahora que estoy de nuevo en casa, que he recuperado mis familiares rutinas, Boston parece un lugar muy lejano. Volver a interrumpir mis tareas, el esfuerzo que supone el viaje, por no hablar del casi seguro doloroso procedimiento y del poco prometedor resultado, hacen que me resulte difícil tener ganas de someterme a semejante prueba—. Le dije que lo consideraría, pero, sinceramente, no creo que valga la pena.

Mi madre me agarra la muñeca con fuerza y le da la vuelta a mi brazo, dejando a la vista las rojas marcas que tengo en él.

—Mira eso. Basta con mirar lo que te has hecho.

He empezado a utilizar los codos, las muñecas y rodillas para levantar las ollas más pesadas, equilibrar la tetera y llenarla de agua con la bomba, y arrastrarla hasta la cocina, por eso tengo los antebrazos llenos de quemaduras. En parte por esa razón y en parte porque con los años mis brazos se han vuelto más delgados, casi como palos. Acostumbro a ocultarlos siempre que puedo en mangas voluminosas. Me suelto de su presa y bajo la tela para cubrir las señales.

—No hay nada que se pueda hacer al respecto.

—Eso no lo sabemos.

—Ya me he acostumbrado.

—Si continúas empeorando, no serás capaz de caminar. ¿Has pensado en eso?

Agrupo las migas desperdigadas por la mesa en un montón. Por supuesto que lo he pensado. Pienso en eso todos los días, cuando tengo que recorrer los tres metros de la despensa apoyando los codos en las paredes.

—¿Cómo crees que vamos a arreglárnoslas cuando tus piernas no funcionen? —insiste.

—Está decidido —interviene bruscamente mi padre. Las dos nos volvemos para mirarlo—. Christina, irás a Boston y no se hable más.

Mi madre asiente, sorprendida. Es raro que papá haga valer su opinión con tanta firmeza.

—Ya has oído a tu padre —corrobora.

Parece que es inútil discutir. Y, quién sabe, quizá tienen razón y se pueda hacer algo para revertir, o al menos frenar, mi deterioro. Lleno dos bolsas más o menos con el mismo peso para poder mantener el equilibrio y Al pide el coche a un vecino para llevarme a Portland, así no tendré que hacer ningún transbordo sola. Cuando llego a Boston, Sam y Ramona vienen a recogerme en el flamante Cadillac azul cielo de Harland y me llevan al City Hospital, en Harrison Avenue —un señorial edificio de ladrillo con columnas gigantes y torreones rematados con cúpulas—, donde me quedaré en observación una semana.

Una enfermera de pecho voluminoso me lleva en una silla de ruedas en el ascensor, acompañada de Sam y Ramona, hasta una pequeña habitación en el octavo piso, donde hay una cama de hierro y una buena vista de los tejados vecinos. Huele a disolvente de pintura.

—¿Cuáles son las horas de visita? —pregunta Ramona.

La enfermera consulta un papel.

—No se admiten visitas.

—¿No se admiten? —pregunta Sam—. ¿Por qué?

—Se le ha prescrito descanso. Descanso y aislamiento.

—No me parece necesario —interviene Ramona.

—Órdenes del médico —dice la enfermera—. Los dejaré a solas con ella diez minutos. Luego deben irse. Pueden regresar a buscarla dentro de una semana. —Entonces me mira y señala un punto a mi espalda—. Tiene una bata de hospital encima de la cama. Los médicos hacen sus rondas por la tarde. ¿Alguna pregunta?

Niego con la cabeza. Aunque, sí tengo una pregunta.

—¿Qué es ese olor?

—Éter —responde Ramona—. Es horrible. Lo recuerdo de cuando me operaron de amígdalas.

—Huele a legumbres podridas —añade Sam.

Cuando la enfermera se va, Ramona saca un libro del bolso y lo deja sobre la mesilla. *Mi Antonia*.

—No lo he leído, pero al parecer es la novela de moda. Trata sobre la vida en el campo, en Nebraska. —Se encoge de hombros—. No es un tema que me atraiga, pero si el aburrimiento aprieta...

La cubierta del libro, dorada con letras color bronce, explica que es la tercera entrega de la trilogía *Las praderas de Cather*. He leído los otros dos por sugerencia de Walton. Me viene a la mente un fragmento de *Pioneros*: «En este mundo, la gente tiene que disfrutar la felicidad cuando se presenta. Siempre es más fácil de perder que de encontrar...»

—Preguntaremos a la enfermera cuándo te darán el alta exactamente para venir a recogerte —dice Sam.

—Estaré contando los minutos —aseguro.

—Si terminas este libro, puedo traerte más —propone

Ramona—. Sherwood Anderson tiene una colección de relatos de la que habla todo el mundo.

Una vez al día, el rebaño de médicos, con sus batas blancas como si fueran ocas, entra en la habitación y se reúnen alrededor de mi cama, con un especialista a la cabeza. Lo apodo «Mosca Gigante» por sus enormes ojos, que las gafas contribuyen a ampliar. Los doctores me indican que me ponga de pie, me examinan brazos y piernas, observando cómo piso, y luego se marchan murmurando entre sí. Actúan como si yo no tuviera oídos, pero escucho todo lo que dicen. Los primeros días especulan que quizá puedan ayudarme unas corrientes eléctricas, pero la cuarta mañana llegan a la conclusión de que eso sería desastroso. Nadie parece tener idea de lo que me pasa. El séptimo día Mosca Gigante me deja en manos de Sam y Ramona, con una beatífica sonrisa y una receta.

—Debe seguir viviendo como siempre —dice, poniéndome los dedos en el brazo mientras los demás médicos toman nota en sus cuadernos—. Comer alimentos nutritivos. Estar al aire libre todo lo que pueda. Una vida tranquila en el campo será más beneficiosa para ella que cualquier medicamento o tratamiento.

—No creo que tuviera que venir a Boston para sacar esa conclusión —murmura Ramona por lo bajo.

En el tren de regreso a casa, entorno los ojos para mirar a través de la ventanilla la luna contra un aterciopelado cielo azul. He hecho lo que mis padres querían que hiciera. No tienen que preocuparse por una cura que no existe. Esta enfermedad —o lo que sea— avanzará. Pienso en la destrucción del deseo, de querer algo poco realista, de creer en la posibilidad de un rescate. Esta semana en Boston solo confirma mi creencia de que no existe cura para el mal que me aqueja. No importa cuánto tiempo haga ondular una bandera blanca, nadie me verá en la distancia ni acudirá a rescatarme.

Aunque solo tengo veinticinco años, en lo más profundo sé que mi única oportunidad para tener una existencia diferente ya ha pasado.

Busco en el bolso el ejemplar de *Mi Antonia* —que he leído ya dos veces— y paso las páginas en busca de un fragmento cerca del final: «Algunos recuerdos son realidades mejores que cualquier cosa que pueda suceder de nuevo.» Tal vez sea así, pienso. Quizá mis mejores recuerdos sean lo suficientemente dulces y estén lo suficientemente presentes para superar las desilusiones. Quizá me sostengan durante el resto de mi existencia.

Si Alvaro hubiera nacido una generación antes, habría sido capitán de barco, como nuestros antepasados. Su carácter estoico es ideal para la navegación. Su pasión por el mar —desde el amanecer hasta el final del día— está en su sangre. Pero cuando las manos de nuestro padre se agarrotan, cuando Sam no muestra señales de regresar de Boston y Fred consigue un trabajo en una tienda de telas de Cushing y se traslada a un apartamento en el pueblo, Al es el único que queda para llevar la granja.

—La granja es un buen negocio —escucho que le dice papá una mañana de primavera—. He conseguido ahorrar más de dos mil dólares. El equipo del caballo y la maquinaria están pagados. Ahora te toca a ti sacarla adelante.

Esa misma mañana, Al ata la yegua *Tessie* al carro y la lleva hasta la orilla, donde carga su bote, con el que salía todos los días. Lo lleva hasta el cobertizo, donde lo guarda del revés, en el pajar, junto con todas sus artes de pesca. Luego conduce al muelle su velero, el *Oriole*, en el embarcadero de Little Island.

—¿Qué estás haciendo? —le pregunto—. ¿Por qué retiras los botes?

—Forman parte del pasado, Christie.

—Pero quizás algún día...

—Prefiero no verlos —dice.

Durante los siguientes meses, unos ladrones saquean el velero, robando todos los accesorios, lámparas e incluso trozos de madera, dejando su cadáver diezmado para que se pudra. El almacén detrás del granero se deteriora, las herramientas que hay dentro languidecen como reliquias de una época lejana: señuelos, barriles de cebo, material para calafatear las embarcaciones, trampas para pescar langostas.

Algunas tardes, cuando ya ha realizado sus tareas, me encuentro a Al en el cobertizo, dormido debajo de la barca sobre unas mantas para caballos. Me siento mal por él, pero lo entiendo. Es doloroso mantener la esperanza en las cosas que una vez proporcionaron alegría. Tienes que encontrar la manera de olvidar.

Un día, un repartidor de Rockland se presenta con una silla de ruedas, y a partir de entonces es raro que mi padre no la use.

—¿Para qué necesitas eso? —le pregunto.

—Deberíamos conseguir otra para ti —me responde.

—No, gracias.

Papá me dice que le duelen los huesos cada vez que trata de hacer algo. Sus brazos y piernas se han debilitado; se retuercen de una forma que me resulta familiar. Pero él se deja llevar por esa artritis y se niega a creer que tenga que ver con mi dolencia.

Los dos somos orgullosos, aunque de diferente forma. Mi orgullo toma forma de desafío; el suyo, de vergüenza. Para mí, usar una silla de ruedas significaría que me he dado por vencida, que me he resignado a una pobre existencia dentro de la casa. Y la veo como una jaula. Mi padre la considera un trono, una forma de mantener una frágil dignidad. Él encuentra que mi comportamiento —mi cojera y mis caídas— es poco digno, atrevido y patético. Y tiene razón: soy atrevida. Estoy dispuesta a correr el riesgo de lesionarme y sufrir humillaciones por querer moverme como me apetezca. Para bien o para mal, creo, probablemente soy más Hathorn que Olauson, y llevo en mi sangre la inflexibilidad que me impulsa a no preocuparme por lo que piensen los demás.

Me pregunto, y no por primera vez, si la vergüenza y el orgullo no son más que las dos caras de una misma moneda.

En uno de sus ataques de optimismo —o quizá de negación— mi padre compra un coche, un Ford Runabout negro, por 472 dólares en el concesionario Knox County Motor Sales de Rockland. El coche, un modelo T, es brillante y potente, y aunque mi padre se siente orgulloso de él, está demasiado enfermo para conducirlo, lo mismo que yo. Por eso, Al se convierte en el chófer de la familia, y nos lleva a los demás a donde sea que tengamos que ir. Va todos los días a la oficina de correos, sin importar el tiempo que haga, a recoger el correo de todos los vecinos que viven a lo largo de la carretera, distribuyéndolo en el camino de vuelta. Hace los recados de mi madre en Thomaston y Rockland. El coche le ofrece una brizna de libertad: comienza a salir por la noche de vez en cuando, por lo general a Fales, donde conoce a un grupo de hombres para jugar a las cartas; el viejo Irving Fales usa su local tanto para una cosa como para otra.

Una de esas noches, Al oye que hay en Rockland un tal doctor S. J. Pole que administra un tratamiento que, se dice, cura la artritis. Al día siguiente va con papá a Rockland para averiguar más al respecto. Los dos regresan hablando animadamente sobre manzanas y tratamientos sin cirugía, y en la cena estudian de forma minuciosa el contrato que le han hecho firmar a mi padre. El quid de la cuestión es que va a tener que comer muchas manzanas. Detrás de la casa hay un pequeño huerto que él mismo sembró hace quince años; los árboles están cargados de brillantes manzanas rojas y verdes. Pero al parecer, esas no son de la variedad correcta, que solo se puede adquirir en Thomaston por cinco centavos la pieza.

Hojeo las páginas del contrato.

«Queda plenamente entendido por mí que, aunque el doctor S. J. Pole piensa que me puede curar, de ninguna

forma garantiza tal cosa —leo—. De mutuo acuerdo conve-
nimos que el dinero que le pague por sus servicios no será
devuelto en ningún caso. Soy mayor de edad...»

—Cincuenta y siete es ser mayor de edad, ¿verdad?
—bromea papá.

Mi madre frunce los labios.

—¿Este tratamiento ha funcionado en otras personas?

—El doctor Pole nos mostró muchos testimonios escri-
tos de gente a la que ya ha curado —interviene Al.

—Katie —dice papá, cubriendo la mano de mi madre
con la suya—, esto podría ser la solución.

Ella asiente lentamente con la cabeza y no dice más.

—¿De cuánto dinero, exactamente, estamos hablando?
—pregunto.

—De una cantidad razonable —responde mi padre.

—¿Cuánto cuesta?

Al me mira de forma penetrante.

—Papá no tenía esperanza desde hace mucho tiempo.

—Entonces, ¿cuánto cuesta?

—Christie, el hecho de que nada haya funcionado contigo...

—No puedo entender por qué tenemos que comprar
manzanas cuando tenemos un huerto lleno de ellas.

—Este médico es un experto. Papá podría curarse. ¿Es
que no quieres?

Una vez leí una historia sobre un hombre llamado Ivan
Ilich que creía que tras haber vivido justamente le indigna-
ba descubrir que sufriría un destino horrible, una muerte
temprana por una causa desconocida.

Mi padre es así. Se siente furioso porque se ha convertido en un ser dependiente. Siempre ha creído que el trabajo
y la honestidad equivalen a rectitud moral, y que la rectitud moral debe ser recompensada. Así que no me sorprende que tenga tantas ganas de creerse esa historia absurda
de las manzanas curativas.

Lo veo pagar por treinta sesiones durante otras tantas
semanas, el mínimo requerido. Todos los martes, Al le ayu-

da a acomodarse en el asiento del copiloto en el Ford T y lo lleva a Rockland. Cada una de esas visitas que, por lo que veo, consisten solo en pagar más dinero por unas misteriosas tabletas y adquirir las costosas manzanas.

Mi padre siempre ha llevado la granja con mano firme, ha vendido arándanos y verduras, leche y mantequilla, gallinas y huevos, ha hecho dinero extra cortando hielo y gestionando el coto de pesca de la presa. Siempre ha hecho hincapié en la importancia del ahorro. Pero ahora parece dispuesto a gastar lo que le pida ese doctor solo por la esperanza de mejorar.

Un martes por la mañana, unos cuatro meses después de empezar el tratamiento, solo una hora después de que Al se haya llevado a papá en el viaje semanal a Rockland, escucho que se cierra bruscamente la puerta del coche y miro por la ventana de la cocina. Ya están de vuelta. Al tiene una expresión sombría mientras ayuda a nuestro padre a bajar. Después de acompañarlo a su cuarto, mi hermano entra en la cocina y se sienta en la mecedora.

—¡Joder! —masculla.

—¿Qué ha pasado?

—Todo ha sido una estafa. —Se pasa la mano por el pelo—. Cuando llegamos a la consulta de Pole, estaba cerrada. Nos han dicho que hace unos días fue perseguido fuera de la ciudad por unos pacientes enfadados. Mucha gente ha perdido hasta la camisa.

Durante los siguientes meses, la gravedad de la situación se hace crudamente palpable. Los dos mil dólares que papá había ahorrado han desaparecido. No podemos pagar nuestras cuentas. Más enfermo que nunca, papá se muestra apático y deprimido, y pasa todo el tiempo en el piso de arriba. Trato de ser agradable con él, pero me resulta difícil. Manzanas. La misma fruta que tentó a Eva atrajo a mi crédulo padre, que se vio seducido por las dulces palabras de una serpiente.

Por fin, una fría mañana de un jueves de octubre, papá le pide a Al que lo lleve en la silla de ruedas a la habitación de las conchas. Una hora después, se detiene delante de la casa un elegante Chrysler marrón de cuatro puertas y una mujer de traje gris baja de la parte posterior. El conductor se queda en el vehículo.

Al oír que llama a la puerta principal, me muevo para abrirla, pero mi padre me detiene con voz ronca.

—Ya me encargo yo.

Desde el pasillo de atrás, puedo oír parte de la conversación: «... generosa oferta... hombre muy rico... zona costera deseable... no tendrá la misma oferta dos veces».

Después de que la mujer se marche con un tajante «me voy ya», la miro por la ventana subir al asiento trasero del Chrysler y darle un toquecito en el hombro al conductor. Mi padre sigue un rato más en la habitación de las conchas. Luego viene a la cocina en la silla de ruedas.

—¿Dónde está Alvaro?

—Creo que ordeñando. ¿Qué ha sido todo eso?

—Ve a buscarlo. Y también a tu madre.

Cuando vuelvo del granero, papá se ha ido al comedor. Mi madre, que pasa casi todo el tiempo en el primer piso, se encuentra sentada en la cabecera de la mesa, con un chal sobre los hombros. Al me sigue y se apoya en la pared con el mono de trabajo manchado.

—Esa mujer me ha hecho una oferta de una empresa que responde al nombre de Synex —explica mi padre secamente—. Cincuenta mil dólares por la casa y el terreno. En efectivo.

Lo miro boquiabierta.

—¿Qué?

Al se inclina hacia delante.

—¿Has dicho cincuenta mil?

—Sí. Cincuenta mil.

—Eso es mucho dinero —asegura mi hermano.

Mi padre asiente.

—Muchísimo dinero. —Hace una pausa, dejándonos

asimilar la noticia. Miro alrededor; los tres estamos con la boca abierta—. Odio decir esto —continúa—, pero creo que sería conveniente que aceptáramos la oferta.

—John, no puedes hablar en serio —dice mi madre.

—Hablo muy en serio.

—Es una idea absurda. —Se sienta con la espalda recta, ciñéndose más el chal sobre los hombros.

Papá levanta una mano.

—Espera un momento, Katie. He gastado todos los ahorros y esto podría ser una salida. —Sacude la cabeza—. No me gusta decirlo, pero nuestras opciones en este momento son pocas. Si no aceptamos esta oferta...

—Pero... ¿adónde iremos? —pregunta Al. Noto que titubea, como si estuviera tratando de evaluar el estado de ánimo de papá, preguntándose si él y yo somos factores que contemos en la ecuación.

—Me gustaría tener una casa más pequeña —explica nuestro padre—. Y con el dinero, podría ayudaros a establecer vuestros propios hogares.

Permanecemos todos en silencio un buen rato, sopesando el asunto. Salvo el tiempo que estuve con Walton —que ahora me parece un sueño febril y alucinante, que no se relaciona para nada con mi vida—, he vivido en esta casa como un molusco en su concha, sin imaginar que podría separarme de ella. He dado por sentado mi existencia aquí; las gastadas escaleras, la lámpara de aceite de ballena en la sala, la vista de la hierba y la cala más allá.

Mi madre se levanta bruscamente de la silla.

—Esta casa ha pertenecido a mi familia desde 1743. En ella han vivido y muerto generaciones de Hathorn. Uno no abandona una casa solo porque alguien le ofrece dinero por ella.

—Cincuenta mil dólares —le recuerda papá, golpeando la mesa con sus nudillos deformes—. No volveremos a tener una oferta así, te lo aseguro.

Ella se estira el vestido con los dientes apretados, las venas marcadas en su cuello como riachuelos. Nunca los había visto enfrentados de esta manera.

—Esta casa es mía —dice ella con firmeza—, no tuya. Y vamos a quedarnos aquí.

Papá la mira con expresión sombría, pero no replica. Mi madre es una Hathorn y él no. La conversación ha terminado.

Mi padre se pasará los próximos quince años confinado en una silla de ruedas en una pequeña habitación en la planta baja de la casa que estaba tan ansioso por vender, rara vez se aventurará fuera. Al y yo, con la ayuda de nuestros hermanos, ahorraremos y sobreviviremos, aprendiendo a vivir con lo imprescindible. Nos las arreglaremos a duras penas para salvar la granja de la quiebra. Pero a veces me preguntaré —todos nos preguntaremos— si no hubiera sido mejor renunciar a ella.

En julio de 1921, un Sam muy risueño reúne a la familia en la habitación de las conchas. Con los dedos enlazados con los de su novia Mary, que lleva unas gafas de montura metálica, anuncia que le ha pedido su mano en matrimonio.

—¡Le he dicho que sí! —comunica Mary, tendiendo la mano izquierda para enseñarnos el modesto anillo de compromiso que heredó de su abuela.

La noticia no es una sorpresa; ambos se conocieron en Malden, donde Mary creció, cuando Sam se quedó a trabajar para Herbert Carle, y llevan varios años saliendo juntos. Los observo mientras él se acerca y le dice algo, ella se sonroja y se coloca el pelo detrás de la oreja.

—Me siento muy feliz por los dos —digo y, aunque siento una punzada de tristeza por ser testigo de su intimidad casual, hablo en serio. Un tipo entrañable como Sam merece encontrar el amor.

La boda de Sam y Mary tiene lugar en el césped, como lo llama Mary, a pesar de que los Olson nunca lo han considerado otra cosa que un campo. Al y Fred montan una pérgola y colocan dos filas con veinte sillas que nos prestan en

Grange Hall. Durante varios días horneo rollos de arándanos, tartas de fresa y un pastel de bodas —el favorito de Sam— de limón con crema de vainilla y mantequilla. Mary lleva un vestido de encaje y un velo, mientras Sam está muy apuesto con un traje gris oscuro. Un grupo de Rockland formado por tres músicos toca en el acantilado, sobre la orilla, donde Fred ha organizado un picnic a la orilla del agua.

Después de la luna de miel, los recién casados se mudan a la granja familiar mientras ahorran dinero para comprarse una casa propia. Me gusta tener otra mujer cerca, en especial una joven y simpática como Mary, que resulta firme, amable y se ríe con facilidad. Es una buena compañía en la casa, pues ayuda a cocinar y limpiar.

Sam y Mary se instalan en una habitación en el tercer piso, lejos del resto de la familia, y pronto Mary queda encinta. A diferencia de Ramona, que según informa en sus cartas, no siente náuseas matutinas, mi cuñada se levanta con malestar. Mary y yo nos sentamos junto a la chimenea mientras ella teje mantas y yo coso ropa para el bebé; hablamos sobre el clima, el rendimiento de los cultivos y las personas conocidas, como Gertrude Gibbons, que se ha casado hace poco tiempo. De hecho, me invitó a la boda, pero no fui.

—Esa chica tiene sangre de collie. No es capaz de dejar de revolotear y cuchichear, pero no es mala gente —comenta Mary.

La imagen me hace sonreír, porque eso es exactamente lo que hace Gertrude y Mary lo expresa con naturalidad, sin malicia. No menciono el mordaz comentario que le hice a Gertrude en el baile. Es difícil que me sienta orgullosa de eso.

Meses más tarde, despierto en plena noche por culpa de un gemido. En la oscuridad de mi habitación, mi respiración es el único sonido. Me incorporo, haciendo un esfuerzo por escuchar. Pasan los minutos. Otro gemido, esta vez más fuerte, y lo sé: Mary se ha puesto de parto. Oigo los pesados pasos de Sam bajando los dos tramos de escalera. Luego el ronroneo del motor Ford y sé que ha ido en busca de la comadrona.

Me inclino y enderezo las piernas como cada mañana antes de sentarme en el borde de la cama. Me levanto y busco el vestido en el colgador que hay en la parte posterior de la puerta. Me pongo las medias y los zapatos en la oscuridad y, a continuación, bajo apoyándome en la barandilla. Papá está en el vestíbulo con la silla de ruedas, chocando con todo lo que tiene alrededor, murmurando entre dientes en sueco mientras trata de sortear las puertas para llegar a la cocina. Debe de haberse levantado solo de la cama, una tarea que acostumbra a hacer ayudado por Al.

Lleno el hervidor de agua y lo pongo a calentar en la cocina Glenwood, luego saco la avena para hacer gachas y pan tostado mientras amanece. Un tiempo después, el coche se detiene delante de la casa. La comadrona sale con una bolsa enorme. Se abre la puerta trasera y aparece Gertrude Gibbons. ¿Qué está haciendo aquí?

—Mira a quién he encontrado —dice Sam, entrando en la cocina—. Mary ha pensado que podría ser útil la ayuda de otro par de manos.

—¿Qué tal estás, Christina? —dice Gertrude, justo detrás de él, sonriendo feliz.

—Estoy bien, Gertrude —digo, tratando de mantener un tono neutro. Hace mucho tiempo que no nos vemos y estamos rígidas e incómodas.

—Sé que tienes dificultades con las escaleras y que tu madre no está bien —comenta—. Así que para mí es un honor ayudar. ¿Dónde está mi querida Mary?

Cuando todo el mundo ha subido la escalera en tropel, salgo para disfrutar del aire fresco del patio, todavía cubierto por la sombra de la casa a esa temprana hora. Al ha estado arando la huerta y flota en el aire el olor a tierra húmeda tras la lluvia de ayer. *Tessie* relincha en un campo lejano. Noto a *Lolly* entre las piernas, presionándome la falda contra las pantorrillas. Me siento en el escalón de piedra y la subo al regazo, pero ella se escabulle. Me siento pesada, anclada a la tierra.

A principios de primavera llegó una carta de Ramona y Harland desde Boston anunciando el nacimiento de una niña llamada Rose, que pesó tres kilos y medio. En junio, Eloise se casó con Bill Rivers, y unas semanas más tarde Alvah se fugó con Eva Shuman. Me alegro por Sam y Mary, por todos y cada uno de ellos, pero cada boda, cada nacimiento, cada fiesta me recuerda lo sola que estoy. Lo estéril que es mi vida en contraste.

Se me llenan los ojos de lágrimas.

—¿Por qué estás aquí fuera?

Miro por encima del hombro y veo la cara redonda de Gertrude al otro lado de la mosquitera.

—Llevo un rato buscándote. La comadrona dice que no me necesita en este momento. Dice que Mary ha nacido para parir.

Me limpio la cara con el dorso de la mano con la esperanza de que no haya visto mis lágrimas, pero con Gertrude nada me sale nunca como quiero.

—¿Qué te pasa? ¿Estás enferma?

—No.

Trata de abrir la mosquitera, pero se lo impido al estar sentada en el escalón.

—¿Te ha pasado algo?

—No.

—¿Puedo salir?

Lo último que quiero es tener que explicar el motivo de mis lágrimas a Gertrude Gibbons. Después de todo, está aquí por curiosidad y aburrimiento, por ese infinito deseo de saber lo que está pasando en todas partes.

—Por favor, dame un minuto.

Pero no lo hace.

—Por Dios, Christina, si...

—He dicho —alzo la voz— que me dejes en paz.

—Bueno. —Ofendida, hace una pausa—. He bajado a ayudarte con el desayuno —dice en tono frío—. Pero ya veo que prefieres esperar a que se apague el fuego.

Me pongo en pie tambaleándome. Abro la puerta con un tirón, tomándola por sorpresa. Las lágrimas me nublan la vista mientras entro en la cocina bamboleándome. Mi torpeza me irrita todavía más; todo lo que me ocurre es una calamidad, y Gertrude me está mirando con su habitual intransigencia, crítica y compasiva.

La odio por ello. Por leer en mí con tanta claridad y, al mismo tiempo, por no verme en absoluto.

Me arrastro hacia la despensa, lo que la obliga a dar un paso atrás y quedarse pegada a la pared. Quiero ir arriba, a mi habitación, y dejar el mundo al otro lado de la puerta, pero ¿cómo voy a subir la escalera mientras ella me mira? No obstante, de repente comprendo que no me importa. Solo tengo que llegar ahí. Apoyada en la pared, recorro el pasillo hasta el primer escalón. Entonces, uso los antebrazos y codos para izarme por los estrechos peldaños, deteniéndome a descansar cada poco tiempo, sabiendo que Gertrude está escuchando cada uno de mis gruñidos. Cuando llego al descansillo de la parte superior, miro hacia abajo. Allí está, de pie en el vestíbulo, con las manos en las caderas.

—Sinceramente, Christina, no te entiendo.

No pienso escucharla. No puedo. Me vuelvo y me dirijo a mi cuarto, donde cierro la puerta.

Me tumbo en el suelo, respirando con dificultad. Después de unos minutos, oigo unos pasos perseverantes subiendo detrás de mí. A continuación, un golpe en la puerta.

—¿Christina? —La voz de Gertrude contiene una nota de preocupación.

Estirándome con rapidez, atrapo la pata de la cama, me doy la vuelta y me subo al colchón, tratando de sosegar los desenfrenados latidos de mi corazón. Su presencia al otro lado de la puerta irradia un calor desagradable. Me sonrojo. Otro golpe.

—Vete.

—Por el amor de Dios, déjame entrar.

Mi habitación no tiene cerrojo. Un momento después, veo girar el pomo de porcelana blanca. Gertrude entra y cierra la puerta, con la cara contraída en una mueca que considero de fingida preocupación.

—¿Qué te pasa?

Me gustaría lanzarme sobre ella, pero mi único recurso son las palabras.

—No te he invitado a venir.

—Bueno, tu hermano me pidió que viniera. La verdad, con tres enfermos en casa, pensé que agradeceríais la ayuda.

—Te aseguro que yo no.

Por un momento, nos estudiamos la una a la otra.

—Mira, escúchame bien. Haces el desayuno para esta familia todos los días del año. Necesitas recomponerte y bajar a prepararlo. ¿Por qué te portas de una forma tan odiosa conmigo?

No estoy segura de entenderme ni yo misma, pero sentir ira me va bien. Es mejor que la tristeza. No quiero apaciguarme. Cruzo los brazos.

—¡Estamos a punto de dar la bienvenida a un bebé a esta maravillosa vida! —suspira—. Siento ser tan sincera, pero estás actuando como una cría. Quizá nadie te lo haya dicho, pero sin duda todos lo piensan. —Pasa la mano por la colcha, cerca de mi pierna, alisando las arrugas—. A veces, todos necesitamos un buen amigo que nos diga que estamos equivocándonos.

Me estremezco por la cercanía de su mano.

—No eres una amiga. Así que mucho menos una buena amiga.

—Pero... pero... ¿cómo puedes decir eso? ¿Qué quieres decir?

—Quiero decir que... —¿qué quiero decir en realidad?— que pareces recrearte en mi desgracia. Que te gusta sentirte superior.

El cuello se le enrojece y se lleva una mano a la garganta.

—Es horrible que digas eso.

—Es lo que siento.

—¡Te he invitado a mi boda! A la que, permíteme que te recuerde, no asististe. Ni siquiera me enviaste un regalo.

Siento una punzada de vergüenza. Me olvidé del regalo. Pero no estoy de humor para disculparme.

—Seamos sinceras, Gertrude: no me querías en tu boda.

—No se te ocurra presumir de lo que quería o no quería —replica, levantando el tono con un siseo. Luego señala el techo y se lleva un dedo a los labios—. ¡Shhh!

—Eres tú la que está subiendo la voz —replico.

—Christina, esto es una locura —dice, de pronto ansiosa—. No hay duda de que lo que te pasó con ese hombre, Walton Hall, resultó devastador para ti. —Escuchar ese nombre en sus labios hace que me estremezca—. Pero es hora de seguir adelante. Tienes que dejar de rebozarte en tu desgracia. ¿No quieres lo mejor para Mary y tu hermano? Venga, vamos a borrar que ha ocurrido esto y preparemos algo de comer para estas personas hambrientas.

La mención de Walton es la gota que colma el vaso.

—Sal de mi habitación.

Suelta una risita de incredulidad.

—¿Por qué...?

—Sal de mi habitación ahora mismo. Juro que no volveré a dirigirte la palabra.

—Venga, Christina, tranqui...

—Hazlo, Gertrude.

—Esto es indignante. En mi vida... —Mira alrededor como si hubiera una presencia invisible que pudiera acudir en su ayuda.

Repto sobre la cama para alejarme de ella.

Permanece en el centro del cuarto un momento, respirando con dificultad.

—Christina Olson, tienes un corazón muy frío —espeta. Luego abre la puerta y sale al pasillo, cerrando a su espalda. La oigo vacilar en el rellano antes de bajar la escalera.

Luego oigo voces apagadas. Está hablando con papá en el comedor. La puerta mosquitera se abre con un chirrido y vuelve a cerrarse.

«Lo que prometo, lo cumplo», dijo Walton una vez. Sus palabras estaban vacías, pero las mías no. A pesar de que vivimos en un lugar pequeño y estamos obligadas a tratarnos la una a la otra, mantendré mi promesa a Gertrude Gibbons: no volveré a hablar con ella.

Pero cuando nace mi sobrino —John William, en honor a su abuelo— un par de horas después, he bajado a la despensa, donde me he lavado la cara con un paño frío y recogido el pelo en una coleta después de cepillarlo. Avivo el fuego y pongo la mesa, donde sirvo rodajas de pavo y legumbres en escabeche con pastel de manzana frita. Cuando mi hermano Sam me pone en los brazos el pequeño bulto, tan cálido como un pan recién salido del horno, bajo la mirada al bebé. «John William.» Él me está mirando fijamente con sus ojos oscuros, con el ceño fruncido, como tratando de averiguar quién soy. En ese momento mi malestar se aligera, se evapora en el aire. Es imposible sentir algo diferente a amor por ese bebé.

Para vestir santos

1946-1947

Todavía quedan rastros en la casa iluminada por el sol, algunas tablas y tejas en el antiguo edificio. En el interior, el humo de la leña, de las lámparas de aceite y del tabaco ha oscurecido las paredes. A veces siento como si Al y yo estuviéramos viviendo en una casa encantada por los fantasmas de nuestros padres y abuelos y todos los capitanes de barco con sus esposas e hijos. Todavía sigo manteniendo abierta la puerta entre la cocina y el cobertizo para que las brujas se muevan libremente.

Fantasmas y brujas alrededor. La idea me resulta extrañamente reconfortante.

Estos días, la casa está en silencio durante gran parte del tiempo. He llegado a pensar que el silencio es otro tipo de sonido. Después de todo, el mundo nunca se queda totalmente callado, ni siquiera en plena noche. Las camas chirrían, el lobo aúlla, el viento agita los árboles, el mar brama. Y, por supuesto, hay mucho que ver. En primavera observo a los ciervos que alzan el morro ante el viento, seguidos por los cervatillos moteados; a los conejos y mapaches en verano; en otoño pasa un alce trotando por un campo; en diciembre un zorro rojo destacado entre la nieve.

Las horas se acumulan como la nieve y retroceden como la marea. Al y yo seguimos nuestras rutinas. Nos levantamos cuando queremos, vamos a la cama cuando el cielo se oscurece. Unos horarios que no convienen a nadie más que a nosotros mismos. Nos agazapamos en otoño e invierno, ralentizando los latidos de nuestros corazones como si hibernáramos. Nos obligamos a despertar en marzo. En junio y julio comienzan a llegar automóviles cargados con las cosas y los equipajes de los veraneantes, que emprenden dirección opuesta en agosto y septiembre. Un año se convierte en el siguiente sin darnos cuenta. Cada temporada es más parecida a la anterior, con apenas pequeñas variaciones. Nuestras conversaciones giran a menudo en torno al clima: ¿Será este verano más cálido que el último? ¿Tendremos una helada temprana? ¿Cuántos centímetros de nieve nos encontraremos en diciembre?

Esta vida nuestra no es más que una larga espera.

En verano suelo levantarme antes del amanecer, enciendo la cocina Glenwood y preparo gachas. Es rara la noche que duermo de un tirón, las piernas me palpitan incluso en sueños. Me sirvo una taza de avena y la tomo en la oscuridad, escuchando los sonidos de la casa, las gaviotas graznando en el exterior. Cuando Al entra en la cocina, le lleno un tazón de gachas y se lo lleva a la mesa, donde las espolvorea con una cucharada del azúcar que guardamos en uno de los frascos de vidrio de mamá.

—Bien, supongo que es hora de ordeñar —dice cuando termina. Lleva el recipiente al fregadero, en la despensa, y acciona la bomba.

—Puedo lavarla yo —protesto a veces—. Tienes otras tareas.

Pero siempre se ocupa de su taza y de la mía.

—No me importa.

Cuando él se dirige al establo, me siento en mi vieja mecedora y miro por la ventana hacia la carretera que une por un lado el pueblo y por el otro el río St. George, recorriendo la costa. El sol brilla sobre el agua y el viento sacude la alta hierba. Andy suele aparecer a media mañana y se va al piso de arriba. Baja para almorzar y se marcha por la tarde. *Topsy* y los gatos van y vienen a su antojo por la puerta entornada. A veces, un amigable puercoespín sube los escalones, atraviesa la cocina y desaparece en la despensa. Podría dormirme y despertar con un ronroneo, que en mi sueño parece el de un motor lejano. *Lolly*, al verme parpadear, sube hasta mi cara, hincándome las patas en el hombro. Paso la mano por su pecho, sintiendo a través del cálido pelaje el rápido zumbido de su corazón.

Cuando el día avanza un poco, arranco las malezas del jardín y podo las flores, brillantes amapolas y pensamientos, y una gran variedad de flores de guisante de tonos azules, anaranjados y magentas. Los geranios rojos crecen exuberantes en unas latas de manteca Spry y en ollas viejas pintadas de azul. Lleno los floreros con las lilas blancas que llevan más de cien años creciendo junto a la casa y las mezclo con las rosas rosadas favoritas de Al. Me fijo en los gatos, que se estiran al sol, parpadeando con pereza. No me imagino deseando estar en otro lugar.

Pero en invierno, cuando hace tanto frío de madrugada que mi respiración forma vaho incluso mientras estoy acostada en la cama, cuando llegar a la granja requiere una azada para cortar la capa de hielo que cubre la nieve, cuando el viento azota las ramas de los árboles y el cielo es tan aburrido como una piedra, resulta difícil entender por qué alguien querría vivir aquí. Calentar esta vieja casa es como intentar conservar el calor dentro de una trampa para langostas. Las tres estufas necesitan ser alimentadas constantemente. Se requieren once cargamentos de leña para mantener el fuego encendido hasta la primavera. La oscuridad llega muy pronto al no disponer de electricidad. Antes de acostarnos, Al alimenta las estufas para mantener las brasas toda la noche. Caliento ladrillos en el horno, los envuelvo en toallas y los deslizo entre las sábanas. Son muchas las noches que estamos en cama a las ocho, mirando el techo en habitaciones distintas.

Me pregunto si es nuestra naturaleza la que dicta las decisiones que tomamos o si elegimos vivir de cierta manera debido a circunstancias que escapan a nuestro control. Quizás estas preguntas son imposibles de responder ya

que, como una maraña de algas en una roca, están enraiza-
das en nosotros. Pienso en lo que hace que los Hathorn,
aquellos que estaban firmemente decididos a dejar el pasado atrás, o nosotros, sus descendientes y herederos de su
adversa tenacidad, estemos tan determinados una generación tras otra a terminar enterrados en el cementerio que
aguarda en la parte baja del campo.

Llega una postal con sello de Tokio: una vista panorá-
mica de un puente arqueado que conduce a una mansión
de tejado curvo. «Nijubashi: entrada principal al Palacio
Imperial», reza en inglés, junto a una retahíla de caracteres
orientales. Aunque no se diferencia mucho de la media docena de tarjetas que he recibido en los últimos meses de 1945,
el mensaje escrito por John sí supone una sorpresa: «¡Tía
Christina, por fin vuelvo a casa!»

Mi vieja amiga Sadie Hamm también tiene algo que
celebrar: aunque su hijo Clyde ha resultado herido, regresa a casa con solo una herida superficial en el brazo y un
poco de metralla en las piernas. Me cuenta la noticia llorando.

—Podría haber sido muy diferente —me dice—. Cuando pienso en lo que tienen que soportar otros...

Dos de los hijos de Bertha Dorset, de la oficina de correos, fueron reclutados por el ejército y el más joven murió
en Francia. El sobrino de Gertrude Gibbons, que creció en
Rockland y fue entrenado como piloto de combate, murió
en el Pacífico. Después de ver a los soldados en el Boston
Common hace tantos años, jamás hubiera adivinado que
nos engulliría otra guerra mundial. No podía imaginar
cuánto más podíamos perder.

—Creo que deberías enviarle una nota a Gertrude —me
sugiere Sadie con suavidad—. Significaría mucho para ella.

—Ya.

—Ha pasado mucho tiempo.

—Sí.

Pero aunque lo lamento por Gertrude, sé que no lo voy a hacer. Soy demasiado vieja y demasiado obstinada. Su entrometida falta de sensibilidad ha sido algo que nunca he podido perdonarle.

Si soy sincera, es algo más profundo. Gertrude se ha convertido en la representación de todas las personas que me han compadecido, que nunca han tratado de entenderme, que me han abandonado. Ella proporciona una salida honorable a mi amargura.

Son necesarias varias semanas para que John llegue en barco desde Japón hasta Treasure Island y, desde allí, en ferry a San Francisco, más otros cinco días en un tren hasta Boston, donde es oficialmente licenciado por la Marina las navidades de 1945. Se presenta en casa con el uniforme precisamente el día de Navidad, con un montón de medallas colgadas del pecho, una caja de caramelos llamados Konpeito y una recién adquirida inclinación por los abrazos, nada propia de los Olson.

John está más alto y delgado, duro como el pedernal, pero sigue siendo tan educado y amable como siempre.

—Apenas puedo esperar a sacar la barca del cobertizo y salir a pescar langostas —me dice—. He echado de menos este lugar.

Una vez que se instala, no pierde el tiempo. En la primavera de 1946 se compromete con una joven de la zona llamada Marjorie Jordan.

—Vendrás a la boda, ¿verdad, tía Christina? —me implora, tomando mi mano.

¿Cómo voy a asistir a una boda cuando apenas puedo caminar?

—Cariño, no me necesitas allí.

—¡Claro que sí! Vendrás aunque tenga que llevarte yo mismo.

Le indico que se acerque. No sé qué decirle, pero saber que quiere que asista me conmueve.

—Me alegro de que hayas sobrevivido —le digo cuando se agacha junto a mí.

Se ríe y me besa en la mejilla.

—Yo también me alegro. Entonces, ¿vendrás?

—Iré.

Sadie aplaude cuando le doy la noticia.

—¡Qué bien! De acuerdo, tenemos que encontrar un vestido. Te llevaré a Rockland.

—No pienso ir a ninguna tienda. Lo coseré yo misma.

Me mira con cierta vacilación.

—¿Cuánto tiempo hace que no coses nada?

—Supongo que bastante. —Le enseño las palmas de mis nudosas manos—. Se ven espantosas, pero me funcionan bien.

—Si insistes... Te llevaré a comprar la tela —dice con un suspiro.

A la mañana siguiente, Sadie me ayuda a subir a su Packard color crema y me lleva al Senter Crane en Rockland. En el trayecto empiezo a preocuparme. ¿Cómo voy a moverme cuando lleguemos?

—Iré en busca de algunas muestras, ¿de acuerdo? —me propone, como si me hubiera leído la mente—. ¿Qué te gustaría?

Suelto el aliento que no sabía que estaba conteniendo.

—Seguramente sea lo mejor. ¿Qué te parece una seda floreada?

—Perfecto.

La veo entrar por la puerta giratoria. Diez minutos más tarde sale con un modelo de vestido y tres cortes de tela.

—Por culpa del racionamiento no hay seda —me explica—. Sin embargo, he encontrado algunas opciones decentes. —Me entrega las muestras: un fondo azul con puntos oscuros, un rayón lleno de flores y paño de algodón rosa. Elijo el rosa, por supuesto.

En casa, en el comedor, extiendo la tela sobre la mesa y estudio la imagen que hay en la portada de la revista de patrones: una mujer delgada y elegante —que no se parece nada a mí— con un vestido que consta de un corpiño ajustado y una larga falda de tablas. Saco el endeble patrón doblado de la envoltura y lo coloco sobre la tela. Mientras recojo el cesto de costura, se enrosca sobre sí mismo e intento estirarlo. Me sorprende ver que me tiemblan los dedos. Con mucho esfuerzo logro dibujar el patrón en la tela. Lo corto con las pesadas tijeras plateadas, pero la línea es irregular. Cuando abro la máquina de coser, permanezco sentada ante ella durante unos minutos, pasando la mano por sus curvas y tocando la todavía afilada aguja con el dedo.

De repente, tengo miedo. Temor a arruinar el vestido.

Me siento en la mecedora. No se trata solo del vestido, ni de mis manos achacosas; es todo. Temo por mi futuro, consciente de que se avecina un inevitable deterioro. Tendré que depender de los demás. Pasaré el resto de mi vida en esta casa que para mí no es más que una cáscara rota.

Cuando Sadie viene de visita unos días después, pasa el dedo por la errática línea de pespunte y examina el corte desigual.

—Has empezado —constata con suavidad—. ¿Te parece bien si se lo llevo a Catherine Bailey, en Maple Juice Cove, para que lo termine? —No me mira a los ojos. Sé que no quiere hacerme sentir vergüenza. Asiento con la cabeza—. Perfecto —dice, plegando con cuidado el patrón y el tejido, reuniendo los carretes de hilo rosa y las instrucciones.

Saca la cinta métrica amarilla de mi costurero y me rodea la cintura, las caderas, el pecho y anota los datos en un papel. Luego lo mete todo en una bolsa.

Varias semanas después, estoy sentada en la cocina, luciendo el vestido nuevo y a punto de salir para la boda, cuando Andy se presenta sin avisar, como de costumbre.

Se detiene bruscamente y me estudia de pies a cabeza.

—¡Dios mío, Christina! —Se acerca y pasa la mano por la manga—. Es magnífico —susurra—. Como la cáscara descolorida de una langosta.

1922-1938

Ahora en verano, voy a Grange Hall, en Cushing, casi todos los viernes, pero en lugar de balancearme al ritmo de la música y charlar con mis amigos mientras nos empujan alrededor de la pista de baile, bromeando y riendo, saliendo los más osados al exterior para fumar cigarrillos o dar sorbos a una botella, he sido relegada al papel de dispensadora de ponche, cortadora de pasteles o repartidora de melaza de galleta. Recojo las servilletas sucias y lavo vasos en el fregadero que hay detrás de un tabique. La mayoría de las mujeres que se ocupan de estas cosas son mayores que yo y están casadas. Hay pocas jóvenes de mi edad: las solteronas que no tienen hijos.

No me acostumbro a ello y no estoy segura de conseguirlo nunca. Durante un tiempo, continúo llevando mis zapatos de vestir en una bolsa como he hecho siempre, y me los pongo en cuanto llego. Pero una noche, cuando hace mucho calor en el salón, me excuso en la mesa donde estoy ayudando y salgo a la calle. Una vez allí, me bajo las medias y me descalzo para ponerme los zapatos bajos que uso para caminar. ¿Qué más da el calzado?

Un húmedo viernes de agosto, mientras me dirijo a Grange Hall con Fred y su prometida Lora, llevando un vestido blanco que terminé de coser horas antes según un nuevo patrón de McCall, meto el pie en un bache de la carretera. Aunque adelanto las manos para amortiguar la caída, mis brazos no son suficientemente estables para soportar mi peso. Impacto pesadamente contra el barro y la grava, rasgando las mangas y arañándome la barbilla.

—¡Oh! —exclama Fred, inclinándose hacia mí—. ¿Estás bien?

Tengo sangre en la barbilla y los oídos me zumban mientras estoy boca abajo, con el vestido que he tardado semanas en coser mojado y sucio. La falda se amontona alrededor de mis caderas, dejando expuestas las bragas y las piernas deformes. Me incorporo lentamente apoyándome sobre los codos, y examino el corpiño desgarrado. De repente me siento muy cansada de todo lo que me rodea —de la constante amenaza de la humillación y el dolor, del miedo a verme expuesta, de tratar de actuar como si fuera normal cuando no lo soy— y rompo a llorar. Quiero decir que no, que no estoy bien. Que me he manchado y me siento degradada, abochornada. Que sé que soy una carga y una vergüenza.

—¿Puedes levantarte? —pregunta Lora con amabilidad, a mi lado. Se agacha—. Deja que te ayude.

Vuelvo la cara.

—No pareces tener nada roto —murmura Fred, pasando sus manos de granjero experto por mis muñecas y tobillos—, pero me temo que vas a tener algunos moretones e inflamaciones, pobrecita. —Me dice que flexione las manos, pero no es un movimiento que me resulte fácil, ni siquiera cuando no estoy dolorida—. Probablemente tengas un esguince —añade con una mueca—. No es que sea bueno, pero podría ser peor.

Lora espera conmigo mientras Fred corre de vuelta a casa en busca del coche. Una vez de regreso, me ayudan a entrar y a subir a mi habitación, donde Lora me echa una mano discretamente para desvestirme y ponerme el camisón. Fred me lava con suavidad la cara y los brazos. Una vez que se marchan, me deslizo entre las mantas y me vuelvo hacia la pared.

¿Cómo he pasado con tanta rapidez de ser la doncella en un cuento de hadas a una desgraciada solterona? Ha ocurrido sin que me dé cuenta. Mamey me dijo una vez que, en sus tiempos, cuando una mujer no se había casado al cumplir los treinta, decían que se había quedado para vestir santos, una expresión católica y despectiva que aludía a que era peor vestir santos que desvestir borrachos. Es lo que decían de Bridget Bishop, que vestía santos, me contaba. Y yo me he convertido en lo mismo.

Cuando la salud de mi madre se vuelve tan precaria que necesita un dormitorio independiente, me ofrezco a renunciar al mío. Ella tiene muchos dolores, problemas renales y las piernas hinchadas por la retención de líquidos. Ha empezado a dormir sentada con la espalda recta en una silla del salón. Me traslado entonces a la planta baja, donde una esterilla en el suelo del comedor que enrollo cada mañana y guardo en el armario se convierte en mi cama. No es tan malo; estoy más cerca de la cocina y el retrete, en secreto siento un gran alivio de no tener que subir la escalera.

Por las mañanas preparo la comida del mediodía y la llevo a la mesa redonda de roble del comedor, donde comemos papá, Al y yo, y además preparo un plato aparte que Al lleva arriba a mamá. Horneo y cuezo patatas, judías verdes, pollo, pavo o jamón, guiso carne de vacuno con zanahorias, acompañado de cebollas y patatas. Cada pocos días hago pan con masa fermentada. Miro cómo crece en el horno, lo pincho y lo vigilo. En verano y otoño recojo las bayas de los arbustos y las fresas que crecen en el jardín para hacer mermeladas y jaleas, pasteles y tartas.

Dividimos las tareas, como han hecho siempre las familias de granjeros. Al alimenta a las gallinas, caballos y cerdos, corta la leña en otoño, hace la matanza cuando comienza el frío, corta el hielo en invierno. Yo recojo los huevos y Al me lleva al pueblo para venderlos. Se hace la siembra de forma que el Cuatro de Julio tenemos guisantes y en septiembre un campo de maíz. Las gaviotas suelen hacer estragos en los cultivos, por lo que Al mata algunas y las cuelga en los postes como advertencia. Durante la temporada de verano, recoge el heno y yo lo contemplo desde la ventana del comedor con su visera, segándolo a mano con seis hombres que contrata durante el día, que recogen el heno recién cortado. Luego lo llevan al granero, donde lo atan en fardos y lo guardan, obligando a las golondrinas a abandonar sus nidos.

A finales de julio y principios de agosto es la temporada de los arándanos. Al utiliza un pesado rastrillo de acero para cosechar a mano las pequeñas bayas oscuras de los arbustos. Es un trabajo agotador, inclinado sobre las plantas al sol ardiente mientras va lanzando los frutos en una caja de madera que luego tendrá que trasladar. Durante todo el verano tiene la nuca quemada, los nudillos raspados y llenos de cicatrices y un dolor constante en la parte baja de la espalda.

Aparte de las reuniones sociales en Grange Hall, de frecuentar de vez en cuando el grupo de costura y de alguna visita ocasional a Sadie, no veo a mucha gente. La mayoría de mis antiguas amigas y conocidas están ocupadas con sus nuevas vidas y maridos. En cualquier caso, no tengo demasiado en común con la mayoría de las chicas con quienes fui a la escuela, que se han casado y han tenido hijos. Puedo decir que, cuando coincidimos, solo hablan de sus maridos y de los embarazos. Pero esa diferencia solo sirve para poner de relieve lo que ha ocurrido siempre: nunca he compartido ni su agilidad de movimientos ni su risa rápida. Mi carácter siempre ha sido más irónico, raro y difícil de comprender.

De vez en cuando, paso las hojas azules del pequeño volumen de poemas de Emily Dickinson que mi maestra, la señora Crowley, me regaló. Recuerdo las palabras que me dijo cuando salí de la escuela: «Tu mente, tu curiosidad, serán las que te salven.»

A veces es así, y a veces no.

Sin nadie con quien comentar los poemas, tengo que analizar yo sola su significado. Es frustrante no poder hablar con nadie, pero también resulta extrañamente liberador. Los versos pueden significar lo que yo quiera.

Mucha locura es el mejor juicio
para el ojo avezado.
Mucho juicio, la locura más cruda.
En esto, como en todo,
es la mayoría lo que prevalece.
Si asientes, estás cuerdo,
si objetas, entonces eres peligroso
y te atan con una cadena.

Imagino a Emily sentada en su pequeño escritorio, de espaldas al mundo. Debe de haberles parecido una mujer muy extraña a quienes la rodeaban. Un poco desquiciada. Incluso peligrosa, tal vez, al afirmar que son las personas que llevan una vida convencional las que están locas.

Me pregunto sobre la cadena que la ataba. Me pregunto si sería la misma que la mía.

Mis gatos, como es natural, tienen gatitos. Al los lleva en una caja al pueblo y regala todos los que puede, pero en poco tiempo estoy alimentando una docena. Se frotan contra mis tobillos, maullando y bufándose a veces los unos a los otros. Mi hermano se queja de ello mientras los empuja fuera de la mesa con la mano, o los aleja de una patada cuando se enrollan alrededor de sus piernas, murmurando que la solución del problema es meterlos en un saco con piedras y lanzarlos al mar.

—Son demasiados, Christie, tenemos que deshacernos de ellos.

—¿Ah, sí? Entonces, ¿qué voy a hacer? ¿Hablar en una casa vacía?

Se muerde el labio y se dirige al granero.

Una noche, estoy acostada en mi estera en la oscuridad del comedor cuando escucho arriba una conmoción, justo encima de mí. En la habitación de mi madre. Me incorporo con rapidez, tomo a tientas una vela y me dirijo al vestíbulo.

—¿Mamá? —la llamo—. ¿Estás bien?

No hay respuesta.

Al está fuera con Sam, jugando a las cartas. Mi padre está dormido en su habitación, y tampoco sirve que lo despierte, dado que su estado es todavía más frágil que el mío. Hace meses que no subo, pero ahora tengo que hacerlo. Me arrastro por los escalones lo más rápido que puedo, apoyándome en los codos. Cuando llego a la cima estoy sudando por el esfuerzo. Entonces me yergo y camino como puedo por el pasillo hasta la habitación de mi madre. Tras abrir la puerta, veo que está en el suelo, de rodillas, rebuscando a tientas en la colcha con expresión de pánico. Me parece que trata de subirse de nuevo a la cama, con el camisón amontonado alrededor de los muslos.

Se vuelve y me mira desconcertada.

—Estoy aquí, mamá. —Trastabillando en la oscuridad, me dejo caer en el suelo, a su lado. Trato de ayudarla a levantarse con las manos, los codos y hasta con el hombro, pero es un peso muerto, como un saco de harina, y no logro ningún avance.

Comienza a sollozar.

—Solo quiero volver a la cama.

—Lo sé —digo. Me siento impotente e irritada; conmigo misma por ser tan débil y con Al por salir. Después de unos minutos, su llanto se convierte en gemidos y apoya la cabeza en mi regazo. Le bajo el camisón y le acaricio el pelo.

Un rato después, quizá quince minutos o tal vez media hora, se abre la puerta principal en la planta baja.

—¡Al! —grito.

—¿Christie? ¿Dónde estás?

—Arriba.

Sube los escalones y abre la puerta. Percibo su confusión cuando ve a nuestra madre derrumbada en el suelo, con la cabeza apoyada en mi regazo.

—¿Qué ha pasado?

—Se ha caído de la cama y no puedo levantarla.

—¡Santo Dios misericordioso! —Al se acerca y la levanta con ternura para depositarla sobre el colchón, luego la cubre con la colcha y le besa la frente.

Después me ayuda a bajar las escaleras para regresar a la esterilla en el comedor.

—Ha sido terrible —le digo—. No puedes dejarme sola con ella de esa manera.

—Papá también está en casa.

—Sabes que él no es de mucha ayuda.

Al se queda en silencio un momento.

—Christie —dice finalmente—, necesito una vida propia. No es mucho pedir.

—Podría haber muerto.

—Bueno, pero no ha sido así.

—Ha sido muy duro para mí.

—Lo sé. —Suspira—. Lo sé.

Varios meses más tarde, una semana después de Acción de Gracias, me despierto temprano, como de costumbre, para avivar el fuego en la cocina y comenzar el proceso de elaboración del pan. Las tablas del suelo del primer piso chirrían por encima de mi cabeza con los sonidos que hace Al cuando se levanta y se viste antes de ir a la habitación de papá para ver cómo está. Oigo las voces amortiguadas, la más ronca de nuestro padre y el timbre tenor de mi hermano. Mezclo una cucharada de harina con sal en un recipiente de barro moviendo las manos con suavidad mientras dejo volar mis pensamientos planificando el día; escabeche de remolacha y lonchas de jamón, calentar el horno para la comida del mediodía, hacer galletas de jengibre si tengo tiempo, reparar... Añado una cucharada de levadura a la mezcla, otra de melaza y agua caliente de la olla que he puesto en los fogones, y comienzo a amasar, doblando la masa.

Arriba, Al llama a la puerta de mamá o quizá solo lo imagino, por lo acostumbrada que estoy a su rutina. Y entonces oigo que grita varias veces «¡Mamá!».

Miro al techo sin quitar las manos de la masa.

Al baja corriendo y se materializa, jadeante, en la cocina.

—Se ha ido, ¿verdad? —susurro.

Asiente con la cabeza.

Me dejo caer de rodillas.

Al día siguiente, Lora trae una corona de duelo para colgar en la puerta principal. Es redonda y negra, con largas cintas y flores artificiales en el centro. Mi madre la hubiera odiado. No le gustaban las flores falsas, y a mí tampoco.

—Es para indicar al resto de la comunidad que la familia está de duelo —explica Lora al verme con el ceño fruncido.

—Sospecho que ya lo saben —digo.

El viento sopla con fuerza toda la noche, barriendo hacia el mar la mayor parte de la nieve. Los vecinos caen sobre la casa como cuervos, en grupos de dos o tres, con largas bufandas y abrigos negros. Tras entrar, cuelgan sus prendas en los percheros que hay en el vestíbulo. Más allá, el cuerpo de mi madre reposa en la habitación de las conchas. Las mujeres bullen en la cocina; saben qué hacer en una situación así: lo que siempre han hecho. Aquí está Lisa Dubnoff, desenvolviendo una hogaza de pan de especias. Mary-Violet Verzaleno, cortando el pavo. Annabelle Weinstein, lavando los platos. Los hombres meten las manos en los bolsillos mientras hablan sobre el precio de la langosta, mirando el horizonte con los ojos entornados. Veo a algunos a través de la ventana, fumando cigarrillos y pipas en el patio, moviendo los pies con los hombros encorvados mientras se pasan una petaca.

Estos vecinos desgranan la piedad en tus oídos como si fuera agua helada. Todas sus frases están llenas de palabras sin sentido. «Preocupados por ti...», «Lo lamento por ti...», «Ten fuerza...». Las mujeres dejan de hablar en la cocina en cuanto yo entro, pero he oído sus susurros: «Oh, Señor, ¿qué va a hacer Christina sin su madre?» Me dan ganas de decirles que mi madre no estaba presente desde hace mucho tiempo; que estaré bien. Pero no existe una manera de comunicárselo sin parecer fría y dura, así que permanezco en silencio.

El tercer día por la tarde, nos reunimos alrededor del ataúd de mi madre para enterrarla en el cementerio de la familia. El viento nos azota, y el cielo presenta un tono gris, amarillento como una membrana. El reverendo Carter, de la iglesia baptista de Cushing, abre la Biblia y se aclara la garganta. Cuando se vive en una granja, dice, se es muy consciente de que las criaturas de Dios nacen desnudas y solas. Que pasan poco tiempo en esta tierra y sufren hambre, frío, persecuciones, pesar y falta de libertad. Cada uno experimenta momentos de duda, de desesperación, de tener demasiadas presiones. Pero se encuentra consuelo en entregarse al Señor y aceptar sus bendiciones. Lo mejor que podemos hacer es apreciar las maravillas de la tierra verde de Dios, tratar de evitar la calamidad y creer en Él.

Este sermón resume la vida de mi madre quizá demasiado bien, a pesar de que hace poco por mejorar el estado de ánimo general.

Antes de alejarnos de la tumba, Mary entona el himno favorito de mamá:

Oh, what joy it will be when His face I behold,
Living gems at His feet to lay down;
It would sweeten my bliss in the city of gold,
*Should there be any stars in my crown.**

---

* ¡Oh, qué alegría veré en Su cara cuando me vea!/Vivir junto a las gemas de sus pies/endulzará mi dicha en la ciudad de oro,/serán estrellas en mi corona. (*N. de la T.*)

La hermosa voz de Mary asciende y flota en el aire, y cuando llega al final casi todos estamos llorando. Yo también, aunque todavía no sé lo que se supone que representan esas estrellas. Supongo que mi error es pensar que representan algo.

Una mañana de julio estoy sentada en mi mecedora, en la cocina, como de costumbre, cuando siento un golpe en la ventana. Levanto la vista y veo a una niña de pelo castaño y liso y grandes ojos oscuros. Me mira fijamente. Señalo la puerta con la cabeza y ella se acerca al umbral antes de cruzarlo con cautela.

—¿Sí?

—Quería ver si podía pedirle un vaso de agua. —Lleva un vestido camisero blanco y va descalza. Está alerta, pero es evidente que no siente miedo, como si estuviera acostumbrada a entrar en casas de extraños.

—Sírvete tú misma —la invito, señalando la bomba de mano que hay en la despensa. La veo echar un vistazo furtivo alrededor antes de desaparecer por la esquina.

Desde mi mecedora oigo el chirrido del pesado brazo de hierro al moverse arriba y abajo, y luego el gorgoteo del agua.

—¿Puedo usar una taza? —pregunta.

—Por supuesto.

Regresa de la despensa bebiendo de una taza blanca con la porcelana desconchada.

—Está buena —comenta, dejando la taza sobre la mesa—. Soy Betsy. Me quedaré con mis primos durante el verano, tienen una casa junto a la carretera. Y usted debe de ser Christina.

No puedo evitar sonreír ante su franqueza.

—¿Cómo lo has sabido?

—Me han dicho que en esta casa solo vive una mujer, y que se llama Christina, así que he supuesto que es usted.

Lolly, que estaba frotándose contra mis tobillos, salta a mi regazo. La niña le acaricia debajo de la barbilla hasta que empieza a ronronear, y luego mira a los demás gatos que pululan por la cocina. Es la hora del desayuno.

—Tiene muchos gatos.

—Así es.

—Solo la quieren porque les da de comer.

—No es cierto. —*Lolly* se tumba y ofrece su vientre para que siga acariciándola—. Supongo que no tienes gato.

—No.

—¿Tienes perro?

Asiente con la cabeza.

—Se llama *Pecas*.

—El mío, *Topsy*.

—¿Dónde está?

—Seguramente en los campos, con mi hermano Al. No le gustan demasiado los gatos.

—¿A su hermano o a su perro?

Me río.

—Supongo que a ambos.

—Bueno, a los chicos no les gustan los gatos.

—A algunos sí.

—No a muchos.

—Pareces muy segura de tus opiniones —comento.

—Pienso mucho las cosas —asegura—. Espero que no le importe que se lo pregunte, pero ¿qué le pasa?

Me he pasado la vida poniéndome en guardia ante esa pregunta, pero la niña parece tan francamente llena de curiosidad que me siento impulsada a responder.

—Los médicos no lo saben.

—Cuando nací —me confía ella—, mis huesos tenían una especie de deformación. Tuve que hacer muchos ejercicios para mejorar. Todavía los tengo un poco torcidos, ¿lo ve? Los demás niños se burlaban de mí. —Se encoge de hombros—. Ya sabe.

Yo también encojo los hombros. Lo sé.

La niña señala con la barbilla el aparador.

—Tiene un buen montón de platos sucios. Quizá podría echarle una mano. —Se acerca al mueble, coge la vajilla y lleva las piezas al enorme fregadero de hierro fundido que hay en la despensa.

Y luego, para mi sorpresa, los lava.

Cuando muere papá, a los setenta y dos años, en 1935, lleva tanto tiempo enfermo y ha sido tan infeliz que su muerte es un alivio. He hecho lo que he podido durante décadas para cuidar a ese hombre que puso fin a mi educación académica cuando tenía doce años, que dilapidó la fortuna de la familia buscando una solución médica en lo que no era más que una estafa, que esperaba que su única hija —que padece una enfermedad tan debilitante como la suya— se ocupe de su casa sin agradecérselo ni una sola vez. Le daba de comer y lo limpiaba, le lavaba la ropa sucia, soportaba su mal aliento, pero él solo veía su propia incomodidad.

Tengo que recordarme a mí misma que una vez fue un hombre amable, justo y fuerte.

Cuando mis hermanos y sus esposas llegan a la casa, establecemos las ya familiares tradiciones del duelo, sirviendo té y trozos de pastel de limón, aceptando las condolencias y cantando los himnos pertinentes. Lo velamos en la habitación de las conchas y lo enterramos en el cementerio de la familia. De pie ante la tumba de mi padre, recuerdo cómo había degenerado su condición al final, encogido en la silla de ruedas en el salón con el trozo de antracita encerrado en el puño mientras miraba por la ventana, hacia el mar. No sé lo que anhelaba, pero puedo adivinarlo. La fuerza de su juventud. La capacidad de ponerse en pie y caminar. La familia que dejó atrás en su tierra de origen, a la que nunca regresó. Una idea clara de adónde pertenecía, quién era y por qué. ¿Se arrepentiría de los cálculos que hizo cuando la tierra se extendía a sus pies y que lo redujeron finalmente a este punto de esa tierra?

Aunque viví con este hombre durante toda mi vida, jamás llegué a conocerlo bien. Era como una bahía congelada, con una corteza de hielo alrededor de varias capas de profundidad que no permitían llegar a su interior.

Después de que todos los asistentes se vayan, me llama la atención el inmenso vacío que hay en la casa, que se extiende por las tres plantas y la buhardilla. Casi no se usa ninguna habitación. Sam y Fred han establecido sus propias granjas y comienzan a ser socios en algunos negocios de madera y fabricación de paja. Ahora solo estamos aquí Al, yo y la silla de ruedas, que ocupa su lugar en la habitación de las conchas.

—Si la quieres, es tuya —ofrece Al—. Todavía está bien.

Miro el desagradable artilugio, con su flácido asiento de colores y las ruedas oxidadas.

—No me gusta esa silla. No quiero volver a verla.

—Abre mucho los ojos. Creo que es la primera vez que lo digo en voz alta.

Mi hermano permanece allí un momento, dando caladas a la pipa antes de acercarse a la estufa de leña para vaciar las cenizas.

—De acuerdo. Vamos a deshacernos de ella

Miro cómo la arrastra por la puerta delantera, empujándola para bajar los escalones. Al aterrizar en el suelo se tambalea y cae de lado. Luego mi hermano desaparece en el granero y regresa unos segundos después con *Tessie* empujando un carro pequeño. Tira del arnés hasta detener al animal cerca de la silla y la sube al carro. Luego se quita el sombrero y me mira con una sonrisa antes de conducir la yegua hacia la cala.

Media hora después, veo a través de la ventana que Al regresa con *Tessie* por el campo. El carro está vacío.

—¿Qué has hecho con ella? —pregunto cuando entra en la cocina.

Se sienta en una mecedora, se quita la gorra y la coloca en el banco, frente a él. Saca la pipa del bolsillo de la chaqueta y una bolsita de tabaco. Busca en el pantalón una caja de cerillas. Tras coger unas briznas de tabaco, las mete en la cazuela y las presiona con el dedo. Luego añade más tabaco y vuelve a aplastarlo. Entonces, se lleva la pipa a la boca y la enciende, ahuecando la mano alrededor para proteger la llama. Da unas caladas hasta que tira y luego se queda allí, inhalando el humo que luego expulsa por la nariz.

Sé que no debo presionarlo. De todas formas, tenemos todo el tiempo del mundo.

—¿Sabes el camino que lleva al túnel misterioso? ¿El acantilado que hay debajo? —pregunta al fin.

Asiento con la cabeza.

Da una calada, se saca la pipa de la boca y expulsa una bocanada de humo.

—Puse la silla en la parte superior de la roca y la empujé.

—Perfecto —digo—. Bien hecho. ¡Que se vaya!

—¡Que se vaya!

Durante el resto de mi vida, imaginaré la silla de ruedas aplastada y oxidada en el agua cerca del túnel misterioso, el lugar donde una vez se me abrió el mundo de la magia, de las posibilidades, pero que con los años ha llegado a significar algo más. Un lugar donde Walton me hizo creer en sus falsas promesas. Un camino sembrado de anticipación que terminó en un acantilado donde se estrellaron mis sueños. Un tesoro que desapareció cuando estaba a punto de alcanzarlo.

La silla de ruedas, como el oro de los tontos, yace en las profundidades.

—¿Son ciertos los rumores? —pregunta Sadie un día en mi cocina, dejando un plato de pollo en la mesa—. He oído que Al se ha fijado en la nueva maestra de la Wing School.

Se me pone piel de gallina.

—¿De qué hablas?

—De Angie Treworgi. Creo que ese es su nombre. Es amiga de Gertrude Gibbons.

¿Amiga de... Gertrude Gibbons?

—No he oído nada al respecto.

—Al sería un marido maravilloso para alguna chica afortunada, ¿no crees?

—No, no lo creo —digo con rigidez.

Al ha empezado a salir tres o cuatro noches a la semana, por lo general para unirse a la partida de cartas que hay en Fales. Sabe que no me gusta estar sola por la noche, pero va igual. Los sábados conduce a menudo hasta Thomaston, donde las tiendas y bares permanecen abiertos hasta las nueve. O por lo menos, eso me dice. Ahora me pregunto si, en realidad, va a casa de Gertrude Gibbons.

No le menciono lo que he oído sobre la maestra, pero durante varios días lo castigo con mi silencio. Aunque él no me pregunta nada.

No oigo más noticias sobre ninguna mujer hasta unas semanas después, cuando Al menciona de forma casual que va a ayudar a un hombre que vive con su hija cerca de Hathorn Point.

—Podría darle algo de leña —comenta—. Les he dicho que más adelante cortaré unos cuantos troncos para ellos.

—¿Qué edad tiene la hija? —pregunto.

—¿Qué?

—Ya me has escuchado.

—¿Por qué quieres saberlo?

—Curiosidad.

Él me mira mientras se rasca la cabeza.

—Lo bastante mayor para que sea de mala educación preguntarle la edad.

—¿Más o menos los mismos años que tú?

Mueve los pies.

—Bueno, no.

—¿Unos cuarenta?

—Yo diría que no.

—¿Está casada?

—No, divorciada —confiesa con un suspiro.

—Ya veo.

Unos días más tarde, abordo a Sadie.

—¿Qué sabes de una mujer divorciada que vive en Hathorn Point?

—¿Te refieres a Estelle Bartlett?

Me encojo de hombros.

—¿Vive con su padre?

—Sí.

Sadie se inclina hacia mí.

—Se rumorea que ha estado casada tres veces ya, cada vez con alguien más mayor y más rico. Pero quién sabe, podría ser un chisme. Sin embargo, parece estar bien situada. Le ha comprado a su padre un flamante Pontiac. ¿Por qué lo preguntas?

—Al está haciendo algunos trabajos para su padre.

Sadie me mira con los ojos brillantes.

—Es una mujer muy guapa, con el pelo castaño y rizado. ¡Qué demonio ha resultado ser tu hermano! Bien por él.

Al mantiene su rutina. Hace sus tareas en la casa y en el granero. Pero luego va y viene a su antojo.

El Cuatro de Julio, el día del picnic anual en la orilla de Little Island, amanece soleado. Mi cuñada Mary se encarga de la vinagreta de zanahorias y del pastel de ruibarbo; Lora, del pollo frito y de los panecillos de levadura recién hechos. Hemos reunido mantas y gorros, cubiertos y platos, y los hemos metido en cestas para ir a la playa. Este año solo me corresponde hacer galletas, que horneo en cuanto me levanto. Cuando comienzan a aparecer los demás, poco antes del mediodía, hay cinco docenas enfriando en la despensa. Me ha dado tiempo de cambiarme el delantal, que nunca logro tener limpio (en esta ocasión está manchado de harina y manteca de cerdo), y estoy sentada en la cocina cuando llegan.

—Tienes buen aspecto, querida —dice Lora.

—¿Verdad que sí? —corrobora Mary.

Sé que pretenden ser amables, pero su tono conciliador me hace sentir una anciana de cien años.

Mientras Lora guarda las galletas, Mary me ayuda a subir al coche. Conduce hasta la zona de césped, alejada del agua, donde sitúan una silla para mí a salvo de las traicioneras rocas. Una panda de chicos, formada por mis sobrinos y algunos de sus amigos, están ya en la playa, saltando desde las rocas, compitiendo entre gritos para ver quién llega más lejos o quién salta más. Sus voces se mezclan con el graznido de las gaviotas.

Con catorce años, mi sobrino John es el mayor del grupo. Lo veo subir desde la playa para sentarse conmigo un rato. Vemos cómo los demás juegan sobre la hierba: al pilla-pilla, a la gallinita ciega, al escondite... Trepan a los pinos y miran el horizonte como solíamos hacer Al y yo, como marineros en el mástil de un barco con un océano color amarillo debajo. Mientras, los adultos extienden las mantas, preparan el fuego y sirven el ponche de frutas, mirándonos con una sonrisa. Solo falta Al.

Después de un rato, oigo el familiar ronroneo del viejo Ford cerca de la casa. Cuando el sonido se interrumpe, me doy la vuelta y veo bajar a Al, que rodea el vehículo para abrir la puerta del pasajero. Se apea una mujer delgada y sonriente, de pelo rizado castaño claro. Debe de ser Estelle. Me da un vuelco el corazón. Al no ha dicho que fuera a traerla aquí.

—Vaya, vaya, mira eso... —comenta John—. Al tiene novia.

Se acercan por el sendero, Al un poco delante, sonriendo con timidez. Lleva una camisa blanca que nunca le he visto, y ella lo sigue con un vestido azul. Su andar es seguro mientras esboza una sonrisa de oreja a oreja, balanceando una cesta en una mano y un sombrero de paja en la otra. Quiero huir pero no puedo. Estoy atrapada como un zorro en una trampa, retorciéndome, presa del pánico.

—Hermoso día, ¿no? —dice Al, como si fuéramos conocidos que se encontraran en la ferretería.

—Sí, lo es —conviene John.

Miro a mi hermano de forma penetrante, sin decir nada.

Él se ruboriza y se aclara la garganta.

—Christina, te presento a Estelle. Creo que te comenté que estaba haciéndole algunos trabajitos a su padre.

—Hay tareas que hacer en casa —replico.

La sonrisa de Estelle se desvanece.

—¿Qué tal si nos acercamos a la orilla para que conozcas a los demás? —le dice Al.

Ella lo mira, luego nos hace un gesto de despedida con la cabeza a John y a mí.

—Encantada —susurra con un hilo de voz.

—Igualmente —responde John.

Ellos siguen su camino hacia abajo, hacia las rocas.

John aprieta los puños.

—Bueno, creo que voy a buscar otro trozo de pastel de ruibarbo.

Asiento con la cabeza.

—Tía Christina, ¿estás bien?

—Estoy bien.

—¿Quieres que te traiga algo?

—No, gracias.

Cuando John se aleja hacia el picnic, observo a Al y Estelle, que charlan sonrientes mientras señalan un velero, aceptando platos de comida. Siento que me arden las entrañas como un carbón al rojo vivo.

Lora sube a sentarse a mi lado, y entonces mi hermano Fred nos grita si queremos algo: una mazorca de maíz, un plato de almejas, una porción de pastel de arándanos. Sacudo la cabeza. No, no voy a comer. Sus voces alegres flotan en el cielo azul, sobre el agua cristalina, diciendo lo deliciosas que están las galletas y lo bonito que es el vestido de esa mujer.

En este mismo banco me senté con Walton... ¿cuántos años hace ya? Sé lo que están pensando todos.

«Pobre Christina.»

«Siempre queda al margen.»

Me siento humillada, avergonzada.

Sam sube y se sienta en la hierba, junto a mi silla.

—¿Qué te pasa? —me pregunta, dándome una palmada en la rodilla.

Miro su mano sobre mi pierna y luego a él. Retira los dedos.

—No me pasa nada —replico.

—Esto no está bien, Christina —suspira.

—No sé de qué me hablas.

—Estás arruinando el día.

—No estoy haciendo nada.

—Lo estás haciendo y lo sabes. Estás consiguiendo que Al sea muy infeliz.

—Si iba a traer a esa... esa lagarta... —me interrumpo bruscamente.

Sam pone su mano sobre la mía.

—No digas nada más. Es posible que luego te arrepientas.

—Es él quien se va a arrepentir.

—Venga —me reprende con firmeza—. ¿Acaso no crees que Al merece ser feliz?

—Creo que Al es feliz.

Se acuclilla.

—Mira, Christina, sabes que Al ha estado contigo siempre que lo has necesitado. Y siempre lo estará. Que le recrimines esta relación me parece un poco... mezquino.

—No estoy recriminándole nada. Solo me cuestiono su buen juicio.

Sam permanece conmigo un minuto más e intuyo que quiere añadir algo. Tiene las palabras en la punta de la lengua. Lo adivino, pero parece pensárselo mejor. Me acaricia de nuevo la rodilla y se levanta para regresar con los demás.

Unos minutos más tarde, Estelle y Al se dirigen al Ford, mirándome desde lejos cuando pasan a mi altura. Incluso los niños parecen desconfiar y me rodean cuando van a jugar en la hierba. Una hora después, Lora y Mary guardan las mantas y los alimentos sobrantes en las cestas. Cuando me recogen y me ayudan a volver al coche, no dicen nada, pero sus expresiones hablan por sí solas.

Mary y Lora me dejan en mi mecedora, en la cocina, y regresan al coche para traer algunas sobras envueltas en papel de aluminio.

—Te sacarán del apuro durante unos días —comenta Mary. Después de colocar con cuidado los platos en la fresquera del sótano, me dirige una sonrisa forzada—. ¿Estás bien?

—Estoy bien.

—De acuerdo. Feliz Cuatro de Julio.

—Feliz Cuatro de Julio —repite Lora.

Asiento con la cabeza. Ninguna de las tres parece muy feliz.

Después de su marcha, *Lolly* se coloca en mi regazo. Los geranios que cultivo en una maceta azul agrietada se han marchitado. El fuego de la cocina se ha apagado. Noto el aire húmedo, va a llover. Y a la vez, tengo la peculiar sensación de estar viéndome desde arriba, en el mismo lugar donde me he sentado casi todos los días durante las últimas tres décadas. El geranio, la maceta agrietada, el gato en mi regazo, el fuego que debo alimentar, la lluvia en el horizonte, el camino que va por un lado al pueblo y por el otro al río St. George, recorriendo la costa.

No sé cuánto tiempo pasa hasta que oigo el coche de Al ronroneando en la oscuridad. Abre la puerta del coche y la cierra de golpe.

Sube los escalones del porche y abre la mosquitera.

Se estremece cuando me ve.

—No sabía que estabas aquí.

—Ya.

—Está oscuro.

—No me importa.

—¿Quieres que encienda la lámpara?

—No importa.

Suspira.

—Bueno, entonces está bien. Supongo. —Cuelga la gorra en el perchero y vuelve a salir.

—Se ha casado tres veces —digo con el corazón acelerado.

—¿Qué?

—¿Lo sabías?

Respira con fuerza.

—No creo que...

—¿Lo sabías, Al?

—Sí, por supuesto que lo sabía.

—Y he oído que es muy... ambiciosa.

—¿Qué quieres decir?

—Que me han dicho que sus motivos son cuestionables.

Hace una mueca.

—¿Quién te lo ha dicho?

—No puedo decirlo. —Sé que le estoy haciendo daño, pero no me importa. Me gusta la claridad de las palabras. Que cada una sea una daga. Quiero herirlo porque yo también estoy herida.

—¿Qué motivos podría tener Estelle para estar conmigo? —pregunta por lo bajo, con los brazos en jarras—. No tengo nada que ofrecer. Solo a mí mismo.

—Seguramente quiera esta casa.

—¡No quiere esta casa! —espeta—. Nadie la quiere. Ni siquiera yo la querría.

Es como si me hubiera abofeteado.

—No puedes decir eso. Tenemos una responsabilidad. Nuestra familia... los Hathorn... mamá.

—Mamá está muerta. Y al diablo con los Hathorn. ¡Maldita sea, teníamos que haberla vendido cuando tuvimos la oportunidad! Se ha convertido en una prisión, ¿no lo ves? Estamos presos aquí. O quizá tú seas la presa y yo el carcelero. No puedo seguir así, Christie. Quiero una vida. ¡Una vida de verdad! —Se golpea el pecho—. Ahí fuera está el mundo. —Señala la ventana con el brazo.

Creo que nunca le he oído decir tantas palabras juntas. Aguanto la respiración.

—No sabía que te sentías así.

—Antes no. Pero ahora veo que... que todo podría ser diferente para mí. Ya sabes lo que se siente, ¿verdad?

Nunca me ha hablado de una forma tan directa. Creo que he dado por supuesto que no sentía las cosas tan profundamente como yo, pero es evidente que estaba equivocada.

—Eso fue hace mucho tiempo. Esto es diferente.

—¿Por qué? ¿Porque no se trata de ti?

Me estremezco.

—No... —reculo—. Porque somos más viejos. Y pertenecemos a este lugar.

—No, no es cierto. Solo hemos acabado aquí.

Su voz suena ahogada. Creo que podría estar llorando, yo sin duda lo estoy.

—Entonces, ¿qué será de mí? Me he pasado toda la vida cocinando, lavando y limpiando para esta familia, y ahora... ¿me tiras a la basura?

—Venga... Por supuesto que no. Vendrás conmigo a donde quiera que vaya. Lo sabes.

—No soy un caso de caridad.

—No he dicho eso.

—Este es mi hogar, Alvaro. Y el tuyo.

—Christina... —Su voz suena cansada, pesada. Me doy cuenta de que no va a decir nada más. Sale de la habitación.

Por la mañana me despierta el silencio. Mi primer pensamiento es: «Al se ha marchado.» Pero cuando miro por la ventana, el Ford sigue en el mismo sitio donde lo aparcó anoche. Comienzo mi rutina matutina de costumbre y, como siempre, al mediodía Al llega del establo, para comer. No dice una palabra hasta que lava el plato, luego me da las gracias y se dirige fuera. Cuando estoy vertiendo la mantequilla recién batida en un cazo de barro, mi mirada se ve atraída por la barca, que sigue entre las vigas.

«Teníamos que haber vendido esta casa cuando tuvimos la oportunidad. Se ha convertido en una prisión, ¿no lo ves? Estamos presos aquí. O quizá tú seas la presa y yo el carcelero.» Sus palabras flotan en el aire, entre nosotros. Pero si ninguno de los dos las menciona, podemos pretender que no las ha dicho.

Durante los meses siguientes, cada mañana espero encontrarme con que Al ha desaparecido.

No vuelve a traer a Estelle de nuevo, no pronuncia su nombre. Un día, Sadie menciona casualmente que Estelle ha conocido a un hombre con dos hijos y que se ha trasladado a Rockland.

Con el tiempo, Al y yo retomamos nuestras viejas costumbres. Pero él ha cambiado. Un pájaro se estrella contra el cristal de una ventana en el primer piso, rompiendo el vidrio, y, en vez de cambiarlo, Al mete un trapo en el agujero. Deja que el viejo Ford se pudra detrás del cobertizo. Rara vez limpia las estufas de leña, solo empuja las cenizas hacia atrás, haciendo sitio para nueva leña. Cuando la nieve se retira después del invierno, dejando las tejas grises, no se molesta en pintarlas. Uno tras otro, deja los campos en barbecho, abandonando a su suerte toda la maquinaria agrícola. Dentro de un par de años, Al ya no será un granjero.

Es como si hubiera elegido castigar la casa y la tierra por necesitarlo. O tal vez está castigándome a mí.

EL MUNDO DE CHRISTINA

1948

En el centro del campo la tierra huele a masa fermentada.
Cada brizna afilada de hierba es independiente y única.
Las delicadas prímulas amarillas cuelgan de sus tallos como
ramilletes de flores marchitas; las alas amarillas y negras de
una mariposa tigre asoman por encima. Es una suave tarde
de mayo y estoy yendo a visitar a Sadie en su casa, al doblar
la curva. Se ofreció a venir a buscarme en su coche, pero prefiero ir por mis medios. Tardo aproximadamente una hora
en llegar, apoyándome en los codos e impulsando mi cuerpo
trabajosamente. Tengo las rodilleras de algodón deshilachadas y manchadas de hierba. A ras de tierra, el único sonido
que oigo es mi propio jadeo áspero y el chirrido de los gri-
llos. Negras moscas vuelan trazando círculos sobre mí, zum-
bando cerca de mis orejas. El aire sabe a sal, lavanda y polvo.

Ya no puedo caminar. Mi mecedora ha dejado un surco
en el suelo de la cocina, entre la mesa y la Glenwood. Pero
no pienso usar una silla de ruedas. Tengo una opción: puedo permanecer en la casa, a salvo en la cocina, durmiendo
en mi estera en el suelo del comedor y llegando a donde
tenga que ir lo mejor que pueda. Eso es lo que hago. Una
vez a la semana intento visitar la tumba de mis padres,
arrastrándome a través de la extensión de hierba amarilla
hasta el cementerio familiar donde están enterrados, desde
donde se ve y oye el mar. Las tardes más cálidas, llevo un
cubo y recojo arándanos.

Me gusta descansar en la hierba y ver las embarcaciones de pesca que se alejan de Port Clyde, un poco más allá está Monhegan Island y el mar abierto.

Cuando llego a casa de Sadie, ella está en el porche, esperándome.

—¡Dios! —exclama con una sonrisa cuando me ve—. Mírate. Apuesto lo que sea a que te apetece un vaso de té helado.

—Eso estaría bien

Sadie desaparece dentro de la casa mientras me arrastro por los escalones, apoyándome en la barandilla de madera, jadeando por el esfuerzo. Vuelve a salir con una bandeja en la que lleva un cuenco de bayas, una jarra de té helado con menta, dos vasos y una toalla húmeda.

—Ten, querida. —Me la entrega—. Me alegro de que hayas venido a visitarme, Christina.

—Hace un día precioso, ¿verdad? —digo, secándome la cara y el cuello.

—Sin duda. Espero que tengamos un verano templado como el año pasado, no me gustó nada el de hace dos años. ¿Lo recuerdas? Incluso las noches eran lamentables.

—Cierto —convengo.

Sadie y yo no hablamos mucho. Gran parte de nuestro tiempo transcurre en amigable silencio. Hoy, el agua de la cala brilla como vidrios rotos al tardío sol del atardecer. Las lilas que crecen junto al porche huelen a vainilla. Comemos las moras y frambuesas que ella ha recogido a primera hora y bebemos el té helado, notando el fresco cosquilleo de las hojas de menta deslizándose en la boca como obleas.

Cuanta más edad tengo, más creo que la aceptación es la mayor bondad.

Andy no me ha pedido que pose para él desde que me quejé del retrato que me hizo junto a la puerta. Pero una tarde a principios de julio, entra en la cocina con decisión.

—¿Quieres sentarte para mí en la hierba? Serán solo veinte minutos. Media hora como máximo.

—¿Para qué?

—Tengo una idea en la cabeza, pero no soy capaz de plasmarla.

—¿Por qué?

—No consigo el ángulo correcto.

Sabe que no quiero. Me siento cohibida, demasiado consciente de mí misma.

—Pídeselo a Al.

Niega con la cabeza.

—A él no le gusta posar, lo sabes.

—Quizás a mí tampoco.

—Tú siempre estás posando, Christina. Para ti no es tan difícil.

—¿A qué te refieres?

—Al es más inquieto. Tú sabes estar quieta.

—Seamos realistas, Andy —replico mientras acaricio los reposabrazos de la mecedora—, yo no tengo otra opción.

—Ya, pero es algo más. —Se frota la barbilla, pensativo—. Sabes cómo ser... observada.

Me río.

—Eso suena raro.

—Lo que quiero decir es que creo que estás acostumbrada a ser observada, pero no te ven de verdad. La gente siempre está preocupada por ti, se interesa servicialmente para ver cómo estás. Es bien intencionada, por supuesto, pero resulta intrusivo. Y creo que has descubierto cómo desviar su preocupación, su compasión, o lo que sea, mediante una pose así... —Levanta un brazo como si estuviera sosteniendo una antorcha dignamente.

No sé qué responderle. Nadie me ha hablado nunca de esta manera, dice algo sobre mí que ignoraba, pero soy consciente de que es verdad.

—¿No es así? —insiste.

No quiero responder demasiado pronto.

—Quizá.

—Como la reina de Suecia —comenta.

—Venga ya.

Sonríe.

—Absoluta dignidad regia sobre la mecedora de la cocina, en Cushing.

—Ahora me tomas el pelo.

—Juro que no. —Me tiende la mano—. Posa para mí, Christina.

—¿Vas a hacer que parezca la muerte recalentada?

Ríe.

—No, esta vez no. Te lo prometo.

Cuando Andy sale de la cocina en busca del material de pintura, me deslizo de la mecedora y me arrastro por el suelo hasta la puerta abierta, luego continúo por los escalones hasta un sitio a la sombra, en el césped. Noto la hierba fresca y flexible bajo mis dedos. Me quedo descansando allí, esperando, apoyada en los brazos. En el momento en que Andy llega a la puerta y me ve, entorna los ojos. Baja los peldaños y camina alrededor de mí, rodeándome con la cabeza ladeada.

—Prueba con la pierna de atrás escondida debajo.

Me siento como una ternera en la feria de ganado. Él lleva un lápiz en una mano y el bloc de dibujo en la otra. Luego se instala en la entrada, a unos cinco metros, y comienza a dibujar.

Al cabo de un rato comienza a dolerme la espalda.

—Debe de haber pasado al menos una hora —comento.

—Y no es tan malo, ¿verdad? Aquí, a la luz del sol. —Me mira y baja la vista al dibujo.

—Me has dicho que serían veinte minutos a lo sumo.

Me sonríe mientras sostiene el carboncillo en la mano.

—Vamos, Christina. Ya sabes de lo que es capaz un chico cuando intenta seducirte.

—Ya, pero...

Arquea las cejas.

No digo nada más.

—Oye, ¿dónde está ese vestido rosa? —pregunta unos minutos más tarde—. El que llevaste a la boda de John.

—En el armario del pasillo.

—¿Puedes ponértelo?

—¿Ahora?

—¿Por qué no?

Estoy cansada y me laten las piernas.

—Ya hemos estado aquí más tiempo del que has dicho. Es suficiente por hoy.

—Entonces, mañana.

Aunque pongo los ojos en blanco, los dos sabemos que lo haré.

A la mañana siguiente, le pido a Al que saque el vestido de algodón rosa del armario. Lo deja sobre la mesa del comedor y le echo fuera antes de ponérmelo, bajándolo por las caderas. Luego vuelvo a llamarlo para que me abroche los botones.

—Siempre me ha gustado este color —comenta cuando termina.

Al no es hombre de cumplidos. Esto es lo máximo que va a decir. Le dedico una sonrisa.

Cuando Andy aparece en la distancia una hora después, lo miro desde la ventana de la cocina. Recorre el camino hasta la colina con su nasa de pesca llena de pinturas, con la que tropieza cuando avanza, girando ligeramente y gruñendo por el esfuerzo. Me siento extrañamente conmovida por su dulce mezcla de bravuconería y vulnerabilidad.

Es curioso, pero tengo las manos húmedas. Como una chica esperando una cita.

—¡Oh, Christina! —Emite un silbido cuando atraviesa la puerta—. Estás increíble.

A pesar de todo, me sonrojo.

—Es un buen día para estar ahí fuera. Vamos a buscar algo para que estés más cómoda. —Deja la nasa en una silla—. En una de las habitaciones vi unos edredones. —Sube al piso de arriba y regresa unos minutos después, con una vieja colcha doble que hice para una cama de matrimonio—. Lo llevaré afuera. ¿Vuelvo luego a ayudarte?

—Vale... —Por lo general, diría que no. Pero si me arrastro por los escalones y la hierba, estropearía el vestido—. Será lo mejor.

Lo miro mientras instala su caballete en el mismo sitio donde estaba sentado el día anterior. Extiende la colcha y la deja en el suelo, estirando los bordes para alisarla. Luego regresa dentro a por mí. Se acerca y encaja el hombro bajo el mío para levantarme de la mecedora. No estoy tan cerca de un hombre ajeno a mi familia desde que estuve con Walton. Soy muy consciente de mi cuerpo contra el suyo, de mis frágiles huesos y mi piel delicada como el papel contra su pecho firme y cálido, de su musculoso brazo contra el mío. Mis sentidos se agudizan de repente, como si poseyera la vista de un águila, el oído de un gato, el olfato de un perro. Su aliento es demasiado dulce contra mi cara. Oigo un leve chasquido entre sus dientes y siento un aleteo en el estómago cuando reconozco el olor.

—¿Has masticado... caramelo de vainilla?

—Pues sí.

No se da cuenta de que vuelvo la cabeza hacia otro lado.

Rodeándome con los brazos por debajo de mis codos, me sostiene mientras me lleva a medias caminando, a medias en volandas. El corazón me late tan fuerte que me pregunto si puede oírlo. Me deposita con suavidad en la colcha, me coloca las piernas y alisa el vestido, me mete el pelo detrás de la oreja antes de hurgar en el bolsillo de su chaqueta. Entonces saca una bolsa de plástico llena de caramelos color ámbar.

—Te lo advierto, son adictivos.

—No... no me apetece —rehúso, dejándolos en su mano—. No soporto su olor. Ya no te digo nada del sabor.

—¿Cómo es posible? A todo el mundo le gustan los caramelos.

—Bueno, pues a mí no. —El recuerdo es tan doloroso que tengo que esforzarme para respirar: la áspera mejilla de Walton contra la mía, su mano en la parte baja de mi espalda, su aliento en mi cuello mientras bailamos en el Grange Hall—. Alguien que conocí una vez los tomaba a todas horas.

—Esa frase encierra una historia —intuye, guardando la bolsita en el bolsillo—. Déjame adivinar... ¿el chico que mencionaste ayer?

Aparto la mirada.

—No me refería a ningún chico.

Escupe el caramelo en la mano y lo lanza a los rosales de Al. Ajusta el caballete, apoya el bloc y abre la caja de útiles.

—Lamento decirte esto —se disculpa, sacando los lápices y pinceles—, pero me temo que hoy también estaremos aquí más de una hora. Si quieres hablarme de él, tienes tiempo de sobra.

Durante un rato me mantengo en silencio. Escucho el carboncillo de Andy contra el papel. Entonces, respiro hondo.

—Era... era un veraneante.

—¿Un verano?

—Cuatro. Cuatro veranos.

—¿Cuántos años tenías?

—El primer año, veinte.

—Más o menos la misma edad que tenía yo cuando conocí a Betsy —comenta, levantando el pulgar y entornando los ojos mientras calcula mis medidas—. ¿Ibais en serio?

—No lo sé. —Trago saliva—. Me prometió que... que íbamos a estar juntos.

—¿Quieres decir que podrías haberte casado?

Asiento con la cabeza. ¿No es eso lo que me prometió Walton? No estoy muy segura.

—¡Oh, Christina! —suspira—. ¿Qué ocurrió?

Algo en él hace que quiera confiarle cosas que nunca le he dicho a nadie. Incluso las más dolorosas y vergonzosas.

No sabía lo mucho que quería compartirlas.

—Sinceramente, Christina —me dice, moviendo la cabeza cuando termino de contarle la historia—, ese hombre me parece muy aburrido. Muy convencional. ¿Qué viste en él?

—No lo sé. —Pienso una vez más en mi madre, abriendo la puerta a un marinero sueco, como si fuera una historia de cuento de hadas: Rapunzel dejándose crecer el cabello; Cenicienta poniéndose un zapato de cristal; la Bella Durmiente esperando un beso. Todas tuvieron la oportunidad de tener su final feliz, o por lo menos eso parecía. Pero ¿las atrajo el príncipe en realidad o solo la oportunidad de escapar?

¿Qué parte de mi amor, de mi obsesión por Walton, era parte de una fantasía en la que él me rescataba, una fantasía que ni siquiera sabía que albergaba hasta que pasó el tiempo?

—Supongo que solo quería... —«ser amada», estoy a punto de decir, pero me da vergüenza— una vida normal.

Andy suspira.

—Bueno, ese es el problema, ¿verdad? Mira, no quiero ser grosero, pero tú nunca podrías tener una vida normal, incluso aunque pensaras que eso era lo que querías. Tú y yo no somos normales. No cabemos en las casillas convencionales. —Sacude la cabeza otra vez—. La verdad, creo que esquivaste una bala. Aunque ese hombre viviera cien años, no poseería tu fuerza ni tus convicciones.

Me trago el nudo que tengo en la garganta.

—Sabía que él no me quería.

—Bah... Era un ser débil y fácilmente influenciable. Créeme, te libraste de una vida miserable. Ese hombre habría erosionado tu corazón poco a poco hasta que no quedara nada. Puede que te haya dolido, pero es lo mejor que te pudo pasar.

Puede que tenga razón; mi corazón podría haberse visto destrozado. Pero pienso en todas las personas que he mantenido a distancia, incluso aquellas que quiero. Pienso en lo que le dije a Al de Estelle. En lo que le solté —convencida— a Gertrude, que solo había venido a ayudar la mañana que nació mi sobrino: «Te juro que no volveré a dirigirte la palabra.» Quizás ella tenía razón cuando me acusó de ser fría.

—Me siento como si hubiera estado... encerrada en un bloque de hielo.

—¿Desde entonces?

—No lo sé. Quizá desde siempre.

Se limita a sostener el lápiz en la mano.

—Entiendo que te sientas de esa manera, pero no lo creo. Te encerraste en ti misma, quizá, pero es comprensible. Caramba, Christina, has tenido que ser fuerte. Has cuidado de tu familia durante toda tu vida. Quizá tus piernas no funcionan a la perfección, pero... —Me mira fijamente, y de nuevo tengo la extraña sensación de que puede ver a través de mí—. Es obvio para mí, siempre lo ha sido, que tienes un gran corazón. Se nota cuando estás con Betsy. El afecto que hay entre ambas. En tu amor por tu sobrino... No hay duda. Pero sobre todo, tú, Al, esta casa... vuestra bondad. Ese tipo, el tal Walton —dice en tono burlón, riéndose de su nombre—, no tiene cabida aquí. Asustaste a ese pobre desgraciado. —Se ríe secamente—. ¿Qué pensaba Al de él?

—No demasiado.

—No lo creo. —Cierra el bloc de dibujo—. Seguro que Al lo caló.

Mi corazón —mi pobre, maltratado y golpeado corazón— se contrae. «Vuestra bondad.» Andy no conoce toda la historia. Sin embargo, tiene razón en una cosa: Al lo caló. Siempre lo supo. Y yo he recompensado su empatía, su lealtad, dándolo por sentado, arruinando su relación con una mujer que, seguramente, habría sido buena para él. Que podría haber cambiado su vida. Puedo imaginar la pequeña y coqueta granja en que podrían haber vivido. Las pálidas rosas en otro espaldar. Al levantándose antes del amanecer para ir a pescar langosta, comprobando las trampas, calculando el rendimiento de una nasa, acomodándose a media tarde en una cocina acogedora, alimentando el fuego mientras un niño juega y su esposa le pregunta qué tal le ha ido el día...

Envuelta en mi propio dolor, en mi pánico, le negué el respeto que siempre ha mostrado por mí. ¿Qué derecho tenía yo para obligarle a renunciar a la única oportunidad de amar?

—Tengo que decirte algo, Alvaro —le digo en la cocina, al atardecer, mientras bebemos un té—. No es que ahora vaya a suponer ninguna diferencia, pero... No tenía ningún derecho a obligarte a quedarte aquí conmigo.

Apenas distingo sus rasgos, pero noto que se estremece.

—Lo siento —insisto.

Suspira.

—Podrías haber sido feliz con ella.

—No soy infeliz. —Su voz suena tan queda que apenas la oigo.

—La amabas, ¿verdad? —Me ahogo con las palabras—. Y te obligué a quedarte.

—Christie...

—¿Podrás perdonarme alguna vez?

Al se balancea adelante y atrás haciendo rechinar la mecedora. Busca en el bolsillo y saca la pipa, aplasta el tabaco, enciende un palito con el fuego del horno y la prende. Murmura algo en voz baja.

—¿Qué has dicho?

Aspira el humo y lo exhala.

—He dicho que hice lo que quise.

Lo pienso un momento.

—Sentiste pena por mí, ¿verdad?

—No fue eso. Hice una elección.

Niego con la cabeza.

—¿Qué otra opción tenías? Te hice sentir como si pretendieras abandonarme cuando solo estabas tratando de vivir tu vida.

—Bueno... —mueve la mano en el aire—, ¿cómo iba a dejar todo esto?

No me doy cuenta de que está bromeando hasta que esboza una sonrisa irónica.

—Nadie sabe cuánto me gustan las gachas —comenta—. Además, tú habrías hecho lo mismo por mí.

No lo habría hecho, por supuesto. Al está siendo amable, o quizá sea más fácil para él creerlo así. Como sea, eso no excusa lo que hice. Aquí estamos los dos, no somos pareja, sino hermanos, destinados a vivir juntos nuestras vidas en la casa en que crecimos, rodeados de los fantasmas de nuestros antepasados, atormentados por los fantasmas de las vidas que podríamos haber vivido. Un montón de cartas escondidas en un armario, una barca entre las vigas del cobertizo. Cuando seamos polvo, nadie conocerá nunca la vida que hemos compartido aquí, nadie sabrá nuestros deseos y dudas, nadie será consciente de la intimidad y la soledad de ambos.

Que yo recuerde, nunca nos hemos abrazado. No recuerdo la última vez que nos tocamos sin que fuera para que él me ayudase. Pero aquí, en la turbia oscuridad, pongo la mano sobre la suya y él cubre ambas con la otra. Siento lo mismo que cuando pierdo algo, por ejemplo un carrete de hilo, y después de buscarlo por todas partes descubro que se encuentra en un lugar visible, al alcance de mi mano.

Recuerdo lo que me dijo Mamey hace mucho tiempo: hay muchas formas de amar y ser amado. Es una lástima que me haya llevado la mayor parte de mi vida entender lo que eso significa.

Unos días después de que Andy me empiece a dibujar con el vestido rosa sobre la hierba, recoge todos sus bocetos y se va arriba. Yo permanezco toda la mañana en la cocina, trabajando, arrastrando la mecedora por el suelo de un lado a otro. Dejo las galletas enfriando en la mesa y pongo una olla con sopa de pollo en el fogón. Al mediodía, Andy baja y se sirve él mismo, cogiendo una galleta y llenándose un plato de sopa. Después de beber un vaso de agua, se limpia la boca con el dorso de la mano y sube de nuevo. Por la tarde, preparo tarta de arándanos. Corto una rebanada cuando aún está caliente y la llevo en un plato hasta el pie de la escalera. Le digo que baje a buscarlo; vale la pena el esfuerzo cuando veo la sonrisa que aparece en su rostro.

Se marcha cuando ya está oscuro. Regresa al día siguiente y vuelve a subir; sus pasos apagados y pesados son el único sonido que rompe la tranquilidad de la casa. Le oigo dar vueltas, abriendo y cerrando puertas, entrando en las diferentes habitaciones.

La misma rutina continúa durante semanas.

Un mes... y luego otro...

Hay rastros de Andy por todas partes, incluso después de que se haya ido. El olor a huevos, las salpicaduras de pintura. Los pinceles resecos. Una paleta de madera con manchas de colores.

Cuando llega el frío, continúa trabajando. No se marcha a Pennsylvania a finales de agosto como acostumbra. No le pregunto por qué, me da un poco de miedo hacerle recordar que es el momento de que regrese a casa.

Mientras Andy está arriba, sigo con mi rutina. Caliento agua para el té. Amaso el pan. Acaricio al gato en mi regazo. Veo cómo se mece la hierba desde la ventana. Hablo con Al sobre el tiempo. Nos acomodamos para disfrutar del atardecer, tan vívido y real como una película en tecnicolor. Pero todo el tiempo pienso en Andy, escondido en una habitación como un personaje de un cuento de hadas, convirtiendo la paja en oro.

Una mañana de octubre, Andy no aparece. Hace semanas que no veo a Betsy, pero al día siguiente, cuando estoy zurciendo calcetines, asoma la cabeza por la puerta de la cocina.

—¡Hola, Christina! ¿Queréis venir Al y tú a cenar?

—¿A tu casa? —pregunto con sorpresa. No nos había invitado antes.

Asiente con la cabeza.

—Andy estuvo hablando con tu hermano y llegaron a un acuerdo. Al puede llevarte en el coche. Por favor, ¡dime que sí! Solo será una comida sencilla, nada extravagante. Nos encantaría. Será una buena despedida antes de regresar a Chadds Ford.

—Entonces, ¿Andy ha terminado la temporada?

—Por fin —resopla ella—. Seguro que ya añoráis un poco de paz y tranquilidad.

—No nos importa. Aquí lo que sobra es paz y tranquilidad.

Unos días más tarde, Al, con una camisa de cuello azul que le cosí hace años y que rara vez usa, me levanta de mi mecedora en la cocina, baja conmigo los escalones y me deposita en el asiento del viejo Ford Runabout. Hace mucho tiempo que no voy a ninguna parte en coche, de hecho, hace mucho tiempo que solo voy a casa de Sadie. Me he puesto una falda larga azul marino y una blusa blanca; parece un uniforme, pero al menos no están rotas ni manchadas. Me he peinado el pelo hacia atrás y lo he recogido con una cinta.

El asiento trasero del coche está oscuro y frío. Mientras recorremos el camino, me recuesto en el respaldo y cierro los ojos mientras noto el ronroneo del motor en las piernas y un aleteo de nerviosismo en el estómago. Solo he visto a Andy en nuestra casa, con sus botas salpicadas de pintura, los bolsillos llenos de huevos. ¿Se comportará como una persona diferente en su propia casa?

Gira a la derecha en un STOP y luego recorre varios kilómetros de carretera. Oigo el tintineo del intermitente antes de que giremos lentamente hacia la derecha. A continuación, el crujido de la grava.

—Ya hemos llegado, Christie —anuncia.

Abro los ojos. Estamos ante una casa de madera blanca, con un enrejado también blanco, ventanas de verde oscuro.

Ya sabía que no ocupaban los cubículos en los establos, pero al ver la casa lo recuerdo de nuevo: Betsy ha conseguido la casa que anhelaba.

Y aquí está ella, en el porche, con unos pantalones negros y una blusa verde menta.

—¡Bienvenidos! —dice con los labios rojos, agitando la mano.

Detrás de ella, Andy también nos saluda. Es extraño verlo aquí, como si estuviera fuera de contexto, con una camisa blanca, pantalones, zapatos impolutos, el pelo bien peinado. Parece un hombre agradable y normal en una casa acogedora y ordinaria. El único indicio del Andy de siempre son sus manos, manchadas de pintura.

Al se apea y me abre la puerta. Andy y él me ayudan a subir los escalones y entrar en la casa. Betsy está aquí mismo, y los dos niños se mueven como pececitos.

—¡Nicholas! ¡Jamie! —los regaña Betsy—. Id arriba a jugar. Os daré un poco de pastel si os portáis bien.

Al y Andy me llevan hasta una habitación con pocos muebles; un sofá rojo, una mesilla de madera rectangular delante, y dos sillones de orejas a rayas. Me sientan en el sofá mientras Betsy desaparece por una puerta batiente y regresa con una bandeja en la que trae una taza con rabanitos, un plato con huevos rellenos y un tarro con aceitunas aloreñas. Aunque he visto antes aceitunas así, jamás he probado una. Se sienta a mi lado y le indica a Al y Andy que se sienten en los sillones gemelos, enfrente de nosotras.

Andy parece un poco nervioso. Se mueve en la silla mientras me observa con diversión. Al también mira por encima de mi cabeza y luego clava los ojos en nuestro anfitrión. También parece nervioso.

—¿Un palillo de dientes? —ofrece Betsy.

Cojo uno y pincho una aceituna que me llevo a la boca. Es salada, con una textura parecida a la carne. ¿Qué hago ahora con el palillo? Veo unos cuantos en el plato de Andy y dejo también el mío. Echo entonces un vistazo alrededor. En todas las paredes hay pinturas de Andy que me resultan muy familiares: una acuarela de Al recogiendo arándanos, de perfil, con la pipa y la gorra; un bosquejo al carboncillo de Al sentado ante la puerta; otra pintura al temple en la que aparecen las cortinas de encaje de Mamey, ondeando en una habitación del piso de arriba.

—Quedan muy bien en los marcos —le comento a Andy.

—Este es el dominio de Betsy —explica—. Ella pone los títulos y los marcos.

—Divide y vencerás. —Se ríe ella—. ¿Un jerez, Christina?

—No, gracias. Solo bebo en las fiestas. —No quiero decirlo, pero además temo que pueda derramárseme sobre la blusa.

—¿Y tú, Al?

—Me vendría bien algo de beber —responde.

Al y yo no estamos acostumbrados a que nadie nos sirva, y nos sentimos rígidos y formales. Betsy se esmera en que estemos a gusto.

—He oído que mañana lloverá —comenta mientras le entrega a Al una pequeña copa de jerez.

—Eso es bueno —asiente mi hermano antes de tomar un sorbo. Hace una mueca. No creo que haya probado el jerez antes. Deja la copa sobre la mesa.

Echo un vistazo a Betsy, pero ella no parece darse cuenta.

—Sé que la lluvia es buena para la granja —le responde con una ligera risa—, pero te aseguro que no es divertido verte atrapada en casa con dos niños en un día lluvioso.

Al lanza a Andy una mirada divertida.

—Deberías enseñarles a pintar —sugiere.

Andy niega con la cabeza.

—He pintado con ellos con los dedos. Siendo sincero, reconozco que Nicholas no posee aptitudes para la pintura, pero creo que Jamie podría tener algo de talento.

—Por el amor de Dios, si solo tiene dos años —dice Betsy—. Y Nicky, cinco. No puedes saber tal cosa.

—Creo que es posible que sí. Mi padre me dijo en una ocasión que vio la chispa en mí cuando solo contaba ocho meses.

—Tu padre... —Betsy pone los ojos en blanco.

Pincho otra oliva.

—Entonces, ¿regresáis a Pennsylvania dentro de unos días?

Betsy asiente con la cabeza.

—En cuanto empaquetemos todo. Siempre nos cuesta marcharnos, aunque este año nos hemos quedado más tiempo del habitual.

—Tengo la impresión de que acabáis de llegar —aseguro.

—Bueno, Christina, no sé cómo puedes decir eso. Andy ha estado incordiándote todos los días.

—Nada de eso.

—Salvo cuando te obligué a posar —interviene Andy, mirándome—. Entonces fui un gran incordio, ¿no?

Me encojo de hombros.

—Tampoco fue para tanto.

—Me alegro de que no me lo pidiera a mí —asegura Al.

Andy se ríe, moviendo la cabeza.

—He aprendido la lección.

—Bien —dice Betsy, poniéndose en pie—, tengo que ir a ver cómo están los niños. Andy, ¿puedes ocuparte de recoger los platos?

Veo que intercambian una mirada.

—Sí, señora —replica. Cuando Betsy sale de la habitación, él reúne los platos y los pone de nuevo en la bandeja—. Vais a tener que entreteneros solos, yo soy el personal contratado. —Lo vemos cruzar la puerta abatible llevando la bandeja.

—Bonita casa, ¿verdad? —comenta Al cuando nos quedamos solos.

—Muy agradable. —La conversación resulta artificial, poco acostumbrados ambos a la charla intrascendente—. Podría acostumbrarme a tomar aceitunas.

Hace una mueca.

—No me gustan mucho. Son un tanto gomosas.

Eso me hace reír.

—Es que son una especie de goma.

Mientras estamos sentados en un tenso silencio, veo que la vista de Al se alza de nuevo por encima de mi cabeza. Me estudia un momento y luego de nuevo a la pared.

—¿Qué? —pregunto.

Él alza la barbilla.

Me muevo en mi asiento, estirando el cuello para ver qué está mirando.

Es una pintura, un cuadro muy grande que ocupa casi toda la pared a mi espalda. Hay una joven en un campo amarillo con un vestido rosa claro con un fino cinturón negro. Su cabello oscuro es azotado por el viento. Tiene la cara oculta. Está inclinada hacia una casa sombría de color plateado, que está en equilibrio en el horizonte junto con el granero, bajo un cielo pálido.

Miro a Al.

—Creo que eres tú —dice.

Vuelvo a mirar la pintura. La chica está arrastrándose por la tierra, pero casi parece flotar. Es más grande que todo lo que la rodea. Igual que un centauro o una sirena, es mitad una cosa y mitad otra: mi vestido, mi pelo, mis frágiles brazos, pero los años no están presentes en mi cuerpo. Es una chica ágil y joven.

Siento un peso en el hombro. Una mano. La mano de Andy.

—Por fin lo he terminado —dice—. ¿Qué te parece?

Observo a la chica más de cerca. Su piel tiene el color del campo, su vestido está blanqueado como los huesos al sol, y su pelo, tieso como la hierba. Parece a la vez eternamente joven y tan vieja como la propia tierra, una ilustración de un libro para niños sobre la evolución: la criatura del mar a la que brotan extremidades y avanza poco a poco desde la costa.

—Se llama *El mundo de Christina* —dice—. Betsy le ha puesto el título, como siempre.

—¿*El mundo de Christina?* —repito.

Él ríe.

—Un gran planeta de hierba y tú en el medio.

—Sin embargo... no soy solo yo, ¿verdad? —pregunto.

—Dímelo tú.

Miro la pintura de nuevo. A pesar de las obvias diferencias, la chica me resulta profunda y dolorosamente familiar. En ella me veo a los doce años, una tarde que he podido alejarme de mis tareas. A los veinte años, buscando refugio para un corazón roto. Hace unos días, visitando las tumbas de mis padres en el cementerio familiar, a medio camino entre la barca que hay en el pajar y la silla de ruedas hundida en el mar. Desde los recovecos de mi cerebro, una palabra emerge a la superficie: sinécdoque. Aplicar al todo el nombre de una de sus partes.

El mundo de Christina.

La verdad es que este lugar, esta casa, este campo, este cielo puede ser solo una pequeña parte del mundo, pero como bien ha resumido Betsy, es el mundo entero para mí.

—Una vez me dijiste que te veías como una chica —explica Andy.

Asiento lentamente con la cabeza.

—Quería mostrarte así —añade, señalando la pintura—. Quería transmitir... tu deseo y vacilación.

Le agarro los dedos y me los llevo a los labios. Se asusta, y lo sé. Nunca he hecho esto antes. También a mí me sorprende.

Pienso en todas las formas en que me han percibido los demás a lo largo de los años: como una carga, como una hija obediente, una novia frustrada, una desgraciada rencorosa, una inválida...

«Esta es mi carta para el mundo, la que nunca escribí.»

—Has mostrado lo que nadie más podía ver —le digo.

Me aprieta el hombro. Los dos permanecemos en silencio, mirando la pintura.

Ahí está ella, esa chica, en un planeta de hierba. Sus necesidades son sencillas: alzar la cara al sol y sentir su calor.

Agarrar la tierra con sus dedos. Escapar y regresar de nuevo a la casa en que nació.

Su vida vista desde la distancia, tan nítida como una fotografía, tan misteriosa como un cuento de hadas.

Se trata de una chica que ha vivido a través de sueños y promesas rotas. Que sigue viviendo así. Siempre vivirá en esa colina, en el centro de un mundo que abarca todo el lienzo. Su gente son brujas e inquisidores, aventureros y hogareños, soñadores y pragmáticos. Su mundo es a la vez restringido e ilimitado, un lugar donde el desconocido que aparezca ante su puerta puede ser la clave para el resto de su vida.

Lo que más quiere —lo que más quiere de verdad desde siempre— es lo que cualquiera de nosotros anhela: que la vean.

Y mirad. Ahí está.

Nota de la autora

Cuando tenía ocho años y estaba viviendo en Bangor, Maine, mi padre me regaló un grabado de un artista local inspirado en el cuadro *El mundo de Christina* de Andrew Wyeth. Me dijo que le recordaba a mí, y yo supe por qué: por el nombre que compartíamos, el familiar entorno de Maine y el pelo suelto. A lo largo de mi infancia me inventé historias sobre esa tenue niña con aquel vestido rosa pálido que, de espaldas al espectador, intentaba alcanzar una casa de un gris deslucido en lo alto del acantilado.

A lo largo de los años, llegué a creer que la pintura era como un test de Rorschach, un truco de magia, un juego de manos. Como David Michaelis escribe en *Wondrous Strange: The Wyeth Tradition*, «el realismo terrenal que tienen las pinturas de Wyeth es engañoso. En su trabajo, no todo es lo que parece». En los lienzos de Andrew Wyeth siempre hay un trasfondo de sorpresa y misterio; este pintor estaba fascinado por los aspectos más oscuros de la experiencia humana. Cualquier observador de sus cuadros obtiene destellos de la aridez, la sequedad de los huesos en las pinceladas sorprendentemente detalladas de la hierba, en los restos de una casa en una colina con una misteriosa escalera que conduce a una ventana del segundo piso, en una pieza solitaria de la colada flotando como una aparición en la brisa. A primera vista parece una mujer delgada que se relaja con languidez en la hierba, pero una mirada más profunda revela algunas discrepancias. Sus brazos son demasiado delgados y retorcidos. Quizá sea mayor de lo que aparenta. Parece estar preparada, alerta, deseosa de llegar a la casa y, sin embargo, vacilante. ¿Tendrá miedo? Su cara permanece oculta al espectador, pero ella parece estar mirando una oscura ventana en el segundo piso. ¿Qué ve en sus sombras?

Después de terminar de escribir mi novela *El tren de los huérfanos*, empecé a buscar otra historia en la que comprometer completamente mi mente y mi corazón. Después de haberme interesado profundamente por la historia de Estados Unidos en la primera mitad del siglo XX como parte de mi investigación, pensé que me resultaría cómodo quedarme en ese período de la historia. Me había llamado particularmente la atención la vida rural: cómo era la gente y qué herramientas materiales y emocionales eran necesarias para sobrevivir en esos tiempos difíciles. Al igual que en *El tren de los huérfanos*, me gustaba la idea de tomar un momento histórico real de cierta importancia y mezclar la realidad con la ficción para completar los detalles, iluminando una historia que ha pasado desapercibida o ha sido oscurecida.

Un día, varios meses después de la publicación de la novela, un amigo escritor comentó que había visto la pintura en el Museum of Modern Art y que pensó en mí. Al instante supe que había encontrado el tema que buscaba.

Durante los dos últimos años me he sumergido en *El mundo de Christina*. Me senté durante horas frente a la pintura, en el MoMA de Nueva York, escuchando los entusiasmados, perturbados, intrigados, desdeñosos y apasionados comentarios que desgranaban visitantes de todo el mundo. Mi favorito es el de una danesa: «Es tan espeluznante...» He estudiado el trabajo de los tres famosos artistas de la familia Wyeth: N.C., su hijo Andrew y el hijo de este, Jamie, para hacerme una idea del rico y complejo legado familiar. En Maine, me familiaricé con el Fansworth Museum en Rockland, que cuenta con un edificio entero dedicado al arte de Wyeth y a la casa de *El mundo de Christi-*

na en Cushing, una antigua granja que ahora forma parte del Fansworth Museum. Me entrevisté con expertos en arte e historia americana, y tuve la suerte de conocer a varios guías de la Casa Olson, que me han enviado artículos y cartas que jamás habría descubierto por mi cuenta. Leí biografías, autobiografías, obituarios, revistas y periódicos, libros sobre historia del arte y críticas de arte. He leído más de lo que necesitaba sobre los juicios de Salem, que desempeñan un importante papel en la historia de la familia, por lo que también eran interesantes. He conseguido tarjetas e incluso me compré un póster de *El mundo de Christina* para colgarlo en la pared.

Y esto es lo que he descubierto: Christina Olson, descendiente por un lado del más famoso magistrado en los juicios de Salem y, por el otro, de un pobre clan de granjeros suecos, era posiblemente la única persona preparada para convertirse en un icono americano. En la pintura de Wyeth aparece resuelta y anhelante, resistente y vulnerable, expuesta y enigmática. Sola, en un mar de hierba seca, es la persona arquetípica en un entorno natural, totalmente presente en el momento y, sin embargo, un inquietante recordatorio de la inmensidad del tiempo. La restauradora del MoMA, Laura Hoptman, escribe sobre Wyeth: «En *El mundo de Christina*, la pintura es más un paisaje psicológico que un retrato, un retrato de un estado de ánimo en vez de un lugar.»

Igual que la figura que dibuja James Whistler en *Whistler's mother* (1871) y que la pareja de granjeros que aparece en la pintura de Grant Wood *American Gothic*, Christina encarna muchos de los rasgos que hemos llegado a considerar típicamente americanos: individualismo y fuerza pacífica, desafío frente a los obstáculos y continua perseverancia.

Igual que hice en *El tren de los huérfanos*, traté de ceñirme a los hechos históricos reales siempre que fue posible cuando escribí *Un rincón del mundo*. Como la Christina real, mi personaje nació en 1893 y creció en una austera casa en una árida colina de Cushing, Maine, con sus tres hermanos. Cien años antes, tres de sus antepasados huyeron de Massachusetts en pleno invierno, y en el camino cambiaron la ortografía de su apellido a Hathorn para escapar de la mancha que suponía que los relacionaran con su pariente, John Hathorne, que fuera presidente del tribunal en los juicios de Salem y el único que nunca se retractó. En el cadalso, una de las condenadas como brujas lanzó una maldición sobre la familia de Hathorne, y la sombra del juramento pasó de generación en generación; incluso la gente de Cushing decía que aquellos tres Hathorn habían llevado con ellos a las brujas cuando huyeron. Otro pariente, Nathaniel Hawthorne —que también cambió la ortografía del apellido para ocultar la relación familiar—, escribió sobre la incesante crueldad de su tatarabuelo Hathorne en *El joven Goodman Brown*, un cuento que habla sobre los que temen la oscuridad de su interior, que son los que la ven también en otras personas.

Otra historia real se convirtió en una parte importante de mi novela. Durante generaciones, la casa en la colina fue conocida como la Casa Hathorn. Pero a principios del invierno de 1890, en medio de una rabiosa tormenta de nieve, un carguero que llevaba cal y ladrillos se vio atrapado en el hielo del canal, cerca del río St. George, y un joven marinero sueco llamado Johan Olauson quedó varado en tierra. El capitán del barco, nativo de Cushing, se ofreció a darle alojamiento en su casa. Olauson cruzó el hielo hasta la casa del capitán Maloney, donde pasó el invierno, esperando a que el deshielo derritiera el hielo para poder volver a alta mar. Justo en lo alto de la colina, había una magnífica casa blanca que pertenecía a un respetado capitán de barco, Samuel Hathorn. Johan pronto conoció la historia de la familia Hathorn, y supo que estaban a punto de perder el apellido, lo que significaba que no había herederos varones vivos que pudieran transmitirlo. Unos meses después, el joven marinero había aprendido inglés, cambiado su nombre a John Olson y hecho lo posible por conocer a la hija solterona de los Hathorn, Kate, de treinta y cuatro años, seis años mayor que él. En el lapso de unos meses, Samuel Hathorn murió y John Olson se casó con Kate, pasando a hacerse cargo de la granja. Su primera hija, Christina, nació un año después, y la enorme casa blanca pasó a ser conocida como la Casa Olson. El apellido Hathorn se había perdido.

Por lo que he podido averiguar, Christina mostró desde edad temprana una presencia activa y vibrante. Tenía un apasionado gusto por la vida, una inteligencia feroz y la determinación de no ser digna de compasión, a pesar de la enfermedad degenerativa que le robó su movilidad. Aunque no fue correctamente diagnosticada en vida, los neurólogos actuales creen que padecía lo que se conoce como síndrome de Charcot-Marie-Tooth, un trastorno hereditario que daña los nervios de los brazos y las piernas. Christina se negó a utilizar silla de ruedas, ya que la limitaba mucho, y prefería arrastrarse de un sitio a otro. Hace varios años, la actriz Claire Danes interpretó el papel de Christina Olson en una larga representación de danza en la que enfatizaba su deseo de moverse libremente a pesar de su devastadora enfermedad.

Rápida de ingenio y de lengua aguda, Christina era una fuerza a tener en cuenta. Cuando ya era una mujer madura, con el pelo pajizo y la nariz aguileña, su soltería y naturaleza independiente hizo que los habitantes de Cushing llegaran a considerarla una bruja. Andrew Wyeth se refirió también a ella como «bruja», «reina» y «la cara de Maine».

Wyeth apareció por primera vez ante la puerta de Christina en 1939 con Betsy James, su futura esposa, que visitaba la granja Olson desde que era niña. Él tenía veintidós años, Betsy diecisiete y Christina cuarenta y seis. Él comenzó a aparecer por su casa casi todos los días, donde hablaba con Christina durante horas y dibujaba paisajes, bodegones y la propia casa, que le fascinaba. «El mundo de Nueva Inglaterra está contenido en esa casa —llegó a decir

Wyeth—. Es como si tuviera secos esqueletos en el ático. Es como una lápida de los marineros perdidos en el mar; uno de los antepasados de los Olson cayó al mar desde el palo mayor y jamás fue encontrado. Es la puerta del mar para mí, a mejillones, almejas, monstruos marinos y ballenas. Hay una inquietante sensación de que hay gente que regresa de nuevo a su lugar.»

Con el tiempo, Wyeth comenzó a incorporar a Christina en sus pinturas.

«Lo que me interesó de ella era que había llegado a los lugares equivocados en los momentos equivocados —comentó en su día—. El gran pintor inglés John Constable solía decir que nunca tienes que añadir vida a una escena, ya que si te sientas en silencio y esperas, la vida vendrá, una especie de accidente en el lugar correcto. Eso me pasó todo el rato, me pasó mucho con Christina.»

Durante los treinta años siguientes, Christina fue la musa de Andrew Wyeth y su inspiración. Lo cierto es que creo que llegaron a reconocer sus propias contradicciones. Ambos abrazaban la austeridad pero ansiaban la belleza. Los dos eran curiosos respecto a otras personas y, sin embargo, patológicamente reservados. Eran muy independientes y, a la vez, dependían de otros para cuidar sus necesidades básicas: Wyeth de su esposa Betsy, y Christina de Alvaro.

«Mi memoria puede contener más de una realidad de cada cosa —dijo Wyeth—. El día que iba a pintar a Christina con su vestido rosa, descolorido como una cola de langosta que podría encontrar en la playa, me quedé pensando cómo lo haría. En mi mente mantenía la construcción de un ser vivo existente en una colina cuya hierba estaba creciendo realmente. Algún día sería enterrada allí. Pronto, su figura se arrastraría realmente por la colina hacia esa caja de yesca seca que era la casa en la parte superior. Sentí la soledad de esa figura, quizá la que yo mismo sentía de niño. Era tanto mi experiencia como la suya.»

«En *El mundo de Christina* —explicó Wyeth—, trabajé en esa colina durante un par de meses, en la hierba, el esbozo de las plantas para que pareciera que venían hacia ti, una oleada de la tierra, como una oleada del planeta... Cuando llegó el momento de colocar la figura de Christina contra el planeta que había creado para ella durante todas esas semanas, puse este tono rosa en su hombro... y casi me deslumbró a través de la habitación.»

Al convertirse en la musa del artista —un rol aparentemente pasivo—, Christina alcanzó por fin la autonomía y el propósito que había anhelado toda su vida. Por instinto, creo, Wyeth consiguió llegar al mismo corazón de Christina. En el cuadro, ella es, paradójicamente, singular y representativa, vibrante y vulnerable. Parece solitaria, pero está rodeada por los fantasmas del pasado. Al igual que la casa, y como el paisaje, también es perseverante. Como una forma de realización de la fortaleza del carácter americano, que es vibrante, pulsante, inmortal.

Este ha sido el libro más difícil que he escrito por muchas razones. Christina Olson fue una persona real y, al igual que para otros personajes de la novela, hice una exhaustiva investigación sobre su vida, su familia y su relación con Andrew Wyeth. Pero en cierto momento tuve que abandonar la investigación y dejar que mis personajes condujeran la historia. En última instancia, *Un rincón del mundo* es una obra de ficción. Los datos biográficos de los personajes no deben buscarse en estas páginas. Espero que los lectores intrigados por la historia que cuento aquí exploren las fuentes reales que menciono en los reconocimientos. Y, por encima de todo, espero haberle hecho justicia a la historia.

Agradecimientos

Nací en Cambridge, Inglaterra, y pasé mis primeros años con mis padres y mi hermana pequeña en un pequeño pueblo llamado Swaffham Bulbeck, en una casa construida en el siglo XIII. Cuando estaba en la sala de estar y levantaba la vista, percibía en el techo el contorno circular de lo que había sido un agujero por el que los habitantes originales dejaban salir el humo. No teníamos nevera ni calefacción; utilizábamos una fresquera y una pequeña estufa de gas que funcionaba con monedas. Varios años después nos mudamos a Tennessee y vivimos en una granja abandonada, en una casa sin calefacción donde habían hecho recientemente la instalación de electricidad. Con el tiempo, nos trasladamos a Maine, donde ya tuvimos una casa normal con las comodidades básicas. Sin embargo, pasábamos los fines de semana, los días festivos y los veranos en una cabaña que mi padre había construido en una pequeña isla, en medio de un lago, con una bomba para extraer agua, lámparas de gas y velas para iluminarnos, una chimenea para calentarnos y un retrete. En invierno, cuando el lago estaba congelado, lo atravesábamos en trineo. Mis hermanas y yo nos arrebujábamos en nuestros abrigos alrededor de la chimenea hasta que el fuego que encendían mis padres era lo suficientemente intenso para calentarnos.

Por eso quiero dar las gracias a mi padre, William Baker, y a mi madre, Christina Baker, que enseñaron a sus cuatro hijas que vivir cerca de los elementos hace que nos sintamos más en sintonía no solo con el mundo que nos rodea, sino con el mundo interior. No tengo ninguna duda de que mi inusual infancia contribuyó a formarme como escritora. En mis dos últimas novelas, *El tren de los huérfanos* y esta, he recurrido explícitamente a dichas experiencias para crear personajes que viven en medio de la sencillez, sin las comodidades modernas que hemos llegado a esperar la mayoría de nosotros.

Una soleada tarde de julio de 2013 recorrí la casa de Christina Olson en Cushing, Maine, guiada por una joven llamada Erica Dailey, que se dio cuenta enseguida de que estaba tomando notas y me preguntó si estaba escribiendo un artículo. Fue entonces cuando le confié que estaba pensando en escribir una novela. Cuando estaba saliendo de la casa, otra guía, Rainey Davis, me llevó aparte y me entregó su tarjeta, añadiendo que la llamara si tenía más preguntas. Lo hice, y Rainey y yo nos hicimos amigas con rapidez. Nos reunimos en Rockland, Maine, e incluso en Sarasota, Florida, donde tiene una casa y yo estaba dando una conferencia. Algunos meses después, otra guía, Nancy Jones, me dijo por correo electrónico que podía presentarme a algunas personas cercanas a Christina. A través de ella conocí al sobrino de Andrew Wyeth, David Rockwell, cuyos conocimientos sobre los Wyeth y la Casa Olson son enciclopédicos. También me puso en contacto con Jean Olson Brooks, la sobrina de Christina, que la conoció íntimamente durante muchos años. Asimismo, con Joie Willimetz —que tenía en ese momento noventa años—, una prima lejana de Christina que compartió conmigo sus recuerdos de infancia cuando visitaba a Christina en las décadas de los treinta y cuarenta. También hablé con Ronald J. Anderson, profesor de medicina en Harvard, que ha argumentado en la revista médica *The Pharos*, que Christina tenía una neuropatía sensorial hereditaria del sistema motriz llamada enfermedad de Charcot-Marie-Tooth. Nancy y yo asistimos a la conferencia «Andrew Wyeth y *El mundo de Christi-*

na; pistas para la enfermedad secreta de Christina» que ofreció en 2015 en la National Society of Clinical Rheumatology, en Maine.

Mientras trabajaba en esta novela, leí todo lo que conseguí sobre los Wyeth y los Olson. Dos biografías fueron mis libros de cabecera: *Christina Olson: Her World beyond the canvas* (Christina Olson: Su mundo más allá del lienzo) de Jean Olson Brooks y Deborah Dalfonso, y *Andrew Wyeth: A secret life* (Andrew Wyeth: Una vida secreta) de Richard Meryman. Los dos acabaron en tan mal estado que tuve que adquirir varios ejemplares. (Gracias encarecidas a Elizabeth Meryman y Meredith Landis, esposa e hija de Richard respectivamente, por toda la ayuda en el proceso.) El hermoso libro de Betsy James Wyeth de pinturas, estudios previos y reminiscencias, titulado simplemente *Christina's World* (El mundo de Christina), fue también muy importante para mi investigación. Otras fuentes relevantes fueron: *Andrew Wyeth: Autobiography* (Andrew Wyeth: Autobiografía), con una introducción de Thomas Hoving; *Andrew Wyeth, Christina's World, and the Olson House* (Andrew Wyeth, El mundo de Christina y la Casa Olson) de Michael K. Komanecky y Otoyo Nakamura; *Wyeth: Christina's World* (Wyeth: El mundo de Christina), una publicación del MoMA de Laura Hoptman; *Rethinking Andrew Wyeth* (Reinterpretar a Andrew Wyeth), editado por David Cateforis; *Wondrous Strange: The Wyeth Tradition* (Unos estrafalarios maravillosos: las tradiciones de los Wyeth) con un prólogo de David Michaelis; y *Andrew Wyeth: Memory and Magic* (Andrew Wyeth: Memorias y magia) de Anne Clausen Knutson. Para obtener detalles sobre la vida rural en general y la de Christina en particular, recurrí a *John Olson: My Story* (John Olson: Mi historia), como lo tituló su hija Virginia Olson; *Old Maine woman* (Mujeres de la antigua Maine) de Glenna Johnson Smith; *We took to the Woods* (A través de los bosques) de Louise Dickinson Rich; y *Farm appliances and how to make them* (Aparejos de granja y cómo hacerlos) de George A. Martin, entre otros.

Me fueron muy útiles una serie de vídeos que incluían *Christina's World* (El mundo de Christina), un documental de Hudson River Film&Video narrado por Julie Harris; *Bernadette*, la historia de una joven coetánea llamada Bernadette Scarduzio que sufría la enfermedad de Charcot-Marie-Tooth; una película de la BBC titulada *Michael Palin in Wyeth's World* (Michael Palin en el mundo de los Wyeth); y un vídeo del Boston Museum of Fine Arts en el que Jamie Wyeth, hijo de Andrew, habla de su proceso creativo mientras trabajaba en una pintura titulada *Inferno*.

Mi querido amigo John Veague, un escritor de talento y también editor en el que confío mucho, leyó el manuscrito antes que nadie y no una, sino varias veces. (Durante algún tiempo recibí correos suyos al despertarme que él escribía a las tres de la madrugada diciendo: «Se me ha ocurrido una cosa más...») Este libro es más potente gracias a su rigor y seriedad.

Mis tres hermanas: Cynthia Baker, Clara Baker y Catherine Baker-Pitts son mis lectoras iniciales. Sus anotaciones a mi manuscrito fueron incisivas e inteligentes. Estoy en deuda con Michael Komanecky, restaurador jefe del Farnsworth Art Museum, por responder pacientemente a todas mis preguntas y dando al manuscrito una lectura sagaz e incisiva. Rainey Davis, Nancy Jones y David Rockwell también leyeron la novela; Anne Burt, Alice Elliott Dark, Louise DeSalvo, Pamela Redmond Satran y Matthew Thomas la mejoraron también en mayor o menor medida. Marina Budhos me proporcionó el germen de la idea. Mi marido, David Kline, me animó con sus notas y me proporcionó un apoyo invalorable. Laurie McGee hizo un trabajo tan brillante al editar mi anterior novela que le pedí que hiciera lo mismo con esta, que también se benefició de su minuciosidad y exactitud. Mi irónica e inteligente agente, Geri Thoma, me ha apoyado en cada paso del camino; Simon Lipskar y Andrea Morrison de Writers House también fueron muy útiles.

Llevo mucho tiempo trabajando con mi editora, Katherine Nintzel, y con cada novela crece mi admiración por ella. Es implacable a pesar de su apariencia tranquila y apacible. Este libro es infinitamente mejor gracias a su hábil guía y su perceptiva edición. También quiero dar las gracias al equipo de William Morrow/Harper Collins por su apoyo incondicional: Michael Morrison, Liate Stehlik, Frank Albanese, Jennifer Hart, Kaitlyn Kennedy, Molly Waxman, Niamekye Waliyaya, Stephanie Vallejo y Margaux Weisman.

En un plano personal, estoy muy agradecida a mi marido, David, y a mis hijos, Hayden, Will y Eli, sin los cuales mi propia parte del mundo sería, de hecho, estéril.

Créditos

Agradezco el permiso para publicar fragmentos de:

Christina Baker Kline es novelista, ensayista y editora. Nació en Cambridge, Inglaterra, y se educó primero allí y luego en el sur de Estados Unidos y en Maine. Sus ensayos, artículos y reseñas han aparecido en medios como el *San Francisco Chronicle, More* y *Psychology Today.* Su novela *El tren de los huérfanos,* publicada por Ediciones B en 2015, ocupó el número uno en las listas de libros más vendidos del *New York Times.* Vive en una vieja casa en Montclair, Nueva Jersey, con su marido y tres hijos.

«Kline usa el icónico cuadro de Andrew Wyeth como punto de partida de un conmovedor retrato de la musa del artista.»
People

«Los lectores que disfrutaron de *El tren de los huérfanos* reconocerán la habilidad de la autora para iluminar un rincón poco visitado de la historia.»
USA Today

«Kline ha brindado a Christina Olson, la chica de la pradera, una voz inolvidable.»
Portland Tribune

«Como el cuadro de Wyeth, esta novela es una obra maestra.»
Historical Novel Society

«Delicada y profunda, revela el poder curativo de una inesperada amistad.»
BookPage

Para Christina Olson, el mundo se reducía al lugar donde había nacido, la granja familiar en Cushing, un pequeño pueblo costero de Maine. Aquejada por una enfermedad que le producía una creciente incapacidad, parecía destinada a una vida limitada.

Sin embargo, por más de dos décadas Christina fue la inspiración del artista Andrew Wyeth, quien la retrató en uno de los cuadros más conocidos del siglo veinte en Estados Unidos.

Con una prosa evocativa y lúcida, *Un rincón del mundo* revela a la mujer de carne y hueso detrás de esa misteriosa joven que parece arrastrarse sobre una pradera, con su cuerpo vuelto hacia una vivienda en lo alto de una colina.

Christina Baker Kline, que emocionó a más de dos millones de lectores con su novela *El tren de los huérfanos,* vuelve a entrelazar realidad y ficción para ofrecernos la historia de la singular relación de una mujer que se resistió a ser definida por su enfermedad, con uno de los más destacados artistas de su tiempo.

«Los anhelos de Christina, su determinación, su empeño en vivir, ocupan el centro emocional tanto de la historia como del cuadro.»

The New York Times Book Review

«La prosa evocativa y reveladora da vida a la personalidad y al indómito espíritu de Christina.»

Publishers Weekly